【왕
경】

【왕경】 손정미 역사소설

샘터

차례

1부

2부

3부

4부

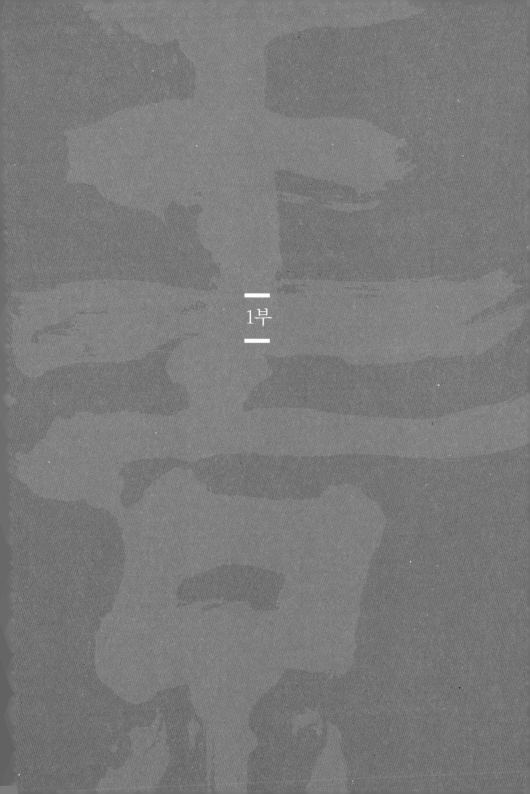

1부

역사란 무엇인가. 인류사회의 아(我)와 비아(非我)의 투쟁이다.
— 단재 신채호 《조선상고사》

▲ 고구려 덕흥리벽화고분 기예도

신수두 대제(大祭)

쉬이익-

하늘을 가릴 듯 시커먼 것이 튀어 오르자 이에 맞서듯 날카로운 소리가 공기를 찢었다.

온 힘을 싣고 솟구치던 맹수는 전광(電光)처럼 날아온 화살에 괴성을 지르며 몸을 뒤틀었다. 수렵자는 사냥감을 놓치지 않으려고 번쩍할 사이에 정확하고 기운차게 활시위를 당겼다.

순간 활과 일체가 된 진수(眞守)였다.

아무 생각도 끼어들지 않았다.

맹수의 눈깔을 겨눈 화살은 빗나가지 않았다.

맹수는 산이 흔들릴 만큼 울부짖으며 진수가 딛고 있는 바위를 타기 시작했다. 맹수에게 분심(忿心)이 있다면 지금 이 순간 폭발하고 있었다.

고통으로 포효하던 호랑이는 진수에게 달려들었다.

진수는 날아드는 호랑이의 아가리를 주먹으로 쳤다. 짐승의 뿔을 잡고 메친 적은 있지만 호랑이 같은 맹수에게 주먹을 날린 건 처음이었다.

진수의 주먹을 맞은 호랑이는 그대로 나가떨어졌다.

호랑이의 마지막 숨통을 끊는 걸 잊지 않았다.

그제야 시종들이 헐떡이며 달려왔다.

"어이쿠! 다들 이리 와보라우! 도령이 호랑이를 잡았어!"

시종들은 진수가 정말 혼자 호랑이를 잡았는지 보려고 우르르 몰려들었다. 숨이 끊어진 호랑이가 널브러져 있었다. 시종들은 찢어지게 눈을 뜨며 진수와 호랑이를 번갈아 쳐다보다 추어주는 말을 쏟아냈다.

"이렇게 큰 놈을 혼자 잡다이!"

"캬아 역시 듀물(활을 잘 쏘는 자)의 아들이야."

시종들은 호랑이를 쿡쿡 찌르며 죽었는지 확인한 뒤 끙끙거리며 옮기기 시작했다.

"진수 도령이 신수두 선배가 되겠지비?"

"그걸 어찌 알간, 제우 도령도 있잖같어."

"주둥이 그만 놀리고 이거나 옮기라우."

시종들은 잘하면 술이라도 얻어 마시겠다며 찧고 까불며 내려갔다.

혼자 남은 진수는 갑자기 온몸에 열이 올라 부르르 떨었다.

노루나 잡으면 족하다고 생각했는데 호랑이 발자국을 발견한 건 사흘째 날이었다. 발자국을 따라가며 기다렸다.

산에서 혼자 지키는 밤은 진저리가 날 만큼 외로웠다. 어려서부터 새나 토끼를 잡았고 장딴지가 굵어지면서 노루 따위를 잡았지만 짐승을 겨누는 순간은 늘 쉽지 않았다.

진수는 손에 활이 완전히 익자 호랑이를 잡으리라 마음먹었다. 말 위에서 시종들이 몰아주는 사냥감을 잡는 건 만족스럽지 않았다. 아버지도 혼자 호랑이를 잡아야 인정하겠다는 눈빛을 보이곤 했다.

화살을 정확히 날리지 못하고 제대로 숨통을 끊지 못했다면 그놈은 내 머리를 우적우적 씹고 있겠지.

서국(西國 - 고구려가 중국을 부르던 말)이나 계림(鷄林 - 신라의 옛 이름) 놈들과 제대로 싸워보지도 못하고 저승으로 간다면 무슨 치욕이랴.

돌처럼 얼어붙은 강의 얼음을 깨고 들어가 몸을 단련하고, 삼복더위에 검을 휘두르고 손에 피가 나도록 활시위를 당긴 것도 다 놈들을 이기기 위한 것이 아니었나. 바위산을 기어오르다 발이 부러지고 눈두덩이가 찢어져 실명할 뻔한 일들이 우습게 될 수 있었다.

"내려가시디오."

호랑이 피를 여기저기에 묻힌 시종이 진수를 흔들었다.

"이제 선배는 내 거이다 생각하니 춤이라도 추고 싶습네까?"

진수는 아까부터 시종들이 신수두 대제(大祭)를 들먹이며 시시덕거리는 게 거슬렸다. 진수는 눈앞에서 히죽거리는 한 놈의 뺨을 갈겼다.

"어이쿠!"

느닷없이 따귀를 맞은 시종은 얼굴을 감싸며 무슨 일이냐고 눈을 부라렸다. 시종들의 농지거리가 거슬리던 차에 한 놈에게 분풀이를 한 것이다. 자기 앞에서 더는 신수두 얘기를 하지 말라는 경고였다. 따귀를 맞은 시종은 입안에 고인 피를 뱉어내며 사라졌다.

진수가 다시 한 번 노려보자 시종들은 도망치듯 꽁무니를 뺐다.

고구려에서 신수두 대제는 하늘에 제를 올리는 가장 큰 행사였다. 전체 강역을 다섯 부(部)로 나눈 고구려에서는 다섯 부의 지역민이 모여 하늘에 기도를 올렸다. 수도인 평양만이 아니라 나라 전체가 신령스러운 기가 충만하고 술과 음식이 넘쳐나는 신수두 대제를 손꼽아 기다렸다.

고구려는 단군 조선(朝鮮)의 맥을 이은 나라였다.

우주의 밝음을 숭배해 태백산(太白山 - 백두산)의 울창한 숲을 밝은 신, 광명신(光明神)이 있는 성지(聖地)라 믿었다. 단군 조선에 뿌리를 둔 부여에서 고구려의 갈래가 나왔듯, 단군 조선의 후예들은 광활한 지역으로 흩어져 살면서 울창한 숲이 있는 곳을 태백산과 같은 성지로 받들어 수두(蘇塗 - 소도)라 불렀다.

수두는 신을 모시는 제단, 하늘에 제사를 올리는 곳이었다.

수두를 믿는 부족들은 적이 쳐들어오면 함께 막아냈고 그중 가장 공이 많은 부족을 신수두라 불렀다. 신수두의 '신'은 최고란 의미를 가진 것으로, 부족들은 신수두가 정해지면 모두 그 아래 복종했다.

이런 전통을 이어온 고구려의 신수두 대제는 다섯 부(部)의 지역민을 대표하는 자들이 '선배'를 두고 겨루는 시합으로 절정을 이뤘다. 신수두 대제의 사냥대회에서 가장 점수를 많이 올린 자가 선배로 뽑혔고, 다섯 부 중 선배를 배출한 곳은 영광을 차지했다.

선배가 되면 관직을 얻을 뿐 아니라 고구려 최정예 군대인 조의군(皂衣軍)을 이끌 수 있었다. 허리에 검은 띠를 두르는 조의군은 단군 조선 시대부터 신단(神壇)을 지키던 신군(神軍)에 뿌리를 두고 있었다. 조의군은 함께 생활하며 무예와 글을 익히고 전쟁이 일어나면 가장 먼저 용맹하게 달려 나갔다.

'무슨 일이 있어도 선배가 돼야 한다.'

진수는 호랑이를 쫓느라 잊었던 아버지의 말이 꿋꿋하게 되살아남을 느꼈다.

아버지는 고구려 다섯 부에서 남부를 다스리는 남부살이(남부대인)였고, 아들인 진수가 선배가 돼야 한다고 믿었다.

진수는 듀물로 알려진 아버지만큼 활이라면 자신이 있었다. 게다가 호랑이를 혼자 잡은 건 하나의 상서로운 징조였다. 이젠 두려울 게 없었다.

지금쯤 제우도 신수두를 앞두고 몸을 단련하고 있겠지. 힘이 장사인 제우는 말 모는 솜씨가 남달랐고 특히 달리는 말에 몸을 숨기는 마상(馬上) 재주가 뛰어났다.

진수와 제우가 올해 신수두 대제에서 겨룬다는 소문이 돌자 평양 귀족 사이에선 두 사람이 초미의 관심이었다. 제우는 말 모는 솜씨가 따를 자 없었고, 진수는 활쏘기에서 누구보다 탁월했다. 귀족들은 서부살이(서부대인)의 아들인 제우와 진수를 두고 내기를 걸고 있었다.

진수는 나무둥치만 한 제우의 허벅지를 떠올렸다. 제우와는 어려서부터 격구와 수박(手搏) 놀이를 하면서 누구보다 잘 알았다. 머리 하나가 더 큰 제우는 힘으로 이기려 했고 진수는 그런 제우를 우습게 여겼다. 제우 역시 진수가 힘으로 당해내지 못하자 자신을 슬슬 피하고 있다고 깔보았다. 제우는 진수가 아직 무서운 힘을 드러내지 않고 있다는 걸 모르고 있었다.

목소리가 굵어지면서 진수와 제우의 사이는 드러나게 서먹해졌다. 그 무렵 진수의 아버지는 왕궁에 나가는 일이 뜸해졌고, 국내성에 가 있는 시간이 많아졌다. 국내성은 고구려 구(舊) 귀족들의 저택이 있었지만 평양만큼 화려하지는 않았다.

제우의 아버지인 서부살이는 전보다 국정에 나서는 일이 많아졌고, 최고 권력자인 막리지의 오른팔이 됐다.

그사이 제우는 어깨가 떡 벌어진 장사가 됐고, 진수와 마주치면 한쪽 입술을 비틀 듯 올렸다.

길게 늘어뜨린 머리를 끈으로 묶은 계집종은 진수를 보자 반가운 표정으로 달려와 꾸벅 인사를 했다. 혼자 호랑이를 잡았다는 말을 들었는지 진수를 보는 눈빛이 달랐다.

계집종은 진수의 자신만만한 얼굴과 풍채를 보자 뺨을 붉혔다. 그동안 못 본 사이에 사내 냄새가 물씬 풍긴 것이다. 계집종은 이런 생각을 들키기라도 한 듯 달아났다.

시종들은 눈코 뜰 새 없이 바빴고 계집종들도 역시 발에 바퀴라도 단 듯 이리저리 뛰어다니고 있었다. 신수두 대제를 앞두고 대부인이 부엌과 고깃간뿐 아니라 방앗간과 외양간, 마구간, 수렛간까지 치우라고 일러놓았던 것이다.

진수는 오랜만에 한숨 늘어지게 잤다. 아직 해가 남아 있는 걸 확인하고는 슬슬 정원으로 향했다. 정원에는 활쏘기 연습장이 있었다. 진수가 활을 날리기만 하면 과녁에 정확하게 꽂혔다.

어린 시종이 아버지가 부른다는 말을 전했다.

호랑이 가죽을 깔고 앉은 아버지의 얼굴이 오늘따라 나이 들어 보였다. 아버지가 오래전에 잡았다는 호랑이의 가죽인데 먼지가 묻어 탁하게 보였다. 아버지가 해치운 저놈은 얼마나 큰 놈이었을까.

"호랑이를 잡았다며?"

남부살이는 모처럼 웃었고 그 바람에 건조한 얼굴에 무수한 주름이 잡혔다.

"예!"

"흐음."

진수는 아버지의 표정을 살폈다.

아버지는 활쏘기에 따를 자가 없어 듀물(활을 잘 쏘는 자를 부르는 말)로 불리고 있었다. 진수는 달리기를 배우기 전부터 아버지에게서 활 잡는 법부터 배웠다. 정강이까지 눈이 쌓이고 천둥번개가 치는 날에도 활을 놓을 수가 없었다. 아버지는 무자비할 정도로 가르쳤다.

사람들은 진수가 자라자 고구려에서 가장 명예로운 듀물이란 말을 슬슬 던지기 시작했다. 산과 들로 뛰어다니느라 가무잡잡해졌고 목소리는 굵고 낮게 깔렸다. 검고 짙은 눈매와 굵은 코, 듬직한 목과 튼실한 허벅지가 두드러졌다. 사람들은 진수가 신수두 대제에서 아버지의 뒤를 이어 고구려 최고 듀물임을 보여주리라 기대했다.

"선배가 돼야 한다."

남부살이는 아들을 보며 다시 한 번 일러두었다. 그러나 아직 그 뒷말은 하지 못했다. 진수가 다섯 부족이 모이는 신수두 대제에서 당당히 선배를 차지하면 조의군을 이끄는 대형을 차지할 수 있게 되고 남부살이란 자리를 물려줘도 막리지가 어쩌지 못할 것이었다.

막리지의 칼끝은 자신의 목을 겨누고 있었다. 막리지의 노선을 따르지 않는다는 이유였다.

남부살이는 서국(중국)을 먼저 정벌해야 한다는 막리지의 주장을 따르지 않고 있었다. 막리지와 대립각을 세우고 있는 남부살이에게 막리지를 반대하는 귀족들이 모여들 조짐이 있자 감시가 살벌해지고 있었다.

막리지는 구실을 내세워 남부살이의 자리를 뺏을 궁리를 하고 있었다. 막리지로선 자신을 반대하는 자들의 힘이 약하지만 안심할 수 없는 상황이었다.

평양성은 막리지의 정변으로 피바람이 불고 간 뒤 서국과 계림(신라)의 침범으로 긴장을 놓을 수 없는 상황이 이어졌다.

남부살이는 진수에게 이번 신수두 대제가 왜 중요한지 깊숙이 설명하지는 않았지만 아들이 알아주기를 바랐다.

진수는 호랑이 가죽 위에 앉아 착잡한 표정이 되는 아버지의 얼굴이 불안했다. 아버지의 여윈 손등을 보자 문득 자신을 태우고 어디론가 달리던 날이 떠올랐다.

집 안 가득 햇볕이 들어와 모든 것이 반짝반짝 빛나고 있었고 진수는 꿀을 핥고 있었다. 어머니는 아들이 칭찬받을 일을 했다며 꿀을 주었고 진수는 정신없이 단맛에 빠져 있었다. 아버지는 진수가 입에 묻은 꿀을 닦기도 전에 말에 태웠다.

진수는 처음엔 신이 났지만 집에서 멀어질수록 겁이 나 울음을 터뜨리고 말았다. 원숭이 털가죽을 입은 아버지는 입을 굳게 다물고 앞만 보고 달렸다.

"꽉 잡아! 떨어져 죽는다!"

진수는 흐느끼며 단단히 붙잡았다.

목이 마르면 엎드려 계곡물을 마시고 배가 고프면 말린 노루고기와 콩을 씹으며 달렸다. 진수의 엉덩이와 사타구니가 벌겋게 부어올랐다.

며칠이나 달렸을까.

어느 순간 산이 눈앞에 섰다.

거대한 산이었다.

하늘을 찌를 듯 솟은 나무들은 어마어마한 음영(陰影)을 만들었고 그 모습에 숨이 막혔다. 나무 사이 수직으로 꽂히는 빛은 영기 어린 검(劍) 같이 날카로웠다. 코끝이 맵싸한 찬 공기가 마치 사람의 접근을 달가워하지 않는 듯했다.

진수는 숲 속으로 들어갈수록 귀에 들리는 소리에 눈이 솔방울만 해졌다. 나뭇가지가 꺾이는 소리 같기도 하고 짐승이 다가오는 소리 같기도 했다. 뭔가 숨어서 뒤를 밟고 있다고 생각했다. 아버지보다 뒤처지면 괴수가 나타나 자신을 쥐도 새도 모르게 잡아챌 게 분명했다.

활활거리던 해가 냉정하게 사라지자 산은 웅크린 듯 어두워졌다. 무덤덤한 바위들은 숨겨둔 냉기를 일시에 뿜어냈다. 진수가 추위와 두려움에 이를 딱딱 부딪치자 아버지는 말아 온 여우 털을 덮어줬다. 운 좋게 바위굴을 발견해 불을 피울 수 있었다.

까무룩 잠이 들었다가 짐승 울음소리에 깨어났다. 산짐승이 주위를 자꾸 맴도는 것 같았다. 바닥으로 떨어지는 물소리는 음산했다. 진수는 어서 빨리 해가 떠올라 집으로 돌아가기만 빌었다.

진수는 아버지가 어깨를 흔드는 바람에 깨어났다.

동은 트지 않았지만 날이 밝아옴을 느꼈다.

찬 공기는 깊은 우물의 물처럼 투명하고 견고했다. 하품을 하다 올려다본 하늘엔 별이 은방울처럼 조롱조롱 달려 있었다. 손을 뻗으면 닿을 수도 있었다.

"서두르자."

잠이 덜 깬 다리에 힘이 없는 진수는 아버지 등만 보고 산을 기어올랐다. 힘들어 주저앉고만 싶었지만 아버지가 무서웠다.

빛이 내려오자 거북이처럼 엎드려 있던 바위들이 모습을 드러내기 시작했다. 검은 너울을 쓰고 있던 숲이 깨어나면서 오히려 시시하게 보이는 나무도 있고, 숨어 있던 작은 꽃들이 반갑게 몸을 내밀었다. 그때 바위틈에서 희미한 단내가 코에 스며들었다. 진수는 꽃인지 풀인지 아니면 풀벌레가 풍기는 것인지 알 수 없는 향에 홀려 고단함마저 잊었다.

검으로 내리치듯 어느 순간 온통 환해졌지만 지칠 대로 지쳐버렸다.

배도 고팠고 걸으려 해도 다리가 움직이지 않았다.

"일어나라, 다 왔다."

울며 퍼질러 앉은 진수를 보며 아버지가 말했다.

진수는 아버지가 옷매무새를 고치고 흐트러진 머리를 쓸어 넘기는 걸 보고서 마지막 힘을 냈다.

끝이 없어 보이던 산, 그 산의 정상이었다.

아버지가 꼿꼿한 자세로 기도를 올리기 시작하자 진수도 기다시피 다가가 앉았다.

정상에 펼쳐진 구름은 그 아래 뭔가를 감추고 있는 것 같았다.

구름의 바다였다.

얼마쯤 지났을까.

순식간에 두꺼운 구름이 걷혔다.

깊고 푸른 세계가 눈앞에 웅장하게 드러났다. 둘레와 깊이를 알 수 없이 넓고 푸른 호수였다. 영기(靈氣)가 하늘에서 수면으로 꽂히고 있었다. 푸른 용이 깊은 물을 박차고 튀어나와 하늘로 솟구칠 것 같았다. 진수는 작은 가슴을 할딱이며 눈앞에 펼쳐진 광경에 작은 입을 벌리고 말았다.

산에 다녀온 뒤 진수는 몸살을 크게 앓았지만 대신 여러 가지가 수월해졌다. 바위를 타고 말 타는 일들이 그런 것들이었다.

❖❖❖

진수는 활을 들고 나왔지만 나른함이 몰려와 연습하는 게 귀찮아졌다. 구름 한 점 없는 하늘과 쌀쌀한 바람이 더 없이 상쾌했던 것이다.

눈을 껌뻑거리며 따라오는 시종에게 활을 넘기고 무덤가로 발길을 돌렸다. 울적하거나 뭔가 답답할 때면 찾아가던 무덤이었다. 무덤 주위를 걷다 보면 삿된 생각들이 사라지고 차분해졌다.

진수는 새로 올리고 있는 무덤을 기웃거렸다.

손에 자를 들고 나오는 사람은 화공(畵工)이었다.

"야 이거이 누구가! 진수 아니가!"

화공은 껄껄 웃으며 진수의 어깨를 툭 쳤다.

평양성에서 가장 솜씨가 좋은 화공으로, 상(喪)을 앞두고 있는 귀족 대가들은 제일 먼저 그를 찾았다. 무덤을 조성하는 기술이나 안에 그리는 벽화의 정교함은 그를 따를 자가 없었다. 고임을 잘못 계산해 올릴 경우 무덤 내부가 썩어들어 가거나 심하게는 몇 년 되지 않아 무너져 내렸다. 벽과 천장에 별자리와 선인(仙人)을 그려 넣는 일도 아무나 할 수 있는 일이 아니었다.

우선 돌아간 사람이 살아 있을 때에 어떤 생활을 해왔는지 어떤 취미를 가졌는지 등을 파악해 그려 넣었다. 무덤에 누운 망자(亡子)에게는 생전의 삶을 누리고 하늘세계의 선인(仙人)이 되어 천상세계에서 지복을 누릴 수 있게 축원하는 것이었다.

화공이라고 해서 함부로 붓을 놀리는 것이 아니라 망자의 생을 통찰하고 하늘의 별자리를 두루 꿰고 있어야 했다. 진수에게는 화공이 일관(日官)들보다 별자리에 대해 아는 것이 많아 보였다.

"국내성엔 웬일이요?"

"요즘 평양성이 전 같지 않아."

"무슨 말이요?"

"글쎄 말야…… 수 양제에게 당하고 이세민(당 태종)에게 당해서인지 옛날 같지 않아."

화공은 말소리를 낮췄다.

"거기다 막리지가 고관들을 싹 쓸어버렸잖아. 아! 한꺼번에 쏟아져 나왔는데 다 감당하지 못했지. 고급스런 벽화 같은 건 엄두도 내지 못하고 서둘러 묻어버렸어. 벽화까지 그리려면 몇 달은 앞뒤로 걸리는데 어캐 하겠어. 한꺼번에 허겁지겁 상을 치르고 나니까 평양성은 일감도 없고 무엇보다 정이 뚝 떨어졌지. 국내성으로 와 이쪽 귀족들 일을 하고 있어."

진수의 눈앞에는 환하고 화려하면서 활기 넘치는 평양성이 떠올랐다.

"여긴 누구 무덤이요?"

진수는 무덤 안을 기웃거리며 화공이 어떤 그림을 그려 넣을까 궁금했다. 평양성에 있을 땐 그가 작업하는 곳에 몰래 들어가 구경한 적이 있었다.

"들어와 보갔어? 상주(喪主)가 알면 난리 나겠지만 너만 몰래 보여주갔어."

몸을 굽히고 들어간 진수는 어둠에 지척을 분간하기 어려웠다. 서늘한 냉기가 섬뜩했다. 꾹 참으며 어둠에 익숙해지길 기다렸다.

화공이 횃불을 켜자 눈이 얼어버렸다.

피리를 불고 있는 옥녀(玉女-선녀)가 밤하늘을 날고 있었고 학을 탄 선인이 옷자락을 휘날리며 달과 유희를 벌이고 있었다. 공작 위에 올라 탄 선인은 별 사이로 유유히 흘러 다녔고 한쪽에서는 불꽃을 밟으며 화려한 날갯짓을 하고 있는 불새가 보였다.

팔각 고임 천장으로 만든 무덤 안은 황홀한 천상의 세계가 펼쳐지고 있었다.

진수의 눈을 본 화공은 싱글거렸다.

"나도 이젠 힘이 들어서 얼마나 만들지 모르갔어. 이번이 마지막일지 모른다 생각하면서 공을 들이고 있다우."

북극삼성이 별자리의 중심을 차지하고 사방위를 수호하며, 묘 주인의 사후를 지켜주는 사신(四神)이 유려하게 그려졌다. 고개를 젖히니 천장 중심에 그려진 황룡(黃龍)이 당장 날아오를 듯 기운찬 동세(動勢)를 보였다.

몸통은 하나인데 사람 얼굴이 양쪽에 그려져 다리가 넷인 상이 보였다. 마치 양쪽에 사람 얼굴을 단 괴수 같았다. 옆에는 지축일신양두(地軸一身兩頭)라고 붓으로 쓰여 있었다.

"이건 뭐요?"

"북은 북두칠성이 중심이고 남은 남두육성이 중심 아니갔어. 두 개를 축으로 별들이 돌고 있는 걸 말하는 거야."

진수는 알 듯 모를 듯했지만 당대 최고의 화공이 하는 말이니 믿을 수밖에 없었다.

"하늘을 보며 나라의 운도 읽는다고 하던데. 고구려는 어떻소?"

"쉿!"

화공은 처음으로 무시무시한 얼굴을 하면서 진수의 입을 막았다. 좀 전의 껄껄거리던 자가 아니었다.

"너 뭐이가?"

진수는 갑자기 돌변한 화공의 태도에 놀라고 불쾌했다.

"너 혹시 막리지가 보낸 첩자 아이가? 어캐 그런 일을 함부로 물어보갔어? 누가 시킨 거이가?"

"말조심하시오!"

진수는 자신의 입을 막고 있는 솥뚜껑만 한 손을 뿌리치며 화를 냈다. 진수의 얼굴을 험상궂게 들여다보던 화공은 경직된 얼굴을 풀었다.

"함부로 입 놀리지 말라우. 너뿐 아니라 남부살이도 제명에 못 죽어."

무덤 속에 혼자 남은 진수는 화가 나기도 하고 피곤이 몰려와 바닥에 벌렁 누워버렸다. 완전히 고임을 마무리하지 않은 천장으로 정제된 빛이 스며들고 있었다.

바닥에 누워서야 무덤 속 벽화들이 제자리를 찾은 듯 새롭게 눈에 들어왔다. 누워 있는 자신을 중심으로 황룡과 백호, 주작과 현무가 살아나면서 주위를 둘러주었다. 어떠한 삿된 기운도 들어올 수 없다는 듯 사신(四神)의 기운이 생동했다. 하늘을 지키고 있는 북두칠성은 머리 위로 쏟아질 듯 빛을 발했으며 북두칠성이 지키는 한 영원히 길을 잃을 것 같지 않았다. 요고(북)를 두른 선인의 가락이 들릴 듯한데 천상을 나는 선녀들과 어우러져 언제까지나 즐겁고 안락하게 존재할 것 같았다.

불꽃을 밟고 있는 불새의 입에 든 태양이 가물거렸다.

"일어나라우."

진수는 쌀쌀한 냉기 속에 누군가 흔들어 깨우는 바람에 눈을 떴다. 어둠 속에서 횃불을 든 화공이 내려다보고 있었다.

"여기가 어딘데 자고 있어?"

아까 퉁탕거리며 나갔던 화공이었다. 무덤 속에서 깜빡 잠이 들었다.

화공을 따라 바깥으로 나오자 밤하늘의 별이 쏟아질 듯 에워쌌다. 마치 다시 살아 돌아온 듯 신선한 공기를 들이마셨다.

"고구려의 운을 물었지?"

화공은 진수에게 떡을 나눠주며 술을 병째 들이켰다.

"무덤에서 아무렇지 않게 자는 놈은 나 말고 네가 처음이야. 별난 놈이긴 하구만."

잠이 덜 깬 진수는 떡을 베어 물며 하늘의 별을 쳐다봤다.

"요즘 하늘을 보면 고국천왕이 돌아가셨을 때와 비슷하게 흘러가는 거 같아."

"뭐요?"

"추모왕 때부터 별자리를 그려놓은 걸 얻어 손으로 베껴놓았거든."

"고국천왕이 돌아가셨을 때 별자리는 어땠소?"

"음…… 그거이."

화공의 눈은 슬픈 것 같기도 하고 체념한 것 같기도 했다.

❖❖❖

진수는 아침에 눈을 뜨자 신수두 대제가 떠올랐다. 몸과 마음이 무거웠다. 이불을 걷어냈지만 간밤의 꿈이 사라지지 않았다.

"이거 받아!"

꿈속에서 진수는 옷을 갈아입고 있는 듯했다. 사촌누이가 허락도 없이 문을 열고 뛰어들어 와 허리에 손을 감았다.

"뭐야?"

진수가 내치자 사촌누이는 떨어지지 않고 허리에 검은 비단 띠를 매주었다.

"이 띠 매고 우승하거라!"

사촌누이는 진수에게 어색한 웃음을 보이더니 사라져버렸다. 사촌누이의 숨결과 손길이 너무도 생생해 살아 있는 듯했다.

사촌누이가 꿈에 나타난 건 처음이었다. 계림 왕족을 따라 목숨을 끊은 사촌누이였다. 사촌누이가 발견된 날 진수는 서럽게 울었다.

평양성에는 아직도 사촌누이의 흔적이 곳곳에 남아 있었다.

그날 남자의 머리와 얼굴, 목, 가슴과 두 다리는 피칠갑을 한 듯 붉고 음산하게 젖어 있었다. 생각에 잠긴 듯 죽은 듯 내리깐 두 눈은 마지막 희망을 버리고 체념한 듯했다.

"제발! 이 사람을 살려주세요!"

사촌누이는 남자를 보며 울부짖다 가슴을 쥐어뜯었다. 얼마나 오랫동안 남자 앞에 엎드려 있었는지 역시 온몸이 붉게 젖어들고 있었다. 사촌누이를 핏물처럼 붉게 물들인 비는 땅으로 스며들면서 다시 흙빛으로 갈아입었다.

남자는 여자의 울부짖는 소리가 들릴 때마다 희미하게 얼굴을 들어 쳐다보는 듯했다. 우는지 웃는지 그의 얼굴이 묘하게 바뀌더니 마침내 고개를 떨궜다.

"악!"

마지막 순간이 지나갔음을 알아차린 사촌누이는 남자에게 달려들어 식고 있는 체온을 되돌리려 발악을 했다.

진수는 시신 옆에서 철우(鐵雨)를 맞고 있는 사촌누이를 보면서 온몸의 털이 곤두섰다. 사촌누이에게 달려가 일으키고 싶었지만 아버지가 어깨를 단단히 잡고 있었다. 진수는 정신을 잃어가는 사촌누이를 보자 미칠 것 같았다.

일주일 넘게 철우가 내리자 도성 사람들은 두려움에 떨었다.

세상을 온통 핏빛으로 물들이는 철우였다.

암소와 암말이 새끼를 낳다 잇달아 죽어나갔고 우물 빛도 핏빛으로 물들면서 역겨운 냄새와 기이한 벌레가 생겨났다. 밤이면 도성 안에 흰 여우가 돌아다녀 사람들을 해쳤고 머리가 둘 달린 아이가 태어났다.

사람들은 이 모두가 철우를 내려 응징하려는 하늘의 뜻이라며 울부짖었다. 몇 해 전 왕과 대신들이 흘린 피가 비로 내리는 것이라는 소문이 돌자 더욱 흉흉해졌다.

왕은 무녀에게 점을 치게 해 점사(占辭 - 점을 쳐서 나온 말)를 얻었다.

고구려에 붙들려 와 살고 있는 계림 왕족의 원한이 쌓여 하늘을 노하게 했다는 점사였다. 계림 눌지왕의 아우로 고구려에 볼모로 잡혀 있던 복호(卜好)는 고구려에서 후손을 남겼고 무녀는 그자를 지목했다. 복호는 눌지왕의 명을 받은 계림의 신하 박제상에 의해 본국으로 돌아갔지만 후손은 남아 있었다.

복호의 후손은 고구려에 남았어도 생명의 위협을 느껴 소리 죽여 지냈다. 사람들은 고구려에 복호의 후손이 살아 있는 줄도 잊고 있었다. 고구려 귀공녀와 정을 나눈 사실이 그가 보여준 유일한 일탈이었다. 정을 나눈 귀공녀는 진수의 사촌누이였다. 두 사람이 언제 어디서 만났는지는 모르지만 주변에서 눈치 채지 못할 만큼 극도로 조심스럽게 이뤄졌다.

진수의 사촌누이는 볼이 통통하고 입이 작은 암팡진 얼굴이었다. 귀엽고 끄는 구석이 있어 맘에 들어하는 귀공자가 적지 않았다.

계림 왕족을 제물로 세워야 할 때가 온 것이었다.

사촌누이가 복호의 후손과 몰래 만나고 있다는 사실은 군사들이 그를 찾아내 끌고 가면서 알려졌다. 사촌누이는 진수 집으로 달려와 남부살이에게 도와달라고 매달렸다.

"제발 살려주세요."

남부살이는 펄쩍 뛰며 불같이 화를 냈다.

"미쳤구나! 계림 놈을 좋아하다니. 나라가 이렇게 흉흉한데 그놈을 살려달라니 미쳤어!"

사촌누이는 눈물을 쏟으며 매달렸지만 소용없었다. 남부살이가 막리지를 미워하고는 있었지만 계림의 왕족을 살려달라는 질녀의 말은 가당치 않았다. 막리지에게 공격의 빌미만 줄 뿐이었다.

복호의 후손이 나무에 매인 다음 주변은 군사들이 지켰다. 혹시나 이를 알고 계림이 군대를 보낼지 모른다는 우려도 있었다.

사촌누이는 군사들이 막아 연인에게 가까이 가지 못하자 정신을 잃어버릴 정도였다. 진수는 사촌누이를 말리기 위해 붙들었지만 힘을 당해내지 못했다. 사촌누이의 눈빛이 이상해지기 시작한 것도 그때쯤이었다.

사람들은 이 무서운 재앙을 불러온 계림 왕족과 사촌누이가 정을 나눴다는 사실을 알아차리고 수군거렸다.

사촌누이는 집에 감금당하기에 이르렀고 눈은 힘없이 허공을 헤매고 있었다.

"어떻게 계림 놈을 좋아할 수 있어?"

사촌누이는 갑자기 정신이 드는지 진수에게 달려들었다.

"갑자기 하늘에서 내리는 눈을 피할 수 있어? 정원에 핀 수많은 꽃 중에 유독 하나가 네 마음에 들어온 적이 없나 말이다!"

"우릴 죽이는 놈들이잖아!"

뺨이 홀쭉해진 사촌누이는 힘없이 쳐다보며 차갑게 미소 지었다.

사촌누이는 계림 왕족의 숨이 끊어질 때를 직감했는지 창을 뜯고 도망쳐버렸다. 군사들은 계림 왕족의 명이 얼마 남지 않았다는 걸 알았는지 다가오는 사촌누이를 더 이상 강하게 막지 않았다.

계림 왕족이 나무에서 숨을 거두고 난 뒤 며칠 후 사촌누이도 발견됐다.

❖❖❖

신수두 대제를 위한 신단(神壇)이 정성스럽게 차려지고 둘레에는 함부로 들어갈 수 없도록 줄이 쳐졌다. 제단은 아찔할 정도로 높았고 주변에는 수백 개의 등불이 달렸다.

하늘 높이 떠오른 태양은 온 누리를 어루만지고 있었다. 태양빛이 고루 스며든 들의 곡식은 알이 여물었고 땅은 붉게 부실거렸다.

고구려 5부에서 모여든 대표들이 등장하자 분위기가 무르익었다. 연라(椽那-서부) 순라(順那-동부) 불라(灌那-남부) 줄라(絶那-북부) 가우라(桂安那-중앙)로 이뤄진 5부 대표들은 백, 청, 적, 흑, 황색의 비단옷을 정갈하게 입었다.

악공(樂工)들은 새 깃을 꽂은 모자를 쓰고 소매가 큰 황색 옷에 자주색 띠를 둘렀다. 어느 때보다 성정을 가다듬었다. 음양(陰陽)의 조화를 거스르지 않고 해와 달의 밝음에 주의하며 조심스레 연주했다. 웅장하게 울려 퍼지는 악은 사람들을 현묘한 세계로 이끄는 듯했다.

무척(舞尺-춤추는 자)들은 황색 치마저고리와 적황색 바지를 입고 등장했다. 긴 소맷자락을 허공에 휘날리자 마치 봉황이 하늘을 나는 것 같았다.

이어지는 백희(百戱-갖가지 기예)를 보면서 사람들은 웃고 떠들며 하루

하루의 긴장과 슬픔을 풀었다.

어린 계집아이가 허공으로 공을 던진 뒤 이를 손과 발로 받아 돌리자 사람들은 졸였던 가슴을 쓸어내리며 정신없이 박수를 쳤다. 예쁘게 화장한 계집아이는 눈 하나 깜짝하지 않고 공을 능란하게 받으며 코를 찡긋했다.

재인(才人)들은 대나무로 만든 죽마(竹馬)를 타고 사람들 사이를 성큼성큼 걸어 다녔다.

아이들의 눈과 입은 신 나서 어쩔 줄 몰랐고, 서녀(庶女 - 일반 여성)들은 떡을 베어 물다가 웃느라 정신을 차리지 못했다. 홍옥(붉은색 옥)이나 비취모(비취새의 깃털)로 장식한 귀부인들도 한데 섞여 마음 놓고 웃어댔다.

신수두 대제가 열린 평양에는 5부에서 모인 사람들의 산물로 거대한 시장을 이루었다. 크고 중요한 것은 제물로 올리고 남는 것은 서로 교환했다.

이날만큼은 술과 음식이 인색하지 않았다. 남자와 여자들은 서로 웃고 떠들고 치고받으며 즐겼다.

무리 중에는 말갈(만주 북동부에서 한반도 북부에 걸쳐 거주) 부족에서 온 자, 강국(康國 - 사마르칸트의 옛 지명. 우즈베키스탄) 등 서역에서 온 자들도 섞여 있었다.

언제 서국(고구려가 중국을 부르던 옛말) 놈이나 계림(신라) 놈들이 쳐들어와 불사르고 파괴할지 모르지만 이 순간 모든 걸 잊었다.

제사장이 제단 앞으로 나와 기도를 올리며 뭔가를 중얼거리기 시작했다. 울금향과 기장으로 빚은 술을 제단에 올리자 피리와 북소리가 하늘로 솟구쳤다.

쿵 쿵 쿵

사람들은 손을 번쩍 치켜들고 발장단을 맞추기 시작했다.

해가 넘어가고 있었다.

사람들이 발 구르는 소리는 가슴과 머리를 울리다 사방에 울려 퍼졌다. 수백 수천의 헤아릴 수 없는 많은 사람들이 발을 구르고 어깨를 들썩이며 같은 동작으로 움직였다. 숨소리를 죽이고 오직 천지에 진동하는 음악소리에 귀 기울이다 노래를 부르기 시작했다.

하늘의 신에 닿기를, 신이 그들에게 내려오기를 몸부림치듯 간구했다. 구르는 발소리에 땅이 울리고, 노랫소리에 하늘을 나는 새들이 더 높이 날아올랐다. 영계(靈界)와 지상을 이어주는 전령인 양 새들은 갈구하는 인간들의 모습을 내려다보고 있었다.

어두워질수록 춤과 노래는 뜨거워져 갔다. 술을 마신 사람들은 지치지도 않고 동작을 이어갔고 두 눈은 더 이상 지상의 일과 사물에 초점을 두지 않았다.

얼굴 위로 불빛이 번들거렸다.

음악에 몸이 해체되고 혼마저 자유로워졌다. 땀에 젖은 머리카락이 얼굴과 목에 사정없이 달라붙었다. 구르는 발은 감각을 잊었고 움직임마저 무감각해졌다.

북소리는 더욱 커졌고 사람들의 춤도 격렬해졌다.

오직 단 하나, 신과 하나 되는 것만 믿고 자신을 몰아붙였다.

두려움은 사라지고 전능하신 신과 하나 되기를
전능하신 신과 하나 되기를
전능하신 신과 하나 되기를
전능하신 신과 하나 되기를

비명 소리가 들리고 사람들이 쓰러지기 시작했다.

나흘간 필요한 물건을 손에 넣고 배가 터질 만큼 먹어 치운 사람들은 선배를 뽑는 대회로 몰려갔다. 돌팔매질과 활쏘기 등을 거쳐 사냥대회에서 최종 승자인 선배를 가려낼 참이었다.

대회를 알리는 소라 나팔 소리가 낮고 길게 울려 퍼졌다.

사람들의 가슴은 두근거렸다. 고구려의 내로라하는 귀족과 이들이 대표하는 부족들은 자기네가 최고 영예인 선배를 차지해야 한다고 생각했다. 대회 참가자들은 한겨울 굶주린 늑대처럼 승자가 되겠다고 벼르고 있었다.

여자들은 고구려에서 가장 용맹하고 날쌘 사내를 맘껏 볼 수 있는 은밀한 시간을 고대하고 있었다. 넘볼 수 없는 기량을 펼치는 자 중 한 명을 찍겠다고 생각하자 은밀히 설레었다.

시작과 함께 사내들은 짐승 같은 소리를 내지르며 얼음 강으로 미친 듯 뛰어들었다. 보기만 해도 이가 딱딱 부딪치고 피가 얼어붙을 것 같은 얼음물이었다. 사람들은 뼛속까지 파고드는 차디찬 물을 생각하자 오금이 저려왔다.

두 패로 나뉜 사내들은 얼음물 속에서 상대편을 향해 돌을 던지며 싸움을 벌였다. 얼어붙는 냉기를 견디지 못하거나 돌에 맞아 이마가 찢어진 자들이 피를 흘리며 뛰쳐나왔다. 구경꾼들은 손뼉을 치며 소릴 질렀고 여자들은 비명을 지르다 눈물을 흘렸다.

웃통을 벗고 맨손으로 싸우는 수박(手搏)은 계집들이 더 흥분했다. 사내들이 맞붙어 겨루는 모습은 거칠지만 대단한 열기와 흥분을 자아냈다. 신음소리가 터져 나오고 뼈가 꺾이고 피가 튀었다. 여자들은 사내들의 울퉁거리는 근육을 보고 소릴 질렀고, 돌만큼 단단한 허벅지를 보며 발을 굴렀다.

수박에서 승리한 자들에게는 활쏘기에 참가할 수 있는 화살이 주어졌다. 화살을 받은 자들은 과녁을 정확히 뚫어야 했다. 참가자 대부분이 걸음마와 함께 활을 잡았지만 수만 명의 함성을 들으며 과녁을 맞히기가 쉽지 않았다.

"저 봐 저 봐! 영락없이 추모대왕(고구려를 건국한 주몽)이 살아 돌아온 것 같다이까."

활을 들고 나서는 진수를 보며 누군가 말했다.

진수의 검고 짙은 두 눈은 과녁에 집중하고 있었다. 처음엔 목이 짧고 어깨가 벌어진 제우가 여자들의 시선을 사로잡았지만 진수가 나타나자 곧바로 그 빛을 잃었다. 제우의 위용도 남달랐지만 그건 진수가 없을 때 빛날 뿐이었다. 진수가 정신을 집중하며 과녁을 응시하자 제우의 눈빛이 흔들렸다.

"중단하시오!"

진수가 활시위를 당기려는 순간 제우가 큰 소리로 외쳤다. 팽팽하던 긴장이 칼을 댄 거문고 줄처럼 끊어졌다.

"저기 저 화살이 이상하오."

시합을 중단시킨 제우는 진수의 옆에 놓인 화살 하나를 가리켰다. 자세히 보지 않으면 알아차리지 못할 정도로 약하게 부러진 화살이었다. 백발백중일지라도 부러진 화살로는 승자가 될 수 없었다. 관원이 뛰어나와 부러진 화살을 다른 걸로 바꿔주었고 계속 진행된 시합에서 진수와 제우 모두 승자에 올랐다.

진수는 제우를 보며 묘한 기분이 들었다. 자신도 부러진 화살이 있는 줄 몰랐고 제우도 모른 척할 수 있었다. 선배가 될 수 있는 기회였는데 마다한 셈이다.

마지막 시합인 사냥이었다.

노루를 가장 많이 잡아오는 사람이 선배를 차지한다.

평양은 물론 멀리 국내성에서 온 귀족들이 사냥대회장으로 몰려들었다.

귀공자들이 각각 말을 타고 나오자 함성과 박수가 쏟아졌다. 잘 먹이고 닦아주며 길들인 말들은 비단처럼 반지르르하게 윤이 났다.

말갈족에게 사들인 말을 탄 진수는 꼿꼿하게 상체를 세우며 등장했다.

황금 안장은 햇빛을 희롱하듯 현란하게 빛났다. 점무늬 끝동을 단 자주색 비단옷의 진수는 늠름하면서도 누대에 걸쳐 특별한 분위기 속에서 큰 귀공자의 자태가 풍겨 나왔다. 보기 좋게 벌어진 어깨와 튕겨나갈 듯한 허벅지는 조화로운 인체를 보여주었다.

태양빛을 온몸으로 받고 선 진수는 모든 게 가능한 열일곱이었다.

귓전에 울리는 사람들의 함성에 귀가 먹먹했다. 자신을 향한 각별한 환호라고 생각하자 얼굴이 굳어지고 아찔했다.

오래전부터 신수두 대제의 선배로 뽑혀 왕궁에서 전하를 배알하는 모습을 상상해왔다.

선배가 되면 군졸들을 이끌고 전장에 나가 서국(중국 당나라) 놈들을 혼내주고 싶었다. 서국에 알짱대며 까부는 계림 놈들도 꼼짝 못하게 해야지.

군기(軍旗)가 나부끼는 가운데 말을 몰며 호령하는 자신의 모습을 수없이 그려보았다. 아버지처럼 내가 지휘하는 군은 전승(全勝)의 북을 울리리라.

적을 향해 달려가는 자신의 모습은 제우를 향해 터지는 함성 소리에 사라져버렸다. 입술을 한쪽만 비튼 제우가 천천히 말을 몰며 원을 그렸다. 제우의 말은 날래기로 이름 난 서역의 대완(우즈베키스탄)산이었다.

제우는 진수를 힐끗 쳐다보았다.

시작을 알리는 북소리가 울리자 말들은 불을 뿜듯 달려 나갔다. 제우의 출발은 늦었지만 다른 말들을 따돌리며 앞서 나가기 시작했다. 마치 말 옆구리에 커다란 날개를 단 듯했다.

비단 천막에 자리 잡은 아버지가 보였다. 순간 가슴이 급하게 뛰고 발 끝부터 머리끝까지 열이 올랐다. 가슴이 터져버릴 것 같았다.

진수의 말은 허공에서 발을 구르듯 어느 지점부터는 아무리 용을 써도 제우의 말을 따라잡을 수 없었다. 진수는 입이 마르고 가슴이 조여왔다.

갑자기 제우의 말이 앞발을 높이 치켜들면서 몸을 비틀었다.

말은 태우고 달리던 제우를 떨어뜨리고 미친 듯 날뛰었다. 지켜보던 사람들은 비명을 질렀다.

말에서 떨어진 제우는 아주 짧게 고개를 움직이더니 잠잠해졌다.

"무슨 일이야!"

"죽은 거 아이가?"

사람들은 제우가 혹시 다시 움직일까 가슴 졸이며 쳐다봤다.

잠시 후 제우는 조심스럽게 옮겨졌다.

"봤니? 그놈의 말이 이상하게 비틀던 거이?"

"서부살이가 아들 땜에 죽을상이 됐겠구만."

"허참 그놈 말타기가 으뜸이라고 하잖아서?"

진수는 달리는 말을 겨우 세우고 옮겨지는 제우를 바라보았다. 축 늘어진 제우는 움직이지 않고 신음소리도 내지 않았다. 제우를 옮기는 자들의 얼굴은 겁에 질린 듯했다.

제우는 다른 건 몰라도 제 말만큼은 누구보다 아끼고 세심하게 돌보았다. 마부가 말굽을 다치게 했다고 죽을 만큼 때린 일도 있었다.

잠시 후 웅성거리는 소리가 들렸다. 누군가 제우의 말에 이상이 있다고 떠들어댔다. 어떤 놈이 말안장 아래에 쇠침을 꽂아놓았다는 얘기였다.

늙은 시종 한 명이 침을 뱉으며 진수에게 다가왔다.

"시합은 내일 한다고 합네다. 돌아가 쉬시라요."

진수는 고삐를 쥐려는 시종을 거칠게 밀치고 말에 올라탔다. 놀란 시종은 멍하니 진수를 바라보았다. 허둥지둥 말에 올라타는 진수의 모습을 사람들이 쳐다보았다. 누군가 자신을 향해 손가락을 치켜드는 것 같았고 뭔가 속닥거리는 것 같았다. 진수는 자신을 힐끗거리며 쳐다보는 사람들을 위협하듯 헤치고 달렸다.

옮겨지던 제우의 모습이 떠올랐다. 죽은 개처럼 사지가 축 늘어진 것이 죽은 게 틀림없다.

누가 말안장에 쇠침을 박은 걸까.

놈들은 왜 날 보며 쑥덕거리는 거야.

진수는 아버지가 반란을 일으킨 말갈부족을 도륙하던 광경이 불쑥 떠올랐다. 그 순간만큼은 꿀에 절인 밤을 주며 머리를 쓰다듬던 아버지가 아니었다.

말갈인들은 칼끝에서 울부짖었고 휘두르는 칼에 피가 튀었다.

그날 말갈부족에서 살아남은 건 말과 돼지뿐이었다.

진수는 모든 걸 다 토했고 달포 넘게 밥을 넘기지 못했다. 밤이면 꿈에서 피범벅이 된 여자와 아이들을 보았다.

진수는 말을 타고 얼마나 달렸는지 숨이 끊어질 것 같았다. 나뭇가지에 옷이 찢기고 긁힌 뺨에선 피가 흘렀다.

흑수정같이 맑고 낯선 어둠이 내려앉았다.

보름달이 지나치게 낮고 가깝게 보여 흠칫 놀랐다.

아버지는 서부살이가 사들인 대완산 말과 같은 걸 구하려 했다. 서부살이가 할 수 있는 일이라면 자신도 할 수 있다는 걸 보여주고 싶었을까. 진수에게 '누구에게도 지지 말라'고 주먹을 흔들어대는 것 같았다.

진수는 좋은 말을 갖게 됐지만 말타기는 제우를 뛰어넘지 못했다.

아버지에 이어 그 아들도 듀물이라는 말을 듣던 진수로선 활쏘기라면 이길 자신이 있었다. 사냥대회에서 활쏘기로 제우를 능가할 자신이 있었다.

아버지는 자신이 미덥지 않아 제우의 말에 쇠침까지 쑤셔 넣은 걸까. 그만큼 선배가 되는 게 절박했을까.

진수는 막리지에 대한 아버지의 증오가 측근인 서부살이에게 꽂힌 거라 생각하자 소름이 돋았다.

죽은 개처럼 축 늘어진 제우의 모습이 지워지질 않았다.

달빛 때문인지 눈이 시려왔다.

도망자

"가죽 한번 좋아 보이는군. 아들이 잡았다는 놈은 아닐 텐데."

눈을 실같이 뜬 울절(고구려 종2품 관리)은 남부살이의 바닥에 깔린 호랑이 가죽을 내려다보았다.

"아니오."

남부살이는 울절의 얼굴을 똑바로 보며 짧게 말했다. 막리지가 권좌에 오른 뒤 은둔하다시피 한 남부살이였다. 막리지가 보낸 울절은 눈빛과 말투 하나하나가 속을 긁어댔다.

"아들은 아직도 안 돌아왔소?"

사냥대회에서 제우가 낙마 사고로 숨지고 동시에 진수가 사라지자 평양에선 온갖 추측이 나돌았다. 진수만큼 유력한 우승 후보였던 제우를 쓰러뜨리기 위해 누군가 쇠침을 박았다는 소문이 꼬리에 꼬리를 물었다.

제우의 안장에 박힌 쇠침이 드러나면서 막리지는 범인을 찾아내라고 엄명을 내렸다. 막리지의 측근인 서부살이는 아들을 잃고 정신이 거의 나가 길길이 뛰었다. 사람들은 낙마 사고 직후 사라진 진수를 의심하기 시작했다.

"조만간 거병이 있을 거요."

을절은 남부살이에게 몸을 기울이며 목소리를 낮췄다.

"신수두에서 진수가 선배로 뽑히면 아버지와 함께 출전시키려고 했소. 사고가 나고 진수가 사라져버려 어찌 된 일인지 모르겠지만. 아들은 없지만 대인은 거병에 나서라 하셨소. 남부살이 같은 용장이 나서야……."

"아직 몸이 회복되지 않았소."

남부살이는 미간을 잔뜩 좁히며 말을 막았다. 막리지인 연개소문이 영류왕을 시해하고 귀족과 대관들을 처단한 이후 어떤 출병에도 나서지 않았다. 몸이 아프다는 핑계를 댔고 국내성으로 거처를 옮겼다.

남부살이는 막리지가 고관들을 도륙하면서 자신만 남겨둔 이유를 알지 못했다. 막리지의 찌를 것같이 치솟은 눈썹과 강한 기가 뿜어져 나오는 수염을 떠올렸다. 그 끝에 닿으면 피가 맺힐 듯 살기가 느껴졌다.

각 부 살이(대인)들이 서부살이였던 연개소문을 없애자고 논의했을 때 남부살이만 두고 보자고 말렸다. 연개소문의 성격이 강퍅해 앞으로 무슨 일을 저지를지 모른다고 우려하고 있었다. 왕이 서국과의 관계 개선을 위해 봉역도(封域圖)까지 바친 상황에서 이를 고깝게 여기고 있는 연개소문에 대해 심상치 않은 낌새를 맡았기 때문이었다.

남부살이는 범상치 않은 연개소문의 면모를 지켜보면서 큰 잘못이 없는데 없애는 건 자칫 국가적 손실이라며 반대했다.

5부 살이들이 은밀히 모여 연개소문을 없애자는 이야기를 나눴을 때 정탐꾼은 이를 고해바쳤다.

연개소문은 왕명에 의해 장성 축성 책임자로 차출됐다.

그는 멀리 떠나기 전 열병식을 겸한 연회를 준비했다며 각 부 살이들과 고관들을 초대했다. 귀족들과 고관들은 크게 내키지 않았지만 연개소문의 불같은 성격을 아는지라 초대에 응하지 않을 경우 오히려 자극할 것이라며 어쩔 수 없이 참석했다.

삼엄하게 진행되던 열병식은 순식간에 도륙장으로 변했다.

영류왕만은 초대에 응하지 않고 궁에 머물렀고 남부살이는 몸이 좋지 않다는 이유로 집에 머문 덕분에 화를 피했다. 연개소문은 각 부 살이들과 고관들을 베고 궁으로 달려가 왕까지 베어버렸다.

연개소문은 막리지라는 군 최고 자리에 오르면서 권력을 쥐었고 죽은 왕의 조카인 장(藏)을 세워 왕위에 앉혔다.

남부살이는 막리지의 정변을 받아들일 수 없었고 생각도 달랐다.

막리지는 서국을 무찔러 과거 고구려가 차지했던 옛 강토를 찾아야 한다고 벼르고 있었다. 이 같은 생각은 을지문덕 장군 때부터 있었고 이 때문에 양측은 서로 엇갈린 주장을 펴왔다. 을지문덕 쪽에서는 계림과 백제는 성정이 강하고 고집이 세 굴복시키기 어렵다고 판단했다. 반면 서국(중국)은 한쪽이 무너지면 다른 지역의 사람들도 크게 동요하는 습성이 있다. 서국은 한쪽을 공격한 뒤 지역 백성들을 안정시키고 위무하면 땅 전체를 통일할 수 있다고 믿었다.

남부살이는 이세민(당 태종)이 서국의 남북을 통일하고 주변 나라를 복속시킬 만큼 강대해졌으니 고구려도 계림과 백제부터 병합해 대통일을 이뤄야 한다고 생각했다. 통일을 이룬 뒤 힘을 길러 서국을 쳐야 한다는 입장이었다.

진수 생각에 우울해진 남부살이는 울절이 바닥을 내리치는 소리를 들었다.

"전하의 명이오!"

울절은 출전하라는 명을 던져놓고 물러갔다.

남부살이는 더 이상 피할 수 없는 상황임을 깨닫고 눈을 감았다. 낙마 사고의 범인이 잡히지 않은 상황에서 자신이 출전을 거부할 경우 진수가 어떤 일을 당할지 몰랐다.

수년간 싸움터에 나가지 않으면서 남부살이의 몸은 예전 같지 않았다. 전처럼 말을 타고 수백 리씩 달리는 일은 엄두도 내지 못했다. 활을 당기는 힘도 믿을 수 없을 만큼 약해졌다.

남부살이는 진수가 신수두에서 선배로 뽑혀 전쟁에서도 공을 세우기만 바랐다. 그래야 자신의 자리를 물려줘도 다른 귀족들이 반대하지 못하리라 생각했다. 막리지가 벼르고 있지만 당당하게 선배로 뽑히고 무훈을 세운다면 남부살이 자리를 넘겨줘도 반대하기 어려웠다.

이번 신수두 대제는 더없이 좋은 기회였는데.

진수는 어디에 있는 걸까.

❖❖❖

"아이쿠 이제 오면 어쩝네까?"

진수가 들어서자 시종들이 우르르 몰려와 눈물을 뿌렸다.

"큰일 났시요!"

나이 많은 시종은 남부살이가 계림과의 전투에 나갔다 포위됐다며 울먹였다. 진수는 날벼락 같은 소식에 어머니를 보기도 전에 말에 올랐다. 그동안 산에서 굶주리고 제대로 쉬지 못해 쓰러지기 직전이었지만 한시가 급했다.

제우의 사고로 아버지에 대한 원망이 진수를 짓눌렀지만 계림군에 포위됐다는 말을 들으니 피가 거꾸로 솟았다. 진수의 눈을 본 시종들은 성질이 칼칼한 도령이 무슨 일을 낼지 모르겠다며 물러섰다.

진수는 군대가 있는 곳으로 달려갔지만 길잡이를 앞세웠음에도 불구하고 적의 정찰대에 잡히고 말았다. 길잡이가 하루만이라도 적의 동태를 살피자고 했지만 진수는 급한 나머지 말을 듣지 않았다. 결국 무리하게 접근하다 생포되고 말았다.

칼 한 번, 활 한 번 제대로 써보지 못하고 생포된 어처구니없는 상황이었다. 진수는 지금까지 활을 당기고 말을 달리며 이기는 전쟁만 그려왔다. 싸우다 목숨을 잃더라도 그건 장렬한 전사였다. 활 한 번 쓰지 못하고 적에게 생포된다는 것은 상상도 하지 못했다.

진수는 마치 두 발이 허공에 둥둥 떠 헛발질을 하는 것 같았다. 아버지를 구하기는커녕 계림군 한 놈 죽이지 못하고 잡히다니. 칼을 뽑아 목을 찌르고 싶었지만 차고 있던 칼은 어디론가 사라졌다.

신수두 대제에서 달아난 자신에게 저주가 내렸다고 생각했다. 사냥대회에서 선배가 잡은 동물은 신성한 의미가 부여돼 하늘에 올리는 제사에 바쳐졌다. 자신이 하늘에 올리는 제사를 망쳤다고 느꼈다.

진수는 두려운 나머지 돌에 머리를 찧었다. 머리는 난발이 되고 머리에선 피가 펑펑 솟았다. 계림군은 자신의 머리를 찧은 진수가 미친놈이라며 사정없이 짓밟았다. 차라리 죽기를 바랐지만 정신만 혼미해질 뿐이었다. 계림군은 피범벅이 된 진수를 묶어 군영으로 끌고 갔다.

계림군영에는 장군과 몇 명이 이야기를 나누고 있었고 갑옷을 입은 진수 또래의 낭장도 보였다. 눈빛이 강렬한 낭장의 갑옷에 눌어붙은 피가 불길하게 보였다.

장작불이 탁탁 소리를 내며 타오르고 있었다.

"이놈은 뭐냐?"

누군가 피를 뒤집어쓴 진수를 보며 찌푸렸다.

"고구려 첩자냐?"

"적장이 쓰러진 마당에 무슨 놈의 첩자 하하하."

군영에 있던 계림군 장수들은 낄낄거리기 시작했다.

진수는 적장이 쓰러졌다는 말에 휘청했다.

'고구려 적장이 쓰러진 마당에.'

아버지에게 변고가 생겼다.

"제대로 불 때까지 한번 지져볼까?"

한쪽 눈이 찌그러진 자가 히죽거리며 시뻘건 나무토막을 흔들었다.

"놔둬! 김유의 공이 컸으니 이놈도 다른 놈들과 김유에게 하사될 것이야."

장군처럼 보이는 자가 갑옷을 입은 낭장의 등을 두드리며 말했다.

왕경

"여기가 어디가?"

왕경(王京 - 신라의 수도 경주를 부르던 옛 이름) 대로(大路)에 들어선 고구려 패졸(敗卒)들은 눈꺼풀을 치켜뜨며 주위를 더듬었다.

정신을 차리고 보니 눈이 튀어나올 만큼 장대한 불탑 앞에 서 있었다. 탑은 거인처럼 하늘을 이고 있고 구름이 꿈처럼 흘러가고 있었다. 암울한 운명에 짓눌리던 패졸들은 불탑과 거대한 절 앞에서 입을 다물지 못했다. 거인국에 붙들려 온 소인처럼 하늘 높이 치솟아 자신들을 내려다보는 불탑 아래 엎드렸다.

불탑의 기기묘묘한 조각은 장중하게 빛났다.

눈앞의 탑은 석가모니가 지금 당장 눈을 부릅뜨고 내려다보고 있는 듯했다. 패졸들은 석가모니의 번갯불을 맞아야 업을 씻을 거라 생각했다.

몇몇은 고엄(高嚴)한 불탑이 비참한 자신을 굽어보며 자비를 베풀 거라는 희망을 품었다. 칼과 창으로 찌르던 싸움은 아득해지고 석가모니의 품에서 안식을 찾고 싶었다.

계림에 이 같은 불탑이 있는 줄도 모르고 칼을 휘둘렀다니. 저 같은 불탑이 있는 줄 알았다면 대적하지 않았을 텐데. 땅에 코를 박으며 절을 해대는 자도 있었다.

왕경은 거대한 불탑뿐 아니라 황홀할 만큼 화려하고 눈부신 도시였다.

대궁의 웅장한 궁궐과 곳곳에 앞다퉈 세워진 대사찰들, 서른 개가 넘는 귀족 대가들의 금입택(지붕과 기둥에 금을 입힌 대저택)이 찬란한 빛을 발하고 있었다.

시원스레 뻗은 대로 위를 마차들이 바쁘게 달리고 있었다. 황금처럼 빛나는 비단을 잘 차려입은 사람들이 물결치듯 오가고 있었다.

구름에 닿을 것같이 치솟은 황룡사 목탑은 왕경의 중심을 잡고 드높은 기세를 보여주었다.

"왕경이야."

누군가 쉰 목소리로 내뱉었다. 패졸들은 왕경까지 끌려왔다는 사실을 새삼 깨닫자 꺽꺽 울었다.

난발이 된 패졸들 중에서도 진수는 유령처럼 보였다.

머리에서 흐른 피가 얼굴과 온몸에 눌어붙어 몰골을 알아볼 수 없었다. 진수의 찢어진 가죽신을 유심히 본 사람만이 피칠갑을 한 사내가 예사로운 신분은 아닐 거라 추측했을 것이다.

이 치욕을 벗어날 수 있을까.

진수는 생각에 빠질수록 몽롱해졌다.

제우만 죽지 않았어도 이런 상황은 일어나지 않았다. 제우가 살아 있다면 나와 겨뤘을 테고 선배는 내 차지였다.

아버지와 함께 전장에 나가 적장을 베고 개선할 수 있었다. 적어도 계림군과 싸우다 영예롭게 죽을 수 있었다.

여기에 이렇게 서 있을 내가 아니다. 말 위에 올라타 요동을 말달리며 서국 놈들의 목을 겨눠야 했다. 누구보다 날쌔게 말을 달려 놈들의 목을 베고 잃어버렸던 땅을 되찾아야 하는데.

서국의 수(隋) 양제가 백만 대군을 끌고 왔지만 빛나는 무공을 세웠던 아버지가 아닌가. 대제국을 호령하고 서역 국가들까지 굴복시킨 양제가 요동벌판이 새카맣게 되도록 대군을 끌고 왔지만 아버지의 예봉 앞에 꺾이고 말았다. 아버지가 일찌감치 양제의 기를 꺾고 을지문덕 장군이 수나라 군졸들을 물속에 처넣으며 전쟁을 마무리 지었다.

서국을 무찌르고 요동을 질주하는 모습을 그려온 내가 계림군에게 고라니처럼 잡히다니. 계림은 위대하신 광개토대왕이 왜놈들의 침입을 막아주고 신하처럼 굴복시켰던 나라가 아니었나.

진수는 휘청거렸다.

패졸들은 왕경의 동쪽에 들어선 거대 시장인 동시(東市)에 들어섰다.

"어서 일어낫!"

계림군은 제대로 걷지 못하는 패졸들을 발로 차거나 주먹질을 해댔다. 일부는 장난기 가득한 얼굴로 일부는 잔뜩 찌푸린 채 얼굴과 등을 짓밟고 걷어찼다.

왕경민들은 고구려 패졸들이 끌려오자 구경하러 몰려들었다. 무리 중에는 고구려군에게 당한 가족 때문인지 침을 뱉고 돌멩이를 던지며 씩씩거리는 자도 있었다.

그중 한 소녀도 비명을 지르며 매질을 당하는 패졸들을 바라보고 있었다.

소녀는 유난히 크고 맑은 눈과 곧고 길게 뻗은 코, 윤곽선이 뚜렷한 입술을 가지고 있었다. 얼굴은 상아빛이 돌았다. 속눈썹은 짙고 정교하게 나 있고 붉고 투명한 입술 양끝이 보기 좋게 약간씩 올라가 조금만 움직여도 기뻐 웃는 것 같았다. 훤한 이마뿐 아니라 몸 전체에서 빛이 흘러나오는 듯했다. 멀리서도 눈길을 사로잡는 외모였다. 패졸들을 구경하다 잘 차려입고 나온 소녀를 발견한 사내들은 눈을 떼지 못했다. 소녀의 얼굴부터 부드러운 하얀 목과 풍성한 가슴 선을 따라가다 보면 자신이 어디에 서 있는지도 모르게 빨려 들어갔다.

계림군영에서 피 묻은 갑옷을 입고 있던 낭장이 앞으로 나왔다.

갑옷을 벗지 않은 화랑 김유(金由)였다.

몸매가 호리호리하고 미묘하게 튀어나온 눈이 어딘지 날이 서 있었다. 얇은 입술은 날카로운 인상을 더해주었다.

영명(英明)부인은 막내아들 김유를 위해 왕경 최고의 장인에게 갑옷과 검, 활을 주문했다. 김유는 특별히 지은 갑옷 덕분인지 첫 출전에서 공을 세웠고, 그에 대한 소문이 김유보다 먼저 왕경에 닿았다.

왕경의 떠오르는 꽃인 김유가 전쟁에서 공을 세우고 돌아왔다는 말을 듣고 몰려든 자도 많았다. 귀공녀들은 왕경의 세도가인 영명부인의 삼남(三男) 김유가 고구려와의 싸움에서 공을 세웠다고 하자 비상한 관심을 보였다. 경쟁 관계에 있던 귀공자들은 불편한 심기를 숨기며 어슬렁거리며 나타났다.

김유의 곁에는 무리굴이 호위하듯 서서 자랑스러운 웃음을 지어 보였다. 고구려와의 전투에 참여했던 낭도들도 주위를 에워쌌다.

김유와 함께 처음으로 전장에 투입된 무리굴은 온몸에서 기쁨이 흘러나오고 있었다. 전장으로 달려가고 싶어 벌써부터 안달이 나 있었다. 어서 빨리 공을 세워 이름을 얻고 많은 걸 누리고 싶었다. 계집보다 입술이 붉은 무리굴은 낭도 중에서도 가장 눈에 띄는 낭두(낭도들 중의 우두머리)였다.

김유는 왕(김춘추)이 머무는 대궁(大宮)으로부터 치하와 함께 잡혀 온 고구려 패졸들을 노비로 삼으라는 명을 받았다. 첫 출전에서 공을 세우고 노비까지 하사받은 김유는 흥분한 것처럼 보였다. 화랑 중에는 스무 살이 되기도 전에 출전 기회를 얻더라도 목숨을 잃거나 크게 다치는 경우가 적지 않았다. 반면 나이 어린 화랑들이 공을 세우는 것은 쉽지 않았다.

영명부인은 아들의 모습에 여유 있는 웃음을 지어 보였다.

김유는 어머니에게 다가가 고개를 숙였다.

"장하구나."

영명부인은 얼굴 가득 웃음을 띠며 고개를 까딱했다.

"다친 데는 없느냐?"

"예."

김유는 고구려 패졸들을 바라보며 자랑스런 눈빛을 감추지 못했다.

"하사받은 노비들은 마목장으로 보낼까 합니다."

"네가 얻은 노비 아니냐, 알아서 하거라."

영명부인은 가게에서 부릴 만한 놈은 없는지 잠깐 살펴보았지만 건질 게 없었다. 그나마 괜찮다 싶은 놈은 건장했지만 온몸에 피칠갑을 하고 있어 께름칙했다. 품새로 보아 예사롭지는 않았지만 귀신같기도 했다. 저놈은 한번 잘 씻겨볼 만하다 싶었다.

"놈들을 마목장으로 보내라."

김유는 패졸들을 향해 외쳤다.

❖❖❖

　파도는 끊임없이 솟구치다 곤두박질쳤다.

　끝없이 생겼다 바다로 되돌아갔고 하나도 같은 형상은 없었다. 거대한 바다는 파도의 천변만화하는 모습을 지켜보며 얼마든지 받아내고 있었다. 바다에서 만들어진 파도는 바다와 달리 행세하다 이내 고향으로, 원래 생겨났던 곳으로 녹아들어 갔다. 바다는 처음부터 같은 모습이지만 수없이 생겨나는 파도가 성내고 떠들고 울부짖었다. 쉴 새 없이 움직이고 흔들리고 부서졌다.

　배는 고구려 패졸들이 게워낸 토사물로 발 디딜 곳이 없었다. 얼굴이 누렇다 못해 허옇게 뜬 패졸들은 노란 물까지 게워냈다.

　배가 파도 위에서 크게 출렁일 때마다 진수의 속도 뒤집어졌다. 하늘이 뱅뱅 돌았다. 바다로 뛰어들어야겠다는 생각밖에 없었다.

　"헤헤 이놈은 멀쩡허네."

　앞니가 홀러덩 빠진 선부(船夫)가 진수를 발로 툭툭 건드렸다.

　"니 놈들 똥물이나 닦어!"

　선부는 진수의 얼굴에 썩은 누더기를 던졌다. 썩은 내가 코를 사정없이 할퀴었다.

　순간 눈이 뒤집힌 진수는 튕겨 나듯 일어나 선부의 목을 졸랐다. 손에 검만 있다면 계림 놈들을 모두 베어 바다에 처넣고 싶었다. 선부는 눈알이 튀어나올 듯 커지고 입을 벌리며 괴롭게 헐떡였다.

　여러 명이 우당탕 달려들어 진수의 몸을 바닥에 팽개쳤고 밟아댔다. 사정없이 날아드는 발과 주먹질에 숨을 쉴 수가 없었다. 누군가 그만하라고 소리쳤고 분이 풀리지 않은 선부가 진수의 배에 마지막 발길질을 했다.

배가 섬에 닿은 것은 해 질 무렵이었다.

비릿한 냄새와 말똥 냄새가 진동했다. 탈진한 패졸들은 배에서 내리다 휘청거렸고 몇 명이 말똥과 건초가 떠다니는 물속으로 처박혔다. 더러운 물속에서 허우적거리다 선부들에게 끌려나와 모래톱에 다시 처박혔다.

진수는 후들거리는 다리에 힘을 주느라 이마의 핏줄이 튀어나왔다. 용케 물에 빠지지는 않았지만 모래톱에 쓰러져 정신을 잃었다.

다음 날 동이 트기 전 진수와 패졸들은 선부들의 고함소리에 잠을 깼다. 도토리를 섞은 나물범벅으로 배를 채우고 나서자 사금파리 같은 바람이 파고들었다. 주위는 어두워 음산했고 낯선 풍경이 목을 조이는 듯했다.

여기가 어딘가 여기서 뭘 하고 있나.

몰매를 맞은 진수는 머리가 깨질 듯 아프고 눈도 잘 떠지지 않았다. 누가 밟았는지 다리는 딛기조차 힘들었다.

진수는 비로소 자신을 보았다. 여기저기 피가 말라붙고 온몸은 바늘과 몽둥이로 쑤셔대는 듯했다. 더러워진 옷과 가죽신은 부옇게 흙먼지를 뒤집어쓰고 있었다.

살아 나갈 수 있을까. 어젯밤 누군가 이곳에선 살아 나가지 못하고 시신은 바다에 던져질 거라며 껵껵 울어댔다.

패졸들은 돌을 나르거나 말똥을 치워야 했다. 진수는 돌 나르는 패에 끼였지만 멍하니 서 있었다.

영원히 뜨지 않을 것 같던 태양이 솟아 하늘에서 가물거렸다.

말들은 배불리 먹었는지 히힝거리며 힘차게 뛰었다. 말과 나귀를 교배한 버새와 얼룩무늬 야생마인 탄해도 대지를 휘저었다. 태양과 바다, 신선한 공기와 뒤섞이며 날듯이 내달렸다. 빛을 받은 바다는 거대한 금수(錦繡)를 천천히 흔드는 듯 잔잔하게 너울거렸다.

"다시 한 번 지랄해봐라 눈깔을 뽑아버릴 테니!"

어제 발길질을 해대던 자가 진수의 목덜미를 틀어쥐며 소리쳤다. 진수가 주먹을 쥐는 순간 누군가 급히 팔을 잡았다.

"참으라우!"

왕경에서 들었던 쉰 목소리였다.

진수는 고개를 돌려 누가 자신을 잡았는지 보았다. 머리가 허옇게 세고 등이 구부정한 자였다.

철벅.

진수는 어느 놈이 쏟아낸 말똥에 발이 미끄러지고 말았다.

영명부인

명쾌한 아침 공기에 코끝이 맵싸했다.

김유는 아침 일찍 어머니의 부름을 받고 옷을 갈아입는 중이다.

흰색 비단에 검은 비단 띠를 두르는 김유의 자태에서 강건한 기가 뿜어져 나온다. 입은 굳게 다물고 눈은 매우 컸는데 혼자 있을 땐 더 날카롭게 빛나 물수리 같다.

"어서 오너라."

차를 들고 있던 영명부인은 김유가 들어서자 얼굴이 꽃처럼 화사해졌다. 왕경에서도 손꼽히는 세도가이자 진골(眞骨-신라의 신분제인 골품제에서 성골 다음 계급)인 영명부인은 대왕(김춘추)의 각별한 사랑을 받고 있었다. 김유신 공의 누이 문희에게 대왕의 사랑을 뺏기지만 않았어도 대궁에 들어가 그 자리를 차지했을 사람이었다.

비단에 수를 놓고 금박으로 장식한 계수금라를 입은 영명부인은 눈부시게 화려하면서도 위엄이 있었다.

"너의 무공 얘기로 떠들썩하구나."

"예."

"수고 많았다."

영명부인은 아들의 모습에 흡족했다. 사람들은 영명부인이 삼남(三男)에게 모든 걸 밀어주고 있다며 수군대고 있었다. 영명부인은 세 아들 가운데 가장 뛰어난 아들에게 모든 걸 밀어주겠다고 공언해왔다. 풍월주를 포함해.

왕경의 귀공자들은 화랑이 되고자 했고, 화랑 중에서도 으뜸인 풍월주가 되는 걸 가장 동경하고 자랑스러워했다. 풍월주에 오르기 위해선 재력도 뒷받침돼야 하고 대궁의 인정도 받아야 했다. 화랑으로서 뛰어난 자질은 물론 집안의 든든한 후원이 있어야 풍월주란 치열한 경쟁에 뛰어들 수 있었다.

영명부인의 장남 선흔은 낙마 사고로 세상을 떠났고 차남 용흔은 형이 없는 상태에서 모든 게 자기 차지가 될 거라 방심했다.

영명부인은 선흔이 세상을 떠난 뒤 용흔을 불렀다.

"화랑이 돼 낭도를 거느리려면 네 안팎부터 정리하거라."

"예? 화랑요?"

용흔은 어머니가 화랑을 들먹이자 안색이 바뀌었다.

화랑이 되기 위해선 철저하게 절제하며 밤낮없이 무예와 공부에 매진해야 했다. 낭도들을 거느리기 위해선 화랑이 모범을 보여야 했다.

용흔은 갑자기 아차 하는 생각과 함께 머리가 조여드는 걸 느꼈다.

용흔은 어머니의 뜻을 따라 화랑이 되겠다며 말을 타다 죽은 형의 얼굴이 생각났다. 말을 좋아하지 않았던 선흔이 말타기를 무리하게 연습하다 낙마했던 것이다.

가뜩이나 영명부인은 선흔을 불안한 눈으로 지켜보고 있었다. 말을 다루지 못하는 화랑은 화랑일 수 없다고 말했다.

차츰 선흔은 집안과 계림의 명운을 걸고 키울 재목이 아니라는 감이 들었다. 자신이 정성 들여 키울 아들은 계림의 천년대계를 이어갈 놈이어야 했다. 대왕의 꿈이자 계림의 꿈인 통일을 이룰 때 그 아들이 큰 공을 세울 것이다. 창대한 통일국가를 세울 때 빛나는 존재가 돼야 했다.

영명부인은 차츰 셋째 아들 유를 염두에 두기 시작했다.

유를 회임했을 때 꾼 태몽이 생생했다.

믿을 수 없이 크고 찬란한 빛을 내뿜는 별을 보았던 것이다.

명랑하고 청허한 세계에 서 있었다. 어리둥절하면서도 황홀해하며 주변을 둘러보고 있을 때 칠보로 장식한 장엄한 누각을 발견했다. 누각 위에서 이곳은 인간세계가 아니라며 탄복하고 있다 갑자기 커다란 별이 다가오는 걸 보았다. 눈이 부셔 제대로 뜰 수 없을 정도의 커다란 빛이었고 대낮같이 환한 기운에 휩싸이면서 환희로 물들었다. 별을 잡기 위해 손을 뻗었을 때 쑤욱 하고 별이 품 안으로 들어왔다.

영명부인은 깜짝 놀라 꿈에서 깼다.

태기를 느낀 영명부인은 징차 태어날 아이는 대단한 인물이 될 거라며 되뇌었다.

유를 낳던 날 집에 오색구름이 덮이고 하늘에선 아름다운 음악 소리가 들려왔다. 집을 덮은 오색구름은 비선(飛仙)이 하늘에서 타고 내려온 듯 찬란했다. 공중에서 들려오는 음악에 몸을 맡기고 있으니 있는 자리가 극락인 것 같았다.

처음에 영명부인은 세 아들을 똑같이 대하고 누구에게도 기울지 않는 태도를 보였다.

선흔은 장남이지만 어머니의 사랑을 차지하지 못할까 늘 불안에 휩싸였고 급기야 낙마하는 사고를 당했다. 선흔은 어머니가 다가오는 발소리만 들어도 숨이 거칠어질 정도로 영명부인을 두려워했다. 자신이 뭘 해도 성에 차지 않다며 늘 지적을 받았고 어머니 앞에만 서면 입이 제대로 떨어지지 않았다.

그날도 선흔은 어머니로부터 질책을 받고 말을 타러 나갔고 어쩐 일인지 그날따라 말을 거칠게 몰았다. 시종들도 따라가지 못할 정도로 말을 사정없이 몰아댔다.

누군가는 그날 선흔이 왕경에서 금기시되던 뭔가를 삼킨 것 같다고 말했다. 과도하게 먹어서인지 눈이 퀭하게 풀어지고 말의 두서가 없었다고 마지막까지 그를 본 시종이 전했다.

차남인 용흔은 장남에게 변고가 생긴 이상 어머니는 자기에게 최선을 다할 거라 생각했다.

전부터 세 아들 중 가장 집의 재물을 축내오던 용흔은 씀씀이가 헤퍼지고 사치품을 사들이는 일에 탐닉했다.

귀공자들과 어울려 밤 연회를 즐기는 일이 많아졌다.

유는 선흔 용흔의 동모제(同母弟-어머니는 같고 아버지가 다른 동생)로서 많이 달랐다. 무예와 글공부에 빈틈을 보이지 않았다.

영명부인의 세 아들을 가르친 스승들은 한결같이 유의 명석함을 칭찬했다. 빨리 깨치고 하나를 배우면 열을 알았다.

"장안에 다녀온 사람들이 또 서책을 잔뜩 가져왔다. 네가 부탁했다고 하더구나. 무슨 서책을 그리 많이 주문했더냐?"

영명부인은 왕경에서도 서책을 사 모으기로 소문난 김유를 가볍게 나무랐다. 글을 읽는 건 좋지만 서책을 모으는 게 지나치다 싶을 정도였다. 방 안에는 서책이 그득했다. 유가 거느리고 있는 낭도들을 거둬

먹이는 일도 만만치 않았다.

"구하고 싶은 서책이 이번엔 좀 많았습니다."

"참 네가 제일 원했다던 병서는 구하지 못했다고 하더라."

장안에서 서책이 왔다는 말에 반가웠던 김유는 고대했던 병서는 없다는 말에 실망했다.

영명부인은 차를 따르다 웃음을 거뒀다.

"조만간 풍월주(화랑 중 가장 으뜸인 화랑)가 될 것이니 준비하거라."

"예?"

영명부인은 차분한 눈으로 아들을 바라보았다.

김유는 풍월주를 꿈꿔왔지만 막상 그 말을 들으니 두근거렸다.

풍월주는 왕경의 총아요 계림의 동량(棟樑)이 된다는 의미였다. 수많은 낭도를 거느리는 것은 물론이요 전장에서 무훈을 세울 기회도 많아졌다. 장렬하게 숨지더라도 왕이 직접 제를 올려주며 죽음을 영원히 애도해주었다.

왕경민의 꿈은 화랑 아래에 들어가 전쟁에서 공을 세울 수 있는 낭도가 되는 것이었다. 왕경민의 아들 중 재능이 뛰어나고 준수한 자는 낭문(郎門)에 들어가 화랑과 함께하는 기회를 잡았다. 화랑과 함께 훈련하는 낭도들은 체력이나 기량에서 군졸들보다 나았다.

낭도들은 자신이 따르는 화랑이 풍월주가 되면 무한한 영예로 알았다.

낭도에게 화랑은 본받아야 할 이상적인 인간이었다. 그 아래서 무예와 예악, 글을 익히며 몸과 마음을 수련했다.

낭도들을 훈련하고 먹이는 일은 재화(財貨)가 필요했다. 이 때문에 영명부인은 동시(東市)에 가게를 운영하면서 유가 화랑을 거쳐 풍월주가 될 때를 준비해왔다. 김유의 목표는 화랑이 아니라 풍월주였던 것이다.

"매사에 조심하란 말이다."

영명부인은 아들의 눈을 쏘아보듯 쳐다보았다.

이때 정은 영명부인의 금입택(金入宅)에 들어서고 있었다.

정은 영명부인의 집을 보고서야 비로소 왕경의 금입택이 어떤 건지 알 수 있었다.

왕경 귀족들은 대저택을 화려하게 꾸미기 위해 지붕과 기둥에 금을 입혔고 이 때문에 금입택이라는 말이 붙었다. 금입택은 서로 맞닿아 있어 해가 찬란하게 뜰 때면 부근 전체가 황금의 나라처럼 빛났다.

금입택에 사는 귀족들은 당에까지 알려진 왕경 장인들의 목걸이와 귀고리 팔찌를 차고, 장안에서 들여온 비단옷을 입었다. 말과 수레는 서역에서 들여온 안장과 등자, 고급 양모 깔개로 꾸며 위세를 드러냈다.

영명부인의 저택은 동서남북 네 곳에 문이 있고 오색(五色) 단청으로 꾸며 장대하면서도 현란했다. 기둥에 입힌 금으로 집 안 전체가 빛에 떠 있는 듯했고 천장은 절정의 기술을 가진 장인의 귀접이(목재의 뾰족 나온 귀를 살짝 깎거나 굴려 모양을 내는 것)였다. 침향목(수마트라산 향목)으로 누각을 만들고 사향과 유향을 진흙과 섞어 바른 벽에서는 말할 수 없는 향기가 번져 나왔다.

어머니의 내실에서 나오던 김유는 소녀와 마주쳤다.

동시(東市)에서 어머니의 가게를 맡고 있는 소녀라는 직감이 들었다.

큰 눈이 사람을 사로잡는 힘이 있었다. 영특해 보이는 눈에는 끝없는 호기심이 넘실거렸다. 또래 귀공녀들과 비교해 마른 체구였지만 선이 아름다운 가슴은 풍만했다.

정은 영명부인의 셋째 아들이자 왕경의 소문난 화랑인 김유와 마주치자 슬몃 미소가 떠올랐다. 날이 선 미간은 신경질적으로 보였지만 매서우면서 강한 기운이 느껴졌다. 온몸으로 오싹한 전율이 타고 흘렀다.

김유는 어머니로부터 정이라는 아이의 수완이 좋아 가게에 썩 도움이 된다고 들었다. 어머니의 가게는 동시에서도 귀한 물품을 다루는 곳으로 이름이 났고, 같은 품목을 다루는 어느 가게보다 사람이 많았다.

정이 까다롭고 사치스런 왕경 귀족들을 휘어잡은 방법은 다양했다.

영명부인의 오래된 가게를 뜯어내고 이름난 장인을 불러 값비싼 침향목으로 꾸몄다. 정은 승낙을 받기도 전에 벌써 가게를 뜯어내고 있었다. 영명부인이 불같이 화를 내자 그럼 자기는 가게를 맡지 않겠다며 버텼다.

영명부인은 한 번만 참아주겠다며 화를 꾸욱 누르며 지켜봤다.

침향목으로 꾸민 가게가 완성되자 반응은 폭발적이었다. 은은한 침향이 코끝으로 스며들어 변덕스러운 귀공녀들의 마음을 산뜻하게 해주었다. 매상도 덩달아 높아졌다.

진열하는 독특한 방법도 다른 가게들과 달랐다. 다른 곳들이 잡다한 물건을 쌓아놓고 파는 동안 정은 최고 상등품만 품격 있게 진열해 값지고 돋보이게 했다. 귀족들이 처음엔 왜 이리 물건이 없냐며 투덜거리며 발걸음을 돌렸지만 차츰 가게에 들러 머무는 시간이 많아졌다.

정은 비단과 장신구 외에도 금은으로 만든 벼루갑과 은제(銀製) 연적, 은 찻그릇, 대국(당나라)의 청자 찻잔같이 구하기 힘든 물건을 귀신같이 구해다 놓아 인기를 끌었다. 전에는 주로 귀공녀들이 북적거리던 곳이었다면 정이 가게를 맡고 난 뒤로는 귀공자와 고관들도 즐겨 찾는 곳이 되었다.

정이 또 하나 생각해낸 것은 단골 귀족들에게는 제일 먼저 상등품을 보여주는 방법이었다. 이들에게는 아예 작은 내실에서 서로 담소하며 물건을 독점적으로 볼 수 있게 해주었다. 물건을 사라고 제공한 내실이었지만 귀공자 귀공녀들이 모이면서 남녀 간의 은밀한 얘기가 오고갔다.

갈수록 귀족들은 장안과 서역(西域 - 옛날 중국이 서쪽 나라를 가리키던 말로 넓게는 중앙아시아와 서아시아, 인도를 포함)의 상등품을 귀신처럼 구해오는 정의 가게를 먼저 찾았다.

김유는 정이란 아이가 어떻게 생겼는지 궁금하던 터였다.

눈과 코, 입술의 선이 뚜렷했고 거침없는 쾌활함이 있었다. 벗이라도 있으면 눈과 입으로 활짝 웃으며 하고 싶은 얘기를 맘껏 늘어놓을 것 같았다. 쾌활함 속에는 진지함과 뭔가를 갈구하는 도발적인 생기가 팔딱이고 있었다.

아름다웠다.

정은 다가오는 김유와 눈이 마주치자 피하지 않았다. 오히려 김유를 바라보는 눈이 반짝이기 시작했다.

정이 지나치려는 김유를 세웠다.

"정이라고 하오."

김유가 깜짝 놀랄 만큼 정은 씩씩하게 자신에 대해 밝혔다. 처음 대하는 소녀가 갖는 수줍음이나 주저함은 전혀 없었다.

'내가 누군지 모르는가?'

김유의 눈빛은 얼음 같았다.

"무공을 세우셨다고 들었소."

그때까지도 김유의 표정은 호의적으로 반응하지 않았다. 다른 소녀 같으면 김유의 냉랭한 태도에 질려 말문이 막히거나 불쾌했을 것이나 정도 만만치 않았다. 정은 김유의 얼굴에서 '어서 비키라'는 표정을 읽었지만 아랑곳하지 않았다.

김유의 눈을 이렇게 정면으로 받은 소녀는 한 명도 없었다. 김유가 정색을 하고 쳐다보면 귀공자들도 슬금슬금 비켜 갔다.

"공에게 내려진 고구려 패졸 한 명을 데려왔으면 싶소."

정은 김유의 눈을 보며 또박또박 말했다. 기습하듯 던진 말이었다.

"뭐?"

어이없고 황당했다. 제깟 게 뭐라고 고구려 패졸을 데려오라 하는가. 김유의 눈빛은 한층 더 싸늘해졌다.

"가게에 데려다 쓰면 좋을 것 같소."

정이 다부지게 어깨를 펴자 풍성한 가슴이 도드라졌다.

"고구려 놈을 데려오겠다고?"

"상을 좀 볼 줄 아는데 재운(財運)을 부르는 상이었소. 말똥이나 치우기에는 아까운 상이었소."

문이 열리며 영명부인이 나왔다.

"정이냐? 들어오지 않고 뭘 하느냐?"

영명부인은 본능적으로 정과 김유를 의심에 찬 눈으로 쳐다보았다. 김유가 설마 가게에서 일하는 아이에게 관심을 갖겠나 싶었지만 대나마(신라의 17관등 중 10관등)의 딸을 떼어놓느라 신경 썼던 기억이 떠올랐다. 아들이 대나마의 딸과 정을 나누고 있다는 말은 불쾌하기 짝이 없었다. 왕녀와 인연을 지어줄 생각을 하고 있던 영명부인에겐 충격이었다.

여우같이 생긴 대나마의 딸이 김유를 넘보다니 가만두지 않겠다며 이를 갈았다. 대나마 주제가 김유를 넘볼 수 있는가.

왕경에서는 진골은 진골끼리 두품은 두품대로 혼례를 치렀다. 혼례뿐 아니라 피에 따라 오를 수 있는 관등이 정해져 있었다. 태어날 때부터 어떤 피를 타고 태어났느냐에 따라 운명이 정해졌던 것이다.

왕경민의 아들이 낭도가 되고자 기를 쓰는 이유도 거기에 있었다. 무훈을 세우면 피를 넘어 관직에 오를 수 있는 길이 열렸다.

영명부인은 우려할 상대도 아닌 정에게 과민하게 반응한 자신에게 짜증이 났다. 정은 영명부인의 표정을 읽은 듯했다.

"공자께 청이 있어 말하는 중이었습니다."

정은 슬쩍 김유를 쳐다보았다.

"청이라니?"

영명부인은 날카롭게 반응했다.

"공자에게 내려진 고구려 패졸 중 한 명을 데려와 달라고 하였습니다."

"고구려 놈을? 왜?"

영명부인은 희고 통통한 얼굴을 찌푸렸다.

"그자의 얼굴을 보니 가게에 썩 도움이 될 만했습니다. 재운이 따를 얼굴이었어요."

영명부인은 가게가 잘될 거란 말에 솔깃했지만 '네까짓 게 상을 볼 줄이나 아느냐'란 표정을 일부러 드러냈다. 순간 날이 따뜻해지면 누더기 같은 옷을 벗기고 씻겨보았으면 했던 놈이 떠올랐다. 혹시 그놈을 두고 한 말일까?

정은 영명부인의 얼굴을 찬찬히 들여다보았다.

"제가 보기에 대부인께서는 매사 멀리 내다보고 크게 도모하시니 장부를 능가하는 분이십니다. 좋은 상을 가진 자들은 가까이 두심이 이로울 것입니다."

"나에 대해 어디서 무슨 말을 들었느냐?"

"누가 제게 그런 말을 해주겠습니까."

영명부인은 발칙하다고 생각하면서도 솔깃해짐을 감출 수 없었다.

김유는 여전히 불쾌하다는 표정으로 정을 노려보고 있었다.

"빠를수록 좋을 듯합니다."

정은 김유를 보며 다시 한 번 말했다.

❖❖❖

하루 종일 말똥을 치우고 돌을 나르는 일이 이어졌다.

패졸들이 하나둘씩 쓰러져 나갔다. 해야 할 몫은 늘어났지만 먹을 것은 부족하기 짝이 없었다. 날이 갈수록 더 먹겠다고 주먹을 휘두르는 일이 많아졌고 어느 날은 누군가가 돌로 머리를 내리쳤다.

밤에는 칼바람 때문에 온몸을 벌레처럼 잔뜩 말고 자야 했다.

진수는 잘 말린 말똥은 빼돌려야 하는데 그 짓을 하지 않아 원망을 사기 시작했다. 칼바람이 들어오는 움막에서 잘 때 피울 말똥을 챙겨야 하는데 하지 않은 것이다. 패졸들은 얼어 죽겠다며 진수에게 이를 갈았다. 진수는 자신을 보는 패졸들의 눈이 차가운 걸 느꼈지만 신경 쓰지 않았다.

"저거이 배지? 돼지 잡으러 오나?"

누군가 바다 위를 넘실대며 다가오는 배를 보며 말했다. 왕경 귀족들의 마목장에는 손님을 맞거나 잔치를 벌일 때 상에 올릴 돼지와 소도 함께 키우고 있었다.

진수는 다가오는 배를 보자 머리털이 곤두섰다.

고구려 장수의 아들이 자신이라고 밝혀진 게 아닐까. 뒤에서 자신을 향해 주먹질을 해대던 누군가 일러바친 게 아닐까.

머릿속에는 자신을 잡아먹지 못해 으르렁거리던 자들의 눈빛이 떠올랐다. 그중 한 명이 진수의 죽 그릇과 말린 말똥을 쥐고 히죽거리는 모습도 어른거렸다.

왕경으로 압송되면 목이 베어져 시장에 내걸리겠지. 고구려에 대해 하나라도 더 알아내기 위해 때리고 부러뜨리고 지져댈 것이다.

파도가 밀어내듯 다가오는 배가 저승사자처럼 보였다.

배에서 내린 자들이 뭐라 큰 소리를 질렀고, 마목장에서 감시하던 선부가 패졸들을 끌고 배 있는 곳으로 갔다. 패졸들은 무슨 일인지 두려워 고개를 폭 수그렸다. 괜히 눈이 마주쳐 좋을 게 없다.

소금기를 머금은 바닷바람이 차고 따가웠다.

"너 이리 와! 어서!"

진수는 자신을 향해 손가락질하는 선부를 쳐다보았다. 거칠게 그을린 선부 뒤에 유난히 눈이 맑은 소녀가 서 있었다. 소녀는 진수를 한참 보더니 고개를 크게 끄덕였다. 소녀의 얼굴에는 호기심과 안도, 미소가 가볍게 지나갔다.

"놈을 배에 태워라. 에잇 말똥 냄새 퉤!"

진수는 선부의 억센 손에 떠밀려 배에 올랐고 아물지 않은 다리 상처 때문에 균형을 잃고 기우뚱했다. 가슴이 급하게 뛰고 귀에선 윙윙거리는 소리만 들렸다. 수면 위로 태양빛이 반사되면서 눈을 제대로 뜰 수 없었다.

배는 점점 섬에서 멀어졌고 패졸들의 우울한 얼굴이 진수를 바라보았다. 쉰 소리를 내며 자신을 잡아채던 백수의 얼굴도 보였다.

깊은 바다로 올라가기까지 배는 불안하게 움직였다. 바닥에 웅크리고 있던 진수는 천천히 몸을 일으켜 멀어져가는 섬과 하늘을 쳐다보았다.

"어 어 저놈이!"

진수는 선부들의 다급한 소리를 자르듯 물속으로 재빨리 뛰어들었다.

물속으로 꽂히는 진수의 몸을 크고 작은 포말이 휘감았다. 바닷물은 칼처럼 차고 날카로웠다. 안으로 들어갈수록 빛이 희미해졌다.

아버지와 함께 말을 달려 올랐던 백산과 영기 어린 호수가 지나갔다. 그때 호수 속에 들어앉은 푸른 용이 못 견디게 궁금했고 그 속으로 뛰어드는 상상을 했었다. 그땐 호수로 들어가 푸른 용이 얼마나 크고 두려운 존재인지 확인하고 싶었다. 용의 목을 잡고 하늘로 올라갈 수도 있다고 믿었다.

칼싸움하며 놀던 제우의 주근깨 가득한 얼굴과 말에서 떨어져 곤두박질치던 모습이 춤을 추듯 겹쳐졌다.

계림군과 맞서 싸우다 피 흘리며 쓰러졌을 아버지의 모습도 지나간다. 요동에 불어대는 칼바람을 모아 서국 놈들의 목을 베는 날이 언제일까.

날개 돋친 듯 날랜 말을 몰아 황량하고 끝이 보이지 않는 벌판을 달리는 자신의 모습이 보인다. 자신에게는 백산을 떠받치고 있는 거대한 바위들을 들어 올릴 만한 기개가 있었다.

더 이상 빛이 들어오지 않는다. 생각이 느려진다.

숨을 쉴 수가 없다.

"물에 빠진 놈을 어서 구하란 말야!"

배에 타고 있던 소녀는 우왕좌왕하는 선부들을 향해 소리 질렀다.

낭승(郎僧) 혜각

"형!"

무리굴이 김유에게 반갑게 뛰어왔다.

낭도들은 숲 속에서 훈련 중이었고, 목검을 휘두르던 동도(童徒-어린 낭도)들도 소리를 지르며 달려왔다. 열 살을 갓 넘은 동도들은 까만 눈을 반짝이며 김유의 손을 잡고 흔들었다. 무리굴은 떠들고 까부는 동도들을 떼어놓았다.

김유가 풍월주(화랑 중에서도 가장 으뜸인 화랑)가 될 거라는 소문이 돌아서인지 낭도 수가 크게 늘었다. 세상 소문에 빠른 자는 언제나 있기 마련이고 왕경민 중에서도 그런 자들은 일찌감치 김유에게 아들을 밀어넣고 있었다.

낭도가 되면 또래와 어울리며 무술을 익히고 악(樂)과 글까지 배울 수 있었다. 전쟁에서 무훈을 세울 수 있는 기회만으로도 이들에게는 소중했다.

"산행은 언제 떠날까요?"

무리굴은 슬쩍 김유의 눈치를 살핀 뒤 싱글거렸다.

"내일 떠나자."

김유라고 해도 백 명 가까운 낭도들의 양곡을 준비하는 게 쉽지는 않았다. 어머니가 그동안 가게 장사를 통해 모아둔 자금이 요긴하게 쓰였다.

"산에서 제를 올릴 것이야. 바위산도 타고 선랑(仙郎)들의 유오지도 들를 테니 단단히 준비해."

"정말요?"

김유의 말을 들은 낭도들은 손뼉을 치며 좋아라 했다. 무리굴도 붉은 입술을 벌리며 웃음을 터뜨렸다.

무리굴은 김유의 낭도가 된 이후 바위산을 많이 탔고 덕분에 손발에 곰 발바닥 같은 굳은살이 박혔다. 발바닥에 물집이 생기고 터지고를 반복하면서 김유와 함께 산과 강을 쏘다녔다.

눈과 몸은 쉬지 않고 어디가 험한지 어디가 수비형이고 공격형 지세(地勢)인지 익혔다. 화랑도들은 이런 방식으로 예측할 수 없이 수시로 바뀌는 국경의 지형을 익혔다. 전투가 벌어졌을 때 언제 어디서라도 지세에 맞는 병법을 적용할 수 있어야 했다.

무리굴에게 선랑들의 유오지를 둘러보는 것은 영광이요 소원이었다. 이미 수많은 전투에서 목숨을 바친 화랑과 낭도들은 그 이름이 기려지고 있었다.

'용감하게 싸우다 공을 세우게 해주소서!'

무리굴은 그곳에서 이렇게 빌 생각이었다.

"적과 싸우다 베이더라도 두려워하지 말거라. 화랑도는 용맹히 싸우다 전사하면 저승에서 꽃다운 모습으로 영원히 살 수 있단다. 계림을 위해 명예롭게 죽는다면 그보다 더 큰 보람이 어디 있겠느냐."

무리굴이 자신들과 함께하고 있는 낭승(郎僧) 혜각(慧覺)에게 듣고 새겨온 말이다. 무리굴의 형 두 명 모두 낭도였지만 전장에서 싸우다 목숨을 잃었다. 기록에 남길 만한 공은 세우지 못했지만 마을에선 낭도를 셋이나 배출한 집이라며 부러워했다.

무리굴의 소원은 형들이 세우지 못한 공을 세워 역사에 남는 것이었다. 미륵불인 화랑을 도와 싸운다면 그보다 값진 일이 어딨는가. 평생 땅이나 파며 죽 그릇이나 핥느니 기개를 떨쳐 영원한 삶을 얻고 싶었다.

풍월주가 될 화랑 김유를 만난 것은 천운이라고 생각하고 있을 때 낭승 혜각이 나타났다. 왕실은 불교를 적극적으로 받아들이면서 화랑도들에게 불가의 낭승을 붙여주면서 불법과 호국(護國), 수신(修身)을 일체화하도록 권장하고 있었다.

혜각 역시 화랑도에 몸담았다 어느 날 불법에 귀의한 승려였다.

속세에 있을 때 이름은 구진이었다. 대아찬(신라 5관등)의 아들로 태어나 부족함 없이 자란 구진은 힘이 장사인 데다 사냥을 좋아해 매일같이 산과 들을 쏘다녔다. 구진이 남산에서 갑자기 뛰어든 호랑이를 때려잡은 이야기는 왕경에서도 유명했다.

어느 날 구진은 오대산에서 사냥을 하다 커다란 멧돼지를 놓쳐버렸다. 제대로 쐈다고 생각했는데 화살을 맞은 멧돼지를 찾지 못했다. 바닥에 흘린 피를 봐선 멀리 가진 못했을 것인데 도저히 찾을 수가 없었다.

지친 구진은 바위에 벌렁 누워 분한 마음을 삭이고 있었다. 졸음이 몰려오는가 싶더니 갑자기 서늘한 기운이 느껴져 눈을 떴다. 베옷을 입은 낭자가 약초 바구니를 옆에 끼고 구진을 내려다보고 있었다. 구진은 낭자의 청초한 모습에 마음이 흔들렸고, 집으로 가 점심을 얻어먹을 수 있겠느냐고 물었다. 낭자는 바구니를 다 채워야 돌아갈 수 있다며 낭패한 표정을 지었고, 구진은 자신도 약초를 같이 캐겠다며 따라나섰다.

어두운 표정의 낭자는 캐야 할 약초를 가르쳐주었고 구진이 땀을 뻘 뻘 흘리며 캐는 바람에 바구니는 금세 가득 찼다. 이제 낭자의 집으로 갈 수 있다는 생각에 들뜨기 시작했다.

낭자는 움집에 도착하자 문을 열고 누워 있는 동생을 보여주었다.

"동생이 크게 다쳐서 약초를 발라주고 약도 달여야 하는데 괜찮겠습 니까?"

"동생이 많이 다쳤느냐?"

구진은 급한 마음에 짜증스럽게 물었고, 낭자의 눈에는 눈물이 그렁 그렁했다.

"예, 저를 먹인다며 마를 캐러 산에 나갔다 누가 쏜지도 모르는 화살 에 맞았어요. 지금 사경을 헤매고 있습니다. 공자께서는 시장하시더라 도 조금만 기다려주십시오."

구진은 화가 치밀었지만 하는 수 없었다. 낭자는 약초를 찧고 달이느 라 바빴고 그사이 구진은 다시 잠에 빠져들었다. 잠결에 들리는 말소리 에 깼다.

"저놈이 화살을 쏜 놈이야! 놈을 죽여야 해! 언제 우리를 해칠지 모른 다고!"

"아니야. 이제 곧 자신의 잘못을 깨달을 거야. 저자의 화살이 빗나가 목숨은 구하지 않았니. 네가 바른 약초도 저자가 캐 온 거란다."

구진은 주고받는 소리를 엿듣기 위해 문을 조심스레 열었는데 낭자 와 다친 동생은 간 데 없고 멧돼지 두 마리가 머리를 맞대고 있었다. 한 마리는 구진이 화살을 쏘았지만 놓친 멧돼지였다. 구진은 온몸에 땀이 나고 이가 딱딱 부딪쳤다.

"우리가 살려면 저놈을 죽여야 한다고."

"날이 밝으면 떠날 거야. 가만두면 스스로 떠날 텐데 왜 해치려고 하니."

"저놈 때문에 내가 죽을 뻔했잖아! 칼 어딨어!"

구진은 덜덜 떨리는 다리를 겨우 붙들며 도망쳐 나왔다. 어두운 산을 내려오느라 구르고 넘어지면서 무릎이 깨지고 찔리고 긁혔다.

산 아래에서 밤을 새운 구진은 다음 날 친구들을 불러 모아 전날 멧돼지와 함께 갔던 곳을 찾았다. 움집은 간 데 없고 화살을 맞은 멧돼지가 피를 흘린 채 죽어 있었다. 그 주변을 멧돼지 한 마리가 떠나지 못하고 맴돌고 있었다. 죽은 멧돼지 옆에는 구진이 캔 약초가 이리저리 흩어져 있었다.

죽은 멧돼지를 떠나지 못하고 주위를 맴도는 멧돼지를 보자 번개가 몸을 관통하는 것 같았다.

구진은 그날로 출가했고 혜각으로 다시 태어났다.

혜각은 김유가 이끄는 낭도들을 가르치고 있었다.

틈이 날 때마다 낭도들에게 불법에 대한 이야기를 들려주었다. 귀족들은 사찰에서 열리는 강좌를 통해 불법에 대해 들었지만 낭도들은 불법을 접할 기회가 많지 않았다. 혜각은 불법을 알아듣기 쉽게 들려줘 무예뿐 아니라 그 너머의 세계에 대해서도 조금씩 가르쳐주고 있었다.

귀족 출신이 많은 승려들은 기본적으로 글을 읽고 쓸 수 있었고 불경을 계림의 상황에 맞게 풀어냈다. 이들은 왕과 귀족들의 적극적인 지원을 받았고 깊고 넓은 불법을 공부하기 위해 당의 수도인 장안이나 멀리 천축국(인도)까지 찾아가는 위험을 감행했다. 의욕이 많은 혜각은 구법(求法)을 위해 장안 유학을 마음먹고 있었다.

"어서 오십시오."

김유는 두 손을 모으고 혜각에게 예를 갖추었다.

"낭도들과 선랑들의 유오지를 둘러보고 산도 오를까 합니다. 동행하셨으면 합니다."

"아하 그렇군요. 가고 싶지만 내일부터 황룡사에서 강좌가 열려 힘들겠습니다."

"강좌요?"

대왕이 황룡사에서 주관하는 강좌라면 왕경 귀족들이 빠질 수 없는 자리였다.

"원효 법사가 강을 하신다 해서 꼭 가보려고요."

귀족 출신의 혜각은 눈을 반짝이며 강좌에 대한 기대감을 보였다.

"황룡사에서 강좌가 자주 열리네요."

"지금은 자주 열리는 편도 아니지요. 법흥대왕과 진흥대왕 두 분은 머리까지 깎고 귀의하시지 않았습니까. 그때는 하루가 멀다 하고 불사(佛事)가 있었다고 합니다. 두 대왕이 큰 공덕을 세우셨습니다."

혜각은 합장을 한 뒤 주위에 몰려든 낭도들을 둘러보았다. 열 살을 갓 넘긴 동도들은 눈빛이 별처럼 빛났고 스무 살을 넘긴 낭도들은 진지했다.

동도 한 명이 혜각의 소매를 끌며 미륵불 이야기를 해달라고 졸랐다. 혜각은 다리가 아픈지 큰 돌에 걸터앉아 이야기를 시작했다.

"화랑이야말로 계림에 내려온 미륵불이란다. 미륵불을 따르는 너희 같은 낭도들은 그래 너 같은 낭도들 말이다 허허. 이 세상을 불국토로 만들기 위해 태어난 향도들이란다. 미륵불을 따르다 목숨을 잃어도 정토(淨土)에서 다시 태어날 수 있거든. 그곳은 백 가지 꽃이 피어나고 언제까지나 늙지 않고 살 수 있는 곳이란다."

낭도들은 혜각의 말을 들으며 꿈을 꾸는 눈빛이 되었다. 처음 듣는 이야기도 아니지만 들을 때마다 가슴이 부풀고 용기가 솟았다.

"법사께서 우리를 위해 향가를 지어주셨으면 합니다. 왕경에서 불리는 향가들이 있지만 우리 낭도들이 부를 수 있는 향가가 있으면 해서요. 낭도들이 향가를 갖게 되면 멋질 것 같아서요. 그에 맞는 춤도 생각해보겠습니다."

"옳거니! 옳은 말입니다! 악(樂)과 무(舞)가 어우러지면 금상첨화입니다. 아무리 화랑도라 해도 날카롭고 강하기만 해선 안 되지요. 악(樂)을 통해 성정을 다스리고 천지만물의 조화를 느낄 수 있어야 합니다. 우리 선인(先人)들은 아주 오래전부터 예와 악에 대해 비상한 관심을 가지고 있었어요. 그러니까 옛 조선(朝鮮) 시대부터 말이죠.

성현(聖賢)들은 하늘과 땅을 보면서 뭔가 변하고 또 생겨나는 게 있다는 걸 깨달았죠. 그걸 수(數)로써 표현해내고 악(樂)으로 풀었지요. 악(樂)이 근본적이면서 오래된 것은 에…… 천지만물의 조화를 보고 이를 드러낸 것이기 때문입니다. 성현들은 천지만물의 조화를 수로 추려내고 이를 악(樂)으로 표현한 겁니다. 사람 역시 천지만물의 한 존재인데, 근본적인 이치가 어찌 와 닿지 않겠습니까. 사람들은 악을 통해 그 깊은 이치를 깨닫고 흥을 얻게 된단 말입니다. 교화와 감흥이 함께 이뤄지는 거지요."

혜각은 김유와 낭도들이 자신의 말에 심취한 걸 보고 신이 났다.

"그렇기 때문에 악(樂)에 대한 공부는 활을 쏘고 말을 타는 궁마(弓馬)나 경(經) 공부 못지않게 중요합니다."

김유는 진지한 얼굴로 혜각을 쳐다보았다.

"향가를 지어달라고 했는데…… 내게 그만한 재주가 있을지 모르겠습니다. 허허."

"가장 바람직한 악(樂)은 평이하며, 가장 바람직한 예(禮)는 소박하다고 들었습니다."

김유는 낭도들이 향가를 부르는 모습을 상상했다. 제일 아름다운 향가를 얻어 왕경민들에게도 널리 퍼지길 바랐다. 화랑도의 향가는 왕실과 귀족들이 각 화랑도의 수준을 비교하는 중요한 대상이기도 했다.

"원효 법사에 대해서는 많이 들었습니다. 다녀오셔서 우리에게도 법문을 들려주십시오."

백제녀

"일어나!"

누군가 진수의 정강이를 냅다 걷어찼다.

진수의 몸은 젖은 삼태기처럼 무거웠다. 바닷속으로 뛰어든 진수를 가까스로 건져낸 선부들은 분을 이기지 못해 진수에게 몰매를 가했다. 정이 강하게 막지 않았다면 성난 선부들은 진수를 다시 물에 던져 수장(水葬)시켰을 것이다.

정은 초주검이 된 진수를 데려왔지만 매 맞은 개처럼 늘어져 겨우 숨만 쉬고 있었다.

진수는 정신을 차리지 못하고 고열에 시달리다 한밤중에도 벌떡벌떡 일어났다. 정이 약초를 발라주고 탕약을 입에 흘려 넣어 겨우 고비를 넘겼다.

그날 동시(東市)에 나가 고구려 패졸들 속에 섞인 진수를 본 정은 경악했다.

새벽에 '귀인(貴人)을 만날 수 있다'는 패(卦)를 뽑아 가슴이 부풀었던 정이었다. 귀인이라 하면 연인(戀人)이 될 소년이나 자신을 도와줄 사람이 분명했다. 정은 머리를 감고 온몸을 깨끗이 닦은 뒤 가장 좋은 비단옷으로 갈아입었다.

설레는 가슴을 안고 시장에 나온 정은 소란스러운 곳으로 다가갔다.

전쟁에서 패한 고구려 패졸들이 시장 사람들의 구경거리가 되고 있었다.

그때 무심코 눈을 돌린 정에게 말을 탄 김유가 보였다.

김유는 영명부인이 총애하는 아들로, 왕경 귀공자들이 치열하게 경쟁하는 풍월주를 노리고 있다고 들었다. 진골이라 할지라도 외모와 무예뿐 아니라 집안의 든든한 뒷배가 없으면 풍월주 자리를 넘보지 못했다.

누가 나의 귀인일까?

목을 빼고 있던 정은 진수에게 눈길이 멈췄다. 패졸 중에서 키 큰 풍채가 두드러졌는데 어찌 된 일인지 얼굴과 온몸에 피가 잔뜩 말라붙어 흡사 유령 같았다. 몸을 봐선 왕경 귀공자 못지않았지만 다른 패졸들처럼 고구려 융복(戎服-군복)을 입지 않은 것도 이상했다.

김유가 귀인이 될 리는 없었고 그나마 눈에 들어오는 자는 유령처럼 재수 없게 생겼다.

내 처지에 귀인이 가당키나 한 말인가.

정은 비단옷까지 차려입고 나간 자신을 나무랐다.

정은 가게로 향하려는 순간 진수의 날카로운 눈빛을 보았다. 유령 같던 자의 멍한 눈빛이 김유를 죽일 듯 쏘아보며 이글거렸다.

묘한 호기심이 발동한 건 그때였다. 정의 머릿속에선 진수가 떠나지 않았고 반드시 만나 이야기를 들어보고 싶었다.

정은 영명부인과 김유에게 진수를 데려오겠다고 했지만 은근히 걱정스러웠다. 온몸을 피로 칠갑한 자가 무슨 행패를 부릴지 몰랐다. 데려왔다가 난동이라도 부리면 뒷감당을 어찌할 것인가. 그러나 진수를 그냥 흘려버리기엔 참을 수 없는 호기심이 치밀어 올랐다.

눈이 떠지지 않는 진수는 어머니가 자신을 따뜻하게 씻겨주자 목이 메었다.

그 손이 너무 부드러워 하늘나라 같았고 영원히 놓고 싶지 않았다. 어머니는 진수의 이마에 손을 얹어 머리카락을 천천히 쓸어 넘겨주었다. 어머니의 손은 그동안 얼마나 아프고 무서웠느냐며 묻고 있었다. 어머니는 눈물을 닦아주며 이젠 괜찮다고 말해주었다.

어느 순간 진수는 자신을 어루만지고 있는 사람이 어머니가 아니란 걸 알았다.

진수는 김유에게 정강이를 걷어차이고서야 눈을 떴다. 선부들에게 얻어터져 눈은 찌그러들고 퉁퉁 부었으며 입은 찢어져 피가 맺혔다.

어머니는 없었고 국내성 집도 아니다.

거적으로 바람을 막고 지낸 마목장 헛간도 아니었다. 작은 방으로 햇살이 비치고 있다.

'여긴 어디지?'

희망과 불안이 뒤섞인다.

"이놈은 고구려 놈이야. 적이란 말이야. 언제 또 난동을 부릴지 모르니 이마에 경(黥-죄인의 이마 피부에 먹물을 새겨 넣어 지워지지 않게 하는 형벌)을 쳐 꼼짝 못하게 해야 해."

진수는 이마에 경을 치겠다고 하자 피가 거꾸로 솟았다. 온몸이 꼬챙이로 쑤시는 것 같았다. 마목장에서 자신을 지목한 소녀와 계림군영에서 본 낭장이 눈앞에 있었다.

진수는 재빨리 구석에 있는 가위를 발견하고는 몸을 날려 움켜쥐었다.

순간 김유도 차고 있던 패검을 빼들었다. 길고 날이 예리한 패검이었다. 은과 검은 무소뿔 사이사이에 상어 가죽을 섞어 칼집을 만든 아름다운 패검이었다. 가위는 김유의 목을 겨누었고 검은 진수의 목을 겨누었다. 진수는 놀랄 만한 힘을 내며 김유를 찌르려 했고, 김유는 격노하며 진수에게 칼을 꽂으려 했다.

"그만둬!"

정이 몸을 부르르 떨며 소리쳤다.

"고구려 새끼!"

진수는 아직 김유에게 대적할 만큼 기력을 회복하지 못했다. 김유는 눈 하나 까딱하지 않고 바닥에 짓눌려 크르렁거리는 진수를 발로 밟았다.

김유는 순간 자신도 제어하기 힘든 살기를 느꼈다. 아버지는 백제군에게 목숨을 잃었지만 조부는 고구려군에게 당했다고 들었다. 어머니는 조부가 그때 고구려군에게 당하지만 않았어도 상대등(신라 최고 관등)까지 오를 수 있었다고 말했다. 상대등은 왕에게 변고가 생길 경우 왕위에 오를 수도 있는 자리였다.

"경을 친다고 도망갈 놈이 주저앉겠소? 이마에 경을 친 놈에게 누가 재수 없이 비단을 사 가겠소?"

정은 김유의 살기 어린 눈을 달래려 했다.

"내 목을 노렸는데 살려두라고?"

김유의 목소리는 낮고 냉정했지만 진수의 목은 더욱 세게 밟았다.

"크으윽……."

숨이 넘어가고 있었다.

"그만둬!"

다급해진 정이 김유를 잡았다.

이때 김유의 귀에 어머니의 말이 꽂혔다.

'마목장에서 그 재운이 있다는 놈을 데리고 오너라. 마침 여기저기 쓸 씀이가 많아지는데 그 말이 맞다면 잘됐어.'

어머니의 말은 곧 명이었다. 어머니가 지목한 이놈은 이제부터 본인이 각별히 관리하겠다는 뜻이었다.

김유는 드러누운 진수를 다시 한 번 짓이긴 다음 분을 삭이며 나갔다. 진수는 조금 전 발광하던 모습은 간데없고 숨만 할딱이고 있었다.

전쟁만 아니었다면 이자는 비단이불 속에서 발가락을 꼼지락거리고 있겠지.

'나도 따라나서는 게 아니었을까?'

정은 어려서 숙부에게 글을 배워 백제의 역사를 다룬 고흥(高興)의 《서기(書記)》와 《시경(詩經)》 같은 경서를 읽었다. 백부가 좌평(백제의 재상)이었고 아버지가 백제 최고의 용장(勇將)이었지만 정이 마음속으로 우러러본 사람은 숙부였다. 백부처럼 왕의 총애와 최고의 권세를 누리지 못하고, 아버지처럼 대군을 호령하지는 않았지만 숙부에게 배운 세계는 무궁무진했다.

정은 그를 통해 조선(朝鮮)의 단군을 만나고 노나라의 공자(孔子)를 만났다. 여자라는 너울은 갑갑했다. 차라리 맘대로 지껄이고 밤새 돌아다니고 하고 싶은 대로 하는 계집종이 부러웠다.

유일하게 서책만이 자유와 환희를 안겨주었다. 글을 읽을 때면 종달새처럼 높이 날아오를 수 있었다. 그 길을 열어준 사람이 숙부였다.

숙부는 나라의 역사를 담는 사책(史冊)에 모든 것을 걸었다. 사책을 쓰기 위해 자료를 모으는 일뿐 아니라 고구려와 계림까지 드나들며 조사하고 확인했다. 단군 조선(朝鮮)의 맥은 부여와 고구려 백제로 이어졌다며 고구려에 대한 관심이 지대했다.

백제는 고구려에서 갈래가 나온 나라였다. 고구려를 세운 추모대왕의 왕비인 소서노 여왕이 두 아들 온조와 비류를 데리고 내려와 백제를 세우는 대업을 이뤘다.

고구려와 적국인 계림까지 아슬아슬하게 넘나드는 숙부를 보면서 정은 경계 너머의 세계가 못 견디게 궁금했다.

정은 계림의 수도 왕경으로 잠입하는 숙부를 따라나섰다가 주저앉게 되었다. 왕경의 동쪽에 자리 잡은 동시(東市)를 정신없이 구경하느라 숙부와 만나기로 한 약속 장소에 늦었고 이후 숙부와 만날 수 없었다. 숙부가 곧 찾으러 오기만을 믿으며 숨어 다니는 생활이 시작됐다.

왕경에서 버틸 수 있었던 것은 백제에서 가져온 사금(砂金) 덕분이었다. 계림과 백제와의 전투가 벌어지면서 계림군의 국경 수비가 어느 때보다 삼엄해졌다.

이때 정이 택한 길은 가진 것을 털어 동시에서 좌판을 시작한 것이었다. 동시에는 백제와 고구려에서 온 상인과 신기(神技)를 가진 장인(匠人), 승려들이 적지 않았다. 그중에는 계림의 동태를 살피려는 고구려 백제 첩자도 교묘하게 끼어 있었다.

그때 묘하게도 영명부인의 눈에 띄게 되었다.

정은 잡배들의 시비를 피하기 위해 그럴싸하게 남장(男裝)을 하고 좌판을 벌였다. 눈이 날카로운 영명부인은 예쁘장하게 생긴 정이 남장한 소녀임을 알아보고 다가갔다. 웬만큼 사소한 일은 신경 쓰지 않는 영명부인이었지만 남장으로 가린 속에서도 특출하게 미모가 두드러지는 소녀에게 끌렸다.

"계집이 어찌 남장을 하였느냐?"

정은 자신의 남장이 발각되자 가슴이 철렁했다. 잠시 눈빛이 흔들렸지만 마음을 잡았다.

"눈이 참 밝으십니다. 어쩜 한눈에 알아보셨어요. 요즘 장안 귀부인 사이에서 남장이 유행한다 해서 저도 해보았어요."

"장안엔 남장이 유행이라고?"

"예. 당의 무후(武后 - 당 고종의 황후이자 훗날 중국 여황제가 된 측천무후)가 황후에 오른 뒤로 장안 여자들 사이에서 남장하는 것이 유행이라 합니다."

영명부인은 엉뚱하게도 소녀의 입에서 장안이 튀어나오자 호기심이 발동했다.

얼마 전 장안을 다녀온 견당사 일행에게 남장한 귀부인들이 많다는 말을 듣고 크게 웃은 적이 있었다. 황제가 총애하는 무후가 황후가 되고 적극적으로 정사에 관여하면서 남장이 유행하고 있다는 말이었다. 아름다운 무후가 남장을 하면서 묘한 매력을 풍기고 있었던 것이다.

그런데 시장에서 좌판을 벌이고 있는 이 아이가 그걸 어찌 알았을까.

정은 한어(漢語 - 중국어)를 할 줄 알기 때문에 동시를 오가는 장안 상인들에게 이것저것 전해 들었다. 장안은 유행의 흐름이 빠르기 때문에 그곳에서 인기 있는 물건은 결국 왕경에서도 먹힐 것이라 생각해 한상(漢商 - 당나라 상인)에게 접근했던 것이다. 남장이 유행한다는 말도 이틀 전 장안 상인에게서 들었다.

영명부인은 정이 좌판에 깔아놓은 머리장식을 집어 들었다.

"역시 눈이 밝으세요. 집으신 게 서역 상인들이 장안에서 팔고 있는 물건이어요. 미리 사두시면 다른 귀부인들도 부러워할 겁니다."

영명부인은 정이 서역 상인까지 들먹이는 걸 보고 또 한 번 놀라웠다. 시녀에게 시켜 손에 든 머리장식을 사자 정은 다른 하나를 들이밀었다.

"이건 한번 해보기만 하세요. 너무 아름다우셔서 청하는 것입니다."

영명부인은 맹랑한 계집이라 생각하며 머리 장식을 꽂았다. 곁에 있던 시녀가 들고 온 거울을 보여주며 탄성을 올렸다. 영명부인은 그것마저 값을 치르고 떠나려 했다. 이때 정이 비단 주머니에서 곱게 싼 뭔가를 부스럭거리며 꺼냈다.

"그건 뭐냐?"

영명부인은 그냥 갈까 하다 괜히 신경이 쓰여 물었다.

"그럼 잠깐 구경만 하세요."

머리장식이었는데 보기 드물게 고급스럽고 정교한 것이 마음에 쏙 들었다. 여느 때 같으면 먼저 산 두 개를 물리고 세 번째 것을 취하겠지만 마치 여우에 홀린 듯 세 개를 한꺼번에 사고 말았다.

돌아와서야 세 개나 산 걸 후회했지만 물건을 판 계집이 꽤 똑똑하다며 혼자 웃었다. 사소한 머리장식이었지만 자신에게 이렇게 대담하게 세 개씩이나 팔아넘긴 사람은 처음이었다.

다음 날 영명부인은 정을 불러들여 자세히 뜯어보았다. 어딘지 모르게 계림 태생은 아닌 것 같은데 자신이 봐도 혹할 만큼 자색이 뛰어났다. 슬그머니 질투심이 날 정도였다.

영명부인은 자신의 가게를 맡아보지 않겠느냐고 넌지시 물었다. 정은 속으로 깜짝 놀랐지만 왕경에 머물러야 하는 처지라 제안을 받아들였다.

평범해 보이지 않는 귀부인의 보호 아래 몸을 숨기는 게 안전할 것 같았다. 희한한 건 자신에게서 상인으로서의 기질을 발견한 것이다. 어쩌면 장안에 가볼 수 있는 기회도 생기게 될지 몰랐다. 한어를 할 줄 아는 정으로선 장안에서 오는 상인들의 이야기를 들으면서 자신감이 생겼다.

불안하지만 왕경의 동시는 활기차고 잠재력이 많은 곳이었다.

영명부인은 정에게 뒷돈을 대고 장사를 시작하도록 했다.

"누구요!"

생각에 빠져 있던 정은 바깥을 향해 급히 소리쳤다. 분명 문 쪽에서 뭔가 획 지나가는 소리를 들었다.

며칠 전부터 이상한 느낌이 들었는데 오늘은 분명 누군가 숨어 있었다.

귀신다리

"여긴 우리처럼 비단과 보석을 팔아. 당인(唐人)들이 좋아서 난리 치는 조하주(朝霞紬-삼국 시대에 생산되던 고급 비단)만큼은 좋은 걸 갖다 놓지."

정은 진수를 데리고 동시(東市-경주의 동쪽에 있던 시장)의 이곳저곳을 보여주었다.

처음엔 진수의 몸이 회복되길 기다렸고 이후에는 가게 일을 빨리 익히라고 닦달했다. 이제는 가게 밖으로 나와도 되겠다 싶어 끌고 나왔다. 고구려 놈이라고 아무것도 모르면 장사는커녕 여러 눈의 감시만 받게 될 터였다.

처음 왕경에 와서 어디가 어딘지 모르는 상태에서 고생했던 경험이 있어 진수에게는 빨리 알려주고 싶었다. 시장도 알고 왕경도 알아야 했다.

백제는 웅진성에서 사비성으로 옮기고 고구려도 국내성에서 평양성으로 천도했지만 왕경은 처음부터 그 자리를 지켜서인지 시간의 흔적이 켜켜이 쌓여 있었다.

황룡사와 동시가 있는 동쪽은 왕경대로가 뚫려 시원했고 왕들의 무덤이 있는 오릉(五陵) 등은 귀신 얘기와 전설이 곳곳에 서려 있었다. 왕경민들은 귀신 얘기에 익숙해져 있고 온갖 기이한 이야기들을 믿었다. 시장에서는 단군의 이야기뿐 아니라 계림왕의 신이한 이야기와 전설을 들려주는 이야기꾼이 인기였다.

정은 즉위 후 4년 만에 폐위된 계림의 진지왕(眞知王)과 도화녀(桃花女), 비형랑(鼻荊郎)의 이야기가 솔깃했다.

진흥대왕의 둘째 아들로 태어난 진지왕은 형인 동륜태자가 담을 넘다 죽는 바람에 왕의 자리에 올랐다.

진지왕은 어느 날 사량부(沙梁部)에 사는 도화녀라는 여인이 미색이 빼어나다는 소문을 들었다. 처음엔 호기심이 일었지만 결국 참지 못하고 도화녀를 궁으로 불러들였다.

상아처럼 희고 고운 얼굴에 복사꽃 같은 붉은 기가 도는 여인이었다. 머리카락은 물속에서 솟구친 옥녀(선녀)처럼 검고 윤이 흘렀다. 두 손으로도 감싸지 못할 만큼 커다란 젖가슴이 사내의 목을 조를 듯 풍만했다.

과연 도화녀는 소문대로 절세미인이었고 단번에 진지왕의 마음을 사로잡았다. 그날 밤 침소로 불러들이려 했으나 도화녀는 지아비가 있는 몸이라며 완강히 거부했다. 진지왕은 처음엔 화가 치밀었지만 하는 수 없이 돌려보냈다.

진지왕은 왕위에서 쫓겨나고 세상을 떠났는데 그때 도화녀도 남편을 잃었다. 남편이 죽고 열흘 만인 밤에 죽은 진지왕이 도화녀 앞에 홀연히 나타났다. 도화녀를 잊지 못하던 진지왕은 슬픈 얼굴로 다가와 품고 싶었던 여자의 손과 등을 어루만졌다.

"이제는 혼자된 몸이니 나와 밤을 보내도 되지 않느냐?"

도화녀는 혼령으로 나타난 진지왕을 보고 까무러치게 놀랐지만 자신을 잊지 못해 찾아온 왕을 보자 흔들렸다. 도화녀는 드디어 마음을 열고 왕을 자신의 남자로 받아들였다.

진지왕은 열흘을 머물다 사라졌고 이후 도화녀는 태기를 느낀 뒤 사내아이를 낳았다.

이렇게 진지왕과 도화녀 사이에서 태어난 아이가 비형랑이었다.

진지왕의 뒤를 이어 동륜태자의 아들이었던 진평왕(眞平王)이 즉위했다. 진평왕은 왕경에 떠도는 비형랑의 소문을 듣고 궁으로 불러 길러주었고 열다섯 살이 되자 벼슬을 내렸다.

하루는 진평왕이 희한한 이야기를 들었다. 비형랑이 밤마다 월성(月城) 담을 넘어 서쪽 황천(荒川) 언덕에서 귀신과 어울려 논다는 것이었다.

진평왕은 이를 괴이하게 여겨 비형랑을 불러다 소문에 대해 물었다.

"네가 밤마다 귀신들과 논다는데 사실이냐?"

비형랑은 왕의 물음에 빙긋 웃더니 사실이라고 고했다.

"그렇다면 그들을 시켜 신원사(神元寺) 북쪽 천에 다리를 놓아보거라."

왕의 명령을 받은 비형랑은 과연 하룻밤 사이에 다리를 놓았다. 누구는 비형랑과 무리들이 둥그렇게 모여 소리를 외치자 엄청나게 큰 돌이 날아올랐다고 했다. 사람들은 비형랑이 귀신을 시켜 놓은 다리라며 이를 귀신다리라 불렀다. 하루 만에 놓기도 했지만 정교함이 이루 말할 수 없었다. 자로 잰 듯 마치 칼로 벤 듯 반듯하고 매끄러웠다. 홍수에 다른 다리는 떠내려가도 귀신다리만은 끄떡없이 한 치의 흐트러짐도 없었다.

정은 다리를 지날 때면 귀신다리가 생각나 오싹하면서도 비형랑이 사뭇 궁금했다.

정이 홀로 자주 찾는 곳은 남산이었다.

가슴이 답답하거나 울적하면 찾곤 하는데 남산은 그야말로 천불산(千佛山)이었다. 바위 곳곳에 석불(石佛)을 조각해 천 개를 헤아리고도 남았다. 석불을 들여다보면 하나하나 질박하면서도 위엄이 있었다. 왕경민들은 자신이 좋아하는 석불을 정해 간절히 기도했다.

성스러운 기운이 도는 남산은 소나무가 우아함을 더했다. 하늘의 틈을 찌를 듯 높게 뻗은 소나무는 묵묵하면서도 고고한 기상이 있었다. 어슴푸레한 새벽 무렵이면 소나무는 거북의 등짝처럼 깊은 암시를 보여주었다.

남산에 봄이 오자 먹먹했던 가슴도 조금씩 풀리는 듯했다.

남산의 봄은 적지(敵地)에 와 있다는 공포와 외로움을 잊을 만큼 매혹적이었다. 햇살이 어둠을 몰아내고 매화향이 날릴 때면 짓눌리던 가슴은 어느덧 설레면서 저도 모르게 부풀었다.

진수는 정이 남산의 석불에 대해 이야기했지만 귀에 들어오지 않았다. 평양에 비해 왕경은 자잘하게 느껴졌다. 평양이 말을 달리는 호쾌한 장군이라면 왕경은 오래된 비단옷을 입은 계집이었다. 다만 국내성에서 느끼던 고졸(古拙)함은 비슷하게 느낄 수 있었다.

진수는 평양이 생각나고 어머니가 있는 집이 떠올라 시무룩해졌다.

어머니는 무사하실까. 나와 아버지가 없는 평양 집은 외로워 어찌 지내실까. 어서 돌아가야겠다는 생각에 휩싸이자 견딜 수 없이 우울해졌다.

진수는 아버지를 쓰러뜨린 김유를 떠올리자 숨이 막힐 정도로 분노가 치밀었다.

반드시 놈의 목을 베고 말 테다.

저번처럼 몸이 회복되지 않은 상태에서 김유에게 덤빈 것은 실수였다. 다시 기회는 올 것이다.

"왕궁의 물건도 여기에 나와. 철이나 비단, 가죽 같은 건데 최고 공장(工匠)들이 만든 거라 다들 사려고 난리지. 요즘은 왕궁에 물건을 대는 와기전(瓦器典) 물건이 인기야.

넌 우선 시전감(市典監-시장을 감독하는 시전의 우두머리)을 잘 알아둬. 시전감을 알아두면 상등품이 언제 나오는지 알 수 있거든. 왕궁 물건도 잘 보고 사야지 귀족들이 운영하는 공방 물건이 더 나을 때도 많아."

시장 중앙에는 뽕나무가 서 있었다. 한쪽에는 바라를 든 비구가 사람들을 모아놓고 뭔가 열심히 이야기하고 있었다.

삐삐-삐-

떵-떵떵-

정이 그릇 가게를 보여줄 때 시장에는 신 나는 한판이 벌어졌다. 낙타 위에 호인(胡人) 악공 두 명이 앉아 피리와 비파를 연주하며 흥을 돋우고 있었다.

"흥! 판을 벌이는 걸 보니 오늘 호희들이 바쁘겠네."

정은 달갑지 않은 표정으로 삐죽거렸다.

음악 소리가 커질수록 사람들이 더 많이 모여들었고, 아이들은 혹을 단 낙타를 구경하려 달려왔다. 호인 악공의 눈동자는 회색빛이 돌기도 하고 황색이 돌기도 하는 것이 묘했다. 허옇기도 하고 누리끼리하기도 한 얼굴이 어디에도 속하지 않은 것처럼 낯설었다. 진수는 슬쩍슬쩍 눈웃음을 치며 사람들을 보는 호인 악공의 모습이 거북했다. 고구려에서도 호인들을 많이 봐왔지만 이곳 호인들은 어딘지 난잡해 보였다.

그중 한 명은 정에게 한 눈을 찡긋하며 웃음을 흘렸다.

정은 그자의 찡긋거리는 눈이 싫어 진수의 소매를 끌었다.

"이곳은 단군님의 이야기를 들려주는 가게야. 단군님 초상화도 여기서 살 수 있어."

가게 안쪽에서 카랑카랑한 목소리가 들렸다.

"환웅 천왕님이 하늘에 제사를 지내는데 풍백(風伯)은 천부(天符)를 새긴 거울을 들고 앞서 나아갔어. 우사(雨師)는 천지가 진동할 만큼 북을 울리며 춤을 추었고, 운사(雲師)는 무사들을 데리고 검으로 호위하였지."

가게들을 일일이 가리키며 말하던 정이 몸을 홱 돌렸다.

"왜 그래?"

진수는 정의 행동이 궁금해 퉁명스레 물었다.

"흥! 벙어리는 아니구나."

문밖으로 알록달록한 천을 걸어놓은 모양새가 다른 가게들과 달랐다. 가끔 탁한 여자 목소리가 들렸고 어두움 속에 개운치 않은 정적감이 감돌았다. 왠지 공기에서 비릿한 냄새가 나는 것 같기도 했다.

"여긴…… 음방(淫房)이야."

정은 씩씩거리다 입을 달싹이더니 사라졌다.

나이 든 상인들도 척척 상대하는 정이었지만 뻔히 알면서도 굳이 자기에게 음방을 물어보는 진수가 괘씸했다.

진수는 수상한 분위기라 생각했지만 음방이라는 말에 쑥스러웠다.

정이 사라진 자리가 휑하게 느껴졌다.

왕경에서 진수는 혼자였다.

정이 가끔 던지는 지시 말고는 자신에게 말을 붙이는 사람이 없었다.

배에서 뛰어내렸던 이야기며 김유에게 덤벼든 이야기가 돌아서인지 누구 한 명 진수에게 말을 걸지 않았다. 처음엔 놈들이 말을 걸지 않아 편했지만 차츰 말이 없는 세계는 외로웠다.

떠들썩하게 몰려오는 귀족들도 가게 안의 진수를 발견하면 입을 다물고 아예 눈길조차 마주치지 않으려 했다. 가끔 귀공녀들이 고구려 노비라며 뒤에서 쑥덕거리며 손가락질만 해댈 뿐 검은 그림자처럼 무시해버렸다.

어떤 때는 며칠씩 자신을 향한 한마디 말도 들을 수 없었다. 가게에서는 입을 바위처럼 다물고 있는 진수지만 모두가 나가고 혼자 있을 때면 무기력감과 고독감이 덮쳐왔다.

만신창이던 진수의 몰골이 정상으로 돌아오면서 가게의 계집종이 가끔 쌀쌀맞은 소리를 던지곤 했다.

오늘에서야 처음으로 정이 자신을 사람으로 대접하듯 이야기를 건넸다. 천상을 훨훨 나는 옥녀(선녀)처럼 반가웠다.

활활거리던 해는 어느새 사라지고 시장은 불을 밝히면서 또 다른 세계의 문을 열었다.

새로운 물건, 흥미로운 사람들이 넘쳐나는 시장은 왕경민들이 가장 좋아하고 즐기는 곳이었다. 많이 가진 자가 욕망을 충족하고 없는 자는 그걸 보며 갈망과 허기를 느꼈다.

사고 싶어 안달이 난 사람들은 매입에 대한 욕망을 충족시킨 뒤에도 들뜬 기분을 가라앉히지 못했다.

위아래 할 것 없이 자유롭고 맘껏 풀어지고 서로 부대끼고 헤어졌다.

시장은 귀족들과 사녀(士女-왕경의 서민)들이 서로 은밀한 눈길을 주고받고 섞이는 곳이기도 했다. 사찰의 탑돌이를 하면서 끌리는 상대를 고르기도 하지만 늘 있는 행사가 아니므로 밤 시장이 이들의 무대가 되었다.

이날도 서녀들의 눈빛이 이리저리 흔들렸다. 누군가와 눈이 마주칠지 모른다는 상상으로 가득했다.

어둠을 틈탄 귀공녀들이 계집종을 데리고 나타났고, 화려하게 치장한 귀공자들은 어슬렁거렸다. 주사(酒肆-술집)에는 금귀고리를 달랑거리거나 비취색 등 비단옷을 차려입은 귀공자들로 북적거리기 시작했다. 세 마리 용이 서로 꼬리를 물고 있는 무늬가 예사롭지 않아 보였다.

몇몇은 남녀가 서로 눈짓을 주고받으며 어두운 곳으로 사라지고 있었다.

가게를 기웃거리는 귀공녀는 푸른 옥에 금을 입힌 귀고리와 인동초 무늬를 새긴 금팔찌를 차고 있었다. 귀공녀는 물건을 나르는 진수를 쳐다보다 도망치듯 사라져버렸다.

불을 밝히자 시장은 새로운 화장을 한 여인처럼 바뀌었다.

진수의 마음도 어느덧 풀려 들뜨기 시작했다. 향을 풍기며 진수를 힐 끗 뒤돌아보는 귀공녀와 서녀가 한둘이 아니었다.

악.

진수는 앞에 놓인 돌을 보지 못하고 발가락을 부딪쳤다. 온몸이 찌릿할 정도의 고통이 계속된다. 걷지 못하고 주저앉아 발을 내려다본다. 선부들에게 몰매를 맞으며 심하게 다친 부위다.

고통과 함께 신수두 사냥대회와 아버지를 구하기 위해 달려가다 잡히던 순간도 살아났다. 아버지를 죽인 원수를 위해, 그놈이 더 많은 고구려인을 죽이도록 장사를 해주고 있다니.

진수는 다리를 절룩거리다 호쾌한 음악 소리가 들리는 곳으로 끌려들어가듯 다가갔다. 불빛이 새어 나오는 안에서는 음악과 사내들의 떠드는 소리가 엎치락뒤치락하고 있었다.

이곳도 음방(淫房)인가 하며 안을 들여다보고 있을 때, 문이 벌컥 열리고 술 취한 사내가 쓰러질 듯 걸어 나왔다.

문을 지키던 우람한 체구의 역사(力士)가 진수를 막았다. 들어가려면 대가를 지불해야 한다는 표정이었다.

안은 열기로 후끈했고 한 명의 호희가 뱅글뱅글 돌며 춤을 추고 있었다. 팔이 꽉 끼는 저고리와 붉은 색실을 수놓은 치마를 입고 있었다. 머리에 쓴 고깔모자에는 작은 금종(金鐘)이 달려, 종소리가 북소리와 반복되면서 귀를 멍하게 했다. 얼굴이 하얗고 검은 눈이 큰 호희였다.

연주는 호희가 돌리는 허리의 속도를 따라가려는 듯 빨라졌다. 그 소리에 진수의 가슴도 뛰었다. 잇몸이 보이도록 크게 웃는 호희의 눈은 진수를 놓치지 않았다. 그러나 호희의 웃음은 덧없어 보였다.

잔뜩 취한 자들이 떠들고 있었고 한쪽 구석에선 늙은이가 다른 호희의 가슴을 주무르고 있었다. 늙은이의 무릎에 앉은 호희의 눈같이 하얀 가슴이 열린 앞섶 사이로 비어져 나왔다.

진수는 문을 지키던 거구에게 쫓겨났지만 좀처럼 진정되지 않았다.

금종 소리가 귓전을 쉴 새 없이 울리고 있었다.

달빛

방을 지키던 어린 시종은 입이 찢어져라 하품을 하다 사라졌다.

노란 달빛이 짓궂을 정도로 빤히 내려다보고 있었다.

방 안에 불빛이 없는 걸 보면 사람이 없는 게 틀림없다.

방문이 삐걱거리며 열렸다.

어둠에 익숙해진 눈은 재빨리 방 안에 놓인 서안과 서가(書架)를 찾았다. 달빛은 방 안에 그득 쌓인 서책의 제목을 읽을 정도로 밝았다.

이 방이 서책을 많이 모으기로 이름난 김유의 방인가. 서책을 훑어보는 정의 얼굴은 초조했다.

경서(經書)와 죄다 병서(兵書)뿐이다. 병서의 어느 것은 겉장이 너덜너덜해질 정도로 헤졌다.

큰 기대를 걸었던 신지비사(神誌秘詞-천신인 환인의 가르침을 옮긴 책)가 없다. 신지비사는 숙부가 애타게 찾고 있지만 정으로서도 꼭 보고 싶은 책이었다. 몰래 가져다 베낀 뒤 도로 갖다놓을 생각이었다.

가장 가슴을 졸이며 찾았던 것은 천부경(天符經)이었다. 숙부도 궁 안

왕실 서고(書庫)에서 몰래 봤다는 천부경이었다. 숙부는 당시 일을 들려주면서 감격해했다.

'내가 천부경을 볼 수 있었던 것은 하늘이 주신 기회였지.'

'그것이 무엇입니까?'

'우주의 법칙, 천도(天道)를 수로 말한 것이란다. 환웅 천왕이 우리 인간을 위해 천도를 수로 표현해주신 것이랄까. 천부경에서 음과 양이 나오고 역법이 나오게 된 것이란다.'

숙부는 서둘러 보는 바람에 천부경을 다 외우지 못한 것을 늘 한스럽게 여겼다. 그 말을 들을 때마다 정은 한 번만이라도 천부경을 보고 싶었다. 천부경을 얻게 되면 상상하지도 못할 힘과 기운을 얻어 무서울 게 없을 것 같았다. 어쩌면 하늘을 날고 천리 밖을 내다볼 수 있을지도 몰랐다.

혹시나 했지만 역시 천부경을 찾지 못했다.

아, 별 볼 일 없는 서가로다! 남화경(도덕경)마저 없으니.

컥.

누군가 어둠 속에서 한숨을 내쉬는 정의 목덜미를 거칠게 잡았다. 정의 길고 숱이 많은 머리가 커다란 손과 함께 목을 조여왔다. 거친 손만큼 정의 머리카락이 섬뜩하게 느껴졌다.

"누구냐!"

움켜쥔 손은 정의 목을 질질 끌며 달빛 아래로 끌고 나갔다.

"넌?"

정의 얼굴을 확인한 김유는 놀라고 황당해 험악한 표정으로 바뀌었다. 정원에서 늦도록 칼을 휘두르다 돌아온 김유는 방 안에 사람이 있음을 알고 칼을 쥐었다. 방 안에 침입한 자가 여자, 그것도 정이라는 계집아이인 줄은 꿈에도 몰랐다.

"뭘 훔친 게야?"

김유는 순식간에 정의 손바닥을 흔들어 펴고 온몸을 훑었다. 가슴과 허리, 다리에 김유의 손길이 거침없이 지나갔다.

"악!"

정은 저도 모르게 움칠하며 소릴 질렀다. 말할 수 없는 불쾌함과 부끄러움에 몸을 떨었다.

"뭘 훔쳤느냐."

"훔치러 들어간 게 아니라……."

"훔치러 온 게 아니라면 내 목을 노리고 왔느냐?"

몇 년 전 집 안에 침입한 놈을 잡고 보니 고구려에서 온 첩자였던 일이 생각났다. 이번에도 고구려에서 첩자를 보낸 것인가.

정은 온몸이 오싹했다. 자신을 노려보는 김유의 눈빛이 심장을 가르는 듯했다. 서책을 가지러 왔다고 하면 누가 믿을 것인가. 김유의 눈은 푸른 기가 돌았다.

"공을…… 공을 보러 왔소."

정은 저도 모르게 뱉어버렸다.

"뭐?"

"그저 한번 보려고……."

김유는 아까부터 정이 품 속에 칼을 숨긴 게 아닌지 유심히 지켜보았다.

정을 다시 방 안으로 끌고 들어가 불을 켰다. 온몸이 땀에 젖은 정의 눈은 두려움에 떨고 있지만 천하거나 비루하지 않았다.

방 안의 귀한 물건은 그대로 있고 서책 더미만 어지럽게 흩어져 있었다.

김유에 대해 속앓이를 하며 몰래 만나자는 귀공녀들은 더러 있었다.

홍륜사의 금당 뒤쪽에서 만나자고, 남산에서 기다리겠다고 한 귀공녀들이었다. 그러나 정처럼 깊은 밤 자신의 방에 대범하게 숨어든 여자는 없었다.

"날 봐서 어찌하려고 했느냐?"

"……"

김유는 싸늘한 표정으로 돌아왔다.

"바른대로 말하거라."

"공을 보러 왔다고 하지 않소."

"벗어라."

"뭐요?"

"벗거라. 야심한 시각에 날 보러 왔다며. 네 스스로 벗거라."

김유는 장도를 빼들어 시퍼런 날을 정에게 들이댔다.

'너 또 몰래 서책을 가지러 왔구나! 훔치려고 했지? 몇 번이나 타일렀느냐. 서책에 대한 너의 탐심이 큰일을 내겠다.'

정은 순간 숙부의 노여워하던 눈빛이 떠올랐다. 쿵 하는 절망감과 함께 아래서 뭔가 울컥 치밀어 올랐다.

아 모든 게 내가 한 짓이로다.

"내가 벗기랴?"

김유가 튀듯이 정에게 달려들었다.

김유를 필사적으로 밀쳐낸 정은 자신의 옷고름을 잡아 뜯고 불을 신경질적으로 껐다.

열린 문틈으로 달빛이 차 들어왔다.

저고리를 벗자 정의 풍만한 가슴이 흰 구름처럼 흘렀다. 푸르스름한 빛 속을 헤엄치는 한 마리 신이(神異)한 인어 같았다. 군살 하나 없이 딱

바라진 어깨 아래로 잘록한 허리가 지나치게 좁았다.

　김유는 정의 어깨를 누르며 두 눈을 사납게 내려다보았다.

　이제 정은 부끄럽지도 두려워하는 기색도 없이 김유를 맹렬히 쏘아 보았다. 까만 조약돌에 박힌 금강석처럼 투명하게 빛나는 눈이었다.

　순간 김유의 손에서 힘이 풀려나갔다.

　어머니가 정을 보며 한 말이 떠올랐다.

　'저 아이는 전생에 원화(源花 - 화랑도를 이끌었던 여성)였는지도 모르겠다.'

　밖에선 지기(地氣)를 사정없이 빨아들이고 있던 검은 나무들이 잔인할 만큼 몸을 흔들어대고 있었다.

낭도들

절에서 하룻밤을 지낸 낭도들은 동이 트기 전에 일어났다.

김유와 산행을 다녀본 낭도들은 주먹밥을 입에 물면서 한숨을 내쉬었다. 낭도들 사이에선 김유가 앞에서 끌고 무리굴이 뒤에서 미는 산행은 힘들기로 소문이 났다. 발이 빠른 김유는 따라잡기 힘겹게 앞서 갔고 무리굴은 생긴 것과 달리 곰 같은 체력으로 낭도들을 밀어붙였다.

가을과 겨울이면 눈처럼 차가운 호수와 바다에 뛰어들어 가는 훈련을 해야 했다. 물에 뛰어들기 전에 얼음보다 더 찬 모래로 온몸을 비벼야 했다. 풀 한 포기에 의지하며 절벽을 오르는 훈련은 빼놓을 수 없었다. 가끔 크게 다치는 낭도들이 나왔지만 김유는 별난 훈련을 그만두지 않았다.

그 훈련을 받았던 낭도들이 고구려와의 싸움에서 첫 출전에도 불구하고 절벽을 기어올라 적을 기습 공격해 승리로 이끌었다.

하늘엔 어스레한 별과 구름의 빛만이 가득했다.

낭도들은 쉼 없이 앞사람의 등만 보고 발을 움직였다. 잠시라도 딴생각을 하면 바위틈에 발이 빠져 부러질 뻔하고 이끼에 미끄러져 엉덩이를 찧었다.

산행은 적과 대치할 경우를 대비한 훈련이었다. 오락이 아니었다.

낭도들에겐 오늘따라 걸어도 걸어도 끝이 없는 것 같았다. 숨이 끊어질 듯했지만 눈치만 보며 멈춰 설 수 없었다.

날이 밝아오자 웅크리고 있던 산이 드러났다. 엄숙하기도 하고 잠이 덜 깬 듯하기도 했다. 새소리도 들어오고 기어 다니는 벌레들의 움직임도 보였다.

"다 왔다."

김유는 자신이 몇 번이나 혼자 와 앉았던 석굴 앞에 섰다. 이곳에서 나흘간 낭도들과 기도를 올릴 것이다.

불도 없이 컴컴한 굴로 들어가려 하자 낭도들의 얼굴엔 겁먹은 표정이 나타났다.

낭도들은 물 떨어지는 소리와 박쥐가 머리 위를 스쳐 지나가는 소리를 들으며 축축한 바닥에 앉았다.

김유가 앉아 눈을 감는 순간부터 누구도 소리를 내선 안 됐다. 오직 물 떨어지는 소리만이 울렸다.

낭도들은 마귀처럼 달려드는 잡념을 쫓아내고 잠을 물리치며 정신을 모았다. 김유는 미동도 하지 않았다.

낭도들은 누군가 픽 쓰러지는 소릴 들었지만 움직일 수 없었다. 참지 못해 소리를 지르며 뛰쳐나가는 자도 있었다.

어느 순간 낭도들은 자신에게 다가오는 강렬한 빛을 보았다. 환희 속에 온몸이 공중에 흘러들어 빛이 되었다.

나흘이 지나자 김유는 낭도들을 일으켜 세웠다. 낭도들은 비틀거리며 일어섰다. 눈은 깊고 맑아졌다.

바깥으로 나와 눈부신 빛과 신선한 바람을 맞자 쓰러질 것 같았다.

김유는 석굴에서 단련한 낭도들을 이끌고 정상으로 향했다.

제(祭)를 올릴 산 정상에 오르자 전율이 올랐다.

김유는 땀과 먼지를 뒤집어쓴 몸을 닦아내고 다시 정신을 모은 채 기도를 올렸다. 낭도들은 재잘거리던 입을 다물고 제단 주위로 둘러섰다.

해가 곧게 솟은 나무를 정확하게 비추었다. 하늘 높이 솟아 하늘과 땅을 연결하는 거룩한 산이었고, 나무는 하느님과 인간을 연결하는 신목(神木)이었다.

김유는 산으로 강림한 하느님에게 제를 올리며 계림의 안녕을 빌었다.

제를 마친 김유와 낭도들은 다시 산행을 이어갔다.

산 중턱에 올라서자 구름이 걷히며 천 길이 넘는 산의 사면이 나타났다. 성글게 떠 있던 구름이 움직이면서 옥녀(선녀)가 날아오를 것 같았다. 이미 땀으로 흠뻑 젖었지만 천상으로 오른 듯 황홀했다.

김유에게 날개가 있다면 산 정상부터 천 길 아래로 날아다니며 숨 막히는 풍광을 훑어내고 싶었다.

낭도들의 몸이 뜨거워지고 다리에 힘도 풀렸다. 낭도들은 쉬고 싶은 마음이 간절했지만 김유는 아랑곳 않고 앞만 보며 올랐다. 뒤를 책임지고 있는 무리굴은 낭도들의 마음을 읽었지만 어쩔 수 없었다.

이때 한 명이 바위 사이를 뛰어넘다 미끄러지면서 다리가 부러지고 바위를 긁어내린 손톱이 빠져버렸다. 머리가 찢겼는지 피가 솟았다.

"여기서 쉰다!"

땀으로 범벅이 된 낭도들은 쉬라는 말에 안도의 숨을 내쉬며 여기저기 벌렁 드러누웠다.

"많이 다쳤어?"

무리굴이 김유의 눈치를 보며 다친 낭도의 상처를 살폈다.

"빨리 묶어야 되겠어요."

다쳐서 놀란 낭도는 김유의 눈치를 살피며 글썽였다.

김유는 물을 길어 오라고 지시한 뒤 높은 곳에 올라 얼마나 더 걸어야 할지 둘러보았다.

낭도들의 얼굴과 손이 여기저기 찢기고 긁혔다.

"서둘러 경포호에서 쉬도록 하자."

김유가 경포호에서 하루 묵겠다는 말을 하자 낭도들은 힘이 났다.

엿을 잘라 조금씩 나눠주자 낭도들은 입에서 군침이 돌아 턱이 아플 정도였다.

무리굴은 나무를 잘라 들것을 만들어 다친 아이를 태웠다.

"서두르시지요. 어두워지면 짐승들이 몰려들 수 있어요. 낭도들과 먼저 내려가세요."

"함께 살고 함께 죽어야지. 걱정 마. 나눠 들면 돼."

김유도 마다하지 않고 번갈아 가며 들것을 메고 내려왔다.

달이 뜨기 전에 겨우 경포호에 도착했다. 숨이 차고 고단함이 턱까지 차올랐던 낭도들은 쓰러지듯 누워버렸다.

저녁을 먹이고 쉬게 한 다음 김유와 무리굴은 호숫가 정자에 올랐다.

수정 같은 밤하늘과 찰랑대는 물이 겨루듯 보름달을 유혹하고 있었다. 무심한 듯 다정한 듯한 달은 말할 수 없이 황홀한 광휘를 뿌리며 고고하게 떠 있었다.

어디선가 사선(四仙 - 영랑 술랑 안상 남랑 네 명의 선랑)의 피리 소리가 들리는 듯했다.

물을 굽어보고 있는 보름달이 김유의 마음을 더욱 착잡하게 했다.

낭도가 크게 다쳐 목숨이라도 잃었다면 어찌해야 했을까.

전시(戰時)와 같은 상황을 염두에 두고 훈련하지 않으면 전장에서 살아남지 못한다. 고구려 백제와 수시로 벌이는 전쟁에 동원되는 낭도들이 얼마나 많은가. 전장에선 어린 낭도라고 졸(卒)과 다르게 대하지 않았다. 오히려 졸들에게 정신 차리라는 의미에서, 분격하라는 의미에서 꽃같이 어린 낭도들을 적의 칼날에 앞세우고 있었다.

평소 훈련을 모질게 하지 않으면 전장에 몰려 나간 낭도들은 바람에 떨어지는 꽃잎처럼 떨어질 수밖에 없다.

이 지리한 전쟁은 언제 끝이 날 것인가.

어려서부터 활과 검을 쥐었던 김유는 어느 날 참을 수 없이 갑갑함을 느꼈다. 하루도 거르지 않고 활과 검을 훈련해야 했고 나가 놀고 싶은 걸 참으며 경을 읽고 외워야 했다.

김유가 느슨해질 것 같으면 영명부인은 고구려와 백제의 위협을 과장되게 이야기했고, 계림에서 태어난 자랑스런 진골로서 적들을 반드시 이겨야 한다고 말했다.

"형 피곤하죠?"

무리굴이 뻣뻣해진 팔다리를 주물렀다. 무쇠 다리를 가졌다는 무리굴이지만 고단했던 게 틀림없다. 무리굴이 붉은 입술을 벌리며 웃자 가지런한 이가 드러났다. 얼굴이 소년 같기도 하고 소녀 같아 보이기도 했다.

무리굴은 김유가 풍월주에 오르는 날을 손꼽아 기다리고 있었다. 황권(화랑의 이름이 적힌 명단)에 이름을 올린 김유가 풍월주에 오르면 낭두인 자신도 힘을 얻을 수 있었다.

진골은 진골끼리 두품은 두품만큼 서로 짝을 짓고 허용된 범위 안에서 관직에 나아갈 수 있었다.

무리굴 자신 같은 백성은 땅이나 파다 죽을 수밖에 없지만 화랑도에 들어오면 두품의 한계를 깨고 관등을 받을 길이 열렸다. 무리굴은 오직 그 길만 생각하며 무예를 배우고 김유에게 충성을 바쳤다. 왕경 귀족들이 백성들을 불러 사노비처럼 부리는 상황에서 힘 있는 화랑 밑에서 보호를 받는 게 상책이었다. 김유야말로 세도가에서 태어나 대왕의 보살핌을 받고 있으니 이만큼 갖춘 화랑도 없었다.

김유의 냉정하고 칼칼한 성격이 안 맞았지만 그림자처럼 붙어 다녔다.

무리굴은 고구려나 백제와의 싸움에 나아가 전공을 올리는 날이 새로 태어나는 날이었다.

이런 상상을 하니 무리굴의 입꼬리는 저절로 올라가고 두 발이 허공에 둥둥 뜨는 것 같았다.

김유는 무리굴의 얼굴에서 어서 풍월주가 되란 표정을 읽었다.

백제가 호랑이처럼 불을 밝히며 잡아먹을 기회만 엿보고 있고 고구려 역시 대국(중국)과의 대치를 끝내면 계림을 칠 게 분명했다. 풍월주나 화랑이 된다는 것은 언제든 목을 내놓을 준비가 됐음을 왕경 전체에 알리는 일이었다.

전쟁은 화랑에게 명예 아니면 불지옥을 안겨주었다.

피리를 든 낭도가 정자로 올라왔다.

김유는 경포호에서 연주를 듣자고 했는데 깜빡 잊고 있었다.

바람은 아이를 씻기는 어머니 손같이 감미로웠다.

어느덧 자리를 바꾼 달은 영롱한 빛을 내며 김유를 내려다보았다. 술을 가득 채우자 헛헛함이 사라지는 것 같았다. 기다리지 못하고 연거푸

석 잔을 들이켰지만 오늘따라 냉수보다 맹맹하다.

　김유는 술잔에 뜬 달을 물끄러미 쳐다보았다.

"한 곡조 들어보자."

　바람이 물결을 깨우는 경포호에 피리 소리가 감아들 듯 울려 퍼졌다.

　달빛을 튕기듯 피리 소리가 청아하게 울리자 김유의 가슴이 에이는 듯했다.

　얼굴이 바람처럼 스쳐 지나간다.

　계집이 겁도 없이.

　달빛 아래 구름처럼 흐르던 하얀 가슴이 떠올랐다.

　김유가 두 손으로 어깨를 내리누르며 눈을 쏘아보았지만 계집도 물러서지 않겠다는 강한 눈빛으로 받아쳤다.

　그 순간 정과 김유의 사이에는 번개 같은 강한 전율이 순식간에 관통했다. 이 세상의 모든 기운이 응축돼 창처럼 날카롭고 강하게 두 사람을 꿰뚫고 지나갔다. 순간 김유는 아무런 생각도 떠오르지 않고 우주의 어느 구멍으로 빨려 들어갔다 우주 공간으로 퍼져 나간 듯했다. 밤하늘의 모든 별들이 쏟아져 내린 뒤 온통 휘감는 체험이었다.

　눈앞의 경포호가 흔들리고 있었다.

　달빛 아래 연주는 멈추고 싶을 정도로 아팠다.

풍월주

왕경 월성(月城) 앞은 좋은 자리를 차지하려는 사람들로 난리였다.

영명부인의 아들 김유가 풍월주에 오르는 날로, 귀족과 왕경민들은 새로운 풍월주의 등극을 보기 위해 일찍부터 서둘렀다.

계림의 풍월주가 된다는 것은 국가적인 일이요 가문의 영광이었다.

용과 봉황으로 화려하게 수놓은 천막에는 왕족과 진골 귀족들이 모여 있었다. 귀부인과 귀공녀들은 특별 주문한 조하주(삼국이 만들던 고급 비단)를 입었고, 귀공자들은 새로 등극하는 풍월주에 질세라 옅은 분 화장을 마다하지 않았다.

화랑도(花郎徒)는 왕경민의 아들 중 재능 있는 자들이 낭도를 구성하고 이를 지휘하는 진골 출신의 귀족 자제가 화랑이 되는 결사체라 할 수 있다. 왕경에는 화랑이 이끄는 화랑도의 무리가 병립해 있었다.

음악이 장중하게 울리는 가운데 낭도들은 대나무 숲처럼 빼곡하게 줄 지어 섰다. 그 주변을 수십 개의 화기(花旗-화랑도를 알리는 깃발)가 펄럭여 성대한 분위기를 연출했다.

열 살을 갓 넘긴 동도(童徒)부터 스무 살이 훌쩍 넘은 대도(大徒)까지 눈빛 하나 흐트러지지 않았다. 낭도들은 모자에 새 깃을 꽂고 남색 옷을 입어 마치 군대를 연상케 했다. 낭도들의 활짝 젖힌 어깨는 계림과 김유에 대한 충성과 절의를 보여주고 있었다.

"풍월주다!"

음악 소리가 커지고 흰말에 올라 탄 김유가 천천히 등장했다.

파사(波斯-페르시아)에서 금으로 제작한 말안장은 오채(五彩)로 장식됐고, 하늘 높이 떠오른 태양빛을 반사해 눈이 멀 것 같았다.

얼굴에 분 화장을 하고 오색 꽃으로 치장한 김유는 완전히 달라 보였다.

조우관(깃털을 꽂은 관)을 쓴 김유는 온전히 빛나는 관옥(冠玉) 같았다. 곡옥(曲玉), 수정, 유리로 만든 여섯 겹의 가슴걸이는 왕자처럼 돋보였다. 귀에 단 금귀고리에는 거북이등을 새겼고 인동초를 형상화한 은제(銀製) 허리띠는 세련된 품위를 드러냈다.

눈과 기상은 날카롭고 강건했다.

눈빛은 어두운 밤하늘에 번쩍이는 번개 같았다.

귀족들은 김유의 늠름하면서도 수려한 모습을 보고 옥수(玉樹) 같다고 평했다. 눈을 뜰 수 없을 만큼 환하게 빛나 마치 해와 달을 가슴에 품고 있는 것 같다고 말했다.

귀공녀와 서녀들은 풍월주의 모습에 홀렸다. 풍월주와 하룻밤만 지낼 수 있다면 평생 원이 없겠다고 생각했다.

김유는 숲처럼 기립한 낭도들을 천천히 둘러보며 말했다.

"오늘 우리 모두는 하나가 되었다. 각자 다른 부모에게서 달리 태어났지만 오늘부터 우린 한 형제 한 몸이다. 나는 핏줄로 너희들을 가르지 않겠다. 오직 계림에 대해 충성과 절의를 바치고 형제들을 제 몸처럼 아끼는 자만 사랑하고 감싸줄 것이다."

기럼해 있던 낭도들은 만세를 부르며 환호했다.

지켜보던 사람들은 김유와 낭도들의 하나 된 모습에 가슴이 뛰었다. 왕경의 귀공자들은 풍월주에 오른 김유에 대해 질투가 나면서도 형제애를 느껴 혼란스러웠다.

화랑이 되는 것도 쉽지는 않았지만 화랑의 꽃인 풍월주가 되는 것은 지난(至難)한 일이었다.

이찬 김유신(金庾信) 공이야말로 전설적인 풍월주로서 계림을 넘어 대국에까지 그 이름을 떨치고 있었다.

김유신 공이 숱하게 남긴 전설 같은 이야기는 왕경민들의 지루한 밤을 달래주는 소재였다. 하늘이 내린 명장(名將)으로서 충의와 지략은 상상을 뛰어넘었다.

김유신이 분격히 일어난 것은 열일곱일 때였다.

고구려가 말갈, 백제와 함께 계림에 처들어와 강토와 백성을 유린하자 참지 못하고 일어섰다.

김유신은 평소 따르던 시종도 다 물리치고 혼자 산으로 올랐다. 전부터 신령스럽기로 소문난 산이었고 그곳에 있는 석굴을 찾아갔다. 험하고 깊은 산을 오르는 일은 쉽지 않았다. 석굴을 찾기 위해 키보다 더 높이 자란 억센 풀을 칼로 쳐내며 올라야 했다.

석굴에는 보기에도 끔찍한 독충이 기어 다니고 뱀이 소리를 내며 기어가고 있었다.

짙은 눈썹 아래 날카롭게 눈꼬리가 올라간 김유신은 그 무엇도 멈출 수 없을 만큼 강기(剛氣)로 가득했다.

어두운 석굴에 앉아 기도를 올렸다.

독충이 서걱거리며 다가오는 소리와 쉭쉭거리는 뱀 소리가 귀를 어지럽혔다. 달갑지 않은 객을 맞은 듯 커다란 박쥐가 사정없이 날아들었다. 석굴 한구석에는 사람인지 귀신인지 속삭이는 듯 흐느끼는 듯한 소리가 쉴 새 없이 들려왔다.

'계림을 강건히 지킬 수 있도록 힘을 내려주시옵소서.'

"귀공자가 춥고 어두운 곳에서 무슨 고생이시오?"

얼굴이 백옥 같은 여인이 물동이인지 술동이인지 이고 있었다.

"춥고 허기질 텐데 목이나 축이시오."

여인은 길고 흰 손으로 표주박을 건넸다.

"삿된 귀신이걸랑 썩 물러가거라!"

정신을 모으고 있는 동안 주변은 흰 연기가 피어오르기 시작했다. 물안개 같기도 하고 짙은 연기 같은 것이 겹겹이 에워싸 마치 구름 위에 떠 있는 듯했다. 수정구같이 맑고 투명한 공간이 무한대로 펼쳐졌다.

그때 환하고 강한 빛이 온몸을 에워쌌다.

"귀공자가 혼자 웬일이시오?"

김유신은 석굴을 울리는 굵직한 목소리에 눈을 떴다. 수염이 가슴까지 내려온 노인이 김유신을 물끄러미 내려다보았다. 몸이 몹시 가벼워 보이는 노인의 눈은 맑고 지혜를 가진 듯했다. 놀라운 것은 어린아이 같은 피부와 표정이었다.

"위기에 놓인 계림을 구하고자 하옵니다. 제게 누구도 넘볼 수 없는 강인함과 하늘과 땅을 꿰뚫는 지략을 주십시오."

김유신은 저도 모르게 노인에게 절을 올리며 눈물을 흘렸다.

"내게는 그런 힘이 없소."

김유신은 텅 빈 바랑을 짊어지고 돌아서려는 노인을 가로막고 거듭 눈물을 흘리며 간청했다.

"허허 참."

다시 한참을 쳐다보던 노인은 바랑을 다시 내려놓았다. 석굴 안이 밝아지며 따뜻하고 넓게 느껴졌다. 서걱거리며 다가오던 독충과 뱀은 사라지고 축축하게 고여 있던 물들도 어느새 말라 있었다.

"정 그렇다면 내 알고 있는 몇 가지만 알려주지."

노인이 가르쳐주는 것은 김유신이 전에 한 번도 듣지 못한 것들이었다. 하루 종일 신출귀몰한 병법에 대해 들려주었고 김유신은 하나라도 놓치지 않으려고 모든 감각을 집중했다.

"이건 가르쳐주는 게 아닌데……."

마지막으로 노인은 주저하면서도 김유신의 열정과 재능을 인정한 듯 둔갑술을 슬쩍 보여주었다. 순식간에 노인은 거대한 호랑이로 변해 김유신이 놀라 입을 다물지 못하자 닭으로 변해 우는 소리를 냈다. 곧이어 황소만 한 개가 되어 컹컹거리다 다시 노인으로 돌아왔다.

"내가 가르쳐준 것을 함부로 사용하면 엄청난 화를 입을 것이야, 단단히 명심하거라."

김유신은 너무나 대단한 것을 배우고 본지라 꿈인가 생시인가 싶었다. 정신을 추스르는 사이 노인은 석굴을 나와 자취도 보이지 않았다. 김유신은 뒤늦게 노인을 뒤따라갔지만 찾을 수 없고 무지개만 걸려 있는 걸 보았다.

고구려와 백제의 침범이 잦자 김유신은 인박산 깊은 골짜기를 찾아들어갔다.

향을 피우고 하늘에 기도를 올리자 어느 순간 하늘에서 대낮같이 밝은 빛이 내려왔다. 눈이 멀 것 같은 빛은 검광(劍光)처럼 날카로웠으며 김유신의 보검(寶劍)에 영기(靈氣)를 불어 넣었다.

기도를 마친 김유신이 영기를 받은 보검을 빼들자 손에 힘을 주지 않았는데도 스스로 움직이는 듯했다. 정신을 모으고 보검으로 내리치자 커다란 바위가 두 동강이 났다.

이후 김유신은 누구도 넘볼 수 없는 용맹함과 지략을 보여줬다.

사람들은 김유를 보면서 또 한 사람의 위대한 풍월주를 기대했다.

"아 오늘 같은 날 유신 공을 볼 수 있다면."

"네 놈은 담이 작아서 그분을 보기만 해도 다리가 풀릴 거야."

"칠요(七曜)의 정기를 타고 태어나셨다잖아."

"유신 공의 검을 봤나? 천하의 영검(靈劍)이라는데 그 기를 받아봤으면."

"아무나 볼 수 있는 검이 아냐."

김유신이 석굴에서 제를 올린 뒤 하늘로부터 영검을 얻었다는 이야기는 백제와 고구려에도 알려져 간담을 서늘하게 했다. 김유신은 상대하기 두려운 위협적인 존재였다.

계림의 화랑들이 하늘만큼 우러르는 사람은 김유신이었다. 김유도 한때는 화랑 사다함을 흠모했지만 시간이 흐를수록 유신 공에게 기울었다.

유신 공의 비범함은 하늘의 구름처럼 닿기 힘들고 바람처럼 잡기 어려웠다.

낭도들과 화랑이 칼을 연습하고 활을 잡는 것은 유신 공처럼 되고 싶어서였다.

유신 공이 패퇴하는 일이 있어도 그건 천지의 기운이 일시적으로 돕지 않기 때문이라고 믿었다.

잔칫날처럼 들떠 있는 사람들 틈에 있던 정은 조용히 빠져나왔다.

영명부인의 지시를 받고 오래전부터 오늘을 준비해왔지만 마음이 편치 않았다. 풍월주라는 커다란 날개를 단 김유가 언제 백제를 향해 칼날을 겨눌지 알 수 없었다. 김유가 자신이 이끄는 낭도들에게 신(神)의 군사라며 용기를 불어넣을 때면 무서웠다. 그 말을 들은 낭도들은 눈에 핏발이 서면서 두려움을 잊었다.

귀공자들은 자신보다 먼저 풍월주란 자리에 오른 김유를 한없이 부러워하면서도 시기하고 있었다.

김유를 쳐다보는 귀공녀들의 눈은 병아리를 채 가려는 수리의 눈처럼 탐욕스러워 보였다. 정은 남녀 간의 일에 대해 거리낌 없는 왕경민을 보고 놀라곤 했다. 귀공녀들도 끌리는 상대가 있으면 몸을 던져서라도 일을 치르고 말았다.

풍월주를 구경하러 가서인지 물건 보러 오는 사람도 없고 시장 전체가 조용했다.

정은 진수가 가게에 있을 줄 알았는데 없는 걸 보자 허전했다.

진수가 풍월주 등극식에 갔을 리 없다. 김유를 쳐다보는 진수의 눈에는 살기가 역력했다.

정은 진수를 기다리며 우두커니 앉아 있었다.

진수는 영명부인의 기대를 저버리지 않고 가게를 북적거리는 곳으로 만들었다.

상처가 아문 진수에게 비단옷을 입혀놓으니 이번엔 귀공자들이 같은 비단을 사겠다며 난리였다. 상처가 아물자 진수만큼 건장한 몸도 없었다. 눈꼬리가 긴 데다 큰 코와 굳게 다문 굵은 입술은 여자들을 자극했다.

귀공녀들은 물건을 보는 척하면서 진수의 목과 팔뚝에 열광했다. 귀부인들은 진수에게 말을 붙여보려고 가게를 들렀다가 진수의 무뚝뚝한 대접에 부글부글 끓었다.

이찬(신라 17등급 관위 중 2등급)의 장녀 아영(娥英)이 부쩍 가게에 나타나기 시작했다.

진수는 정에게도 무뚝뚝하고 냉랭했다.

얼마 전에는 가게 물건을 정리해놓으라고 하자 거칠게 덤볐다.

"네가 뭔데 이래라저래라야!"

진수는 이를 드러내며 으르렁거렸다.

영명부인의 신임을 받는 정은 분명 자신을 지키는 끄나풀이 틀림없다고 믿었다. 이것저것 물어대는 것만 봐도 냄새를 맡아 고해바치려는 수작이라고 확신했다.

진수는 사람들이 없는 숲으로 가고 있었다.

숨어서 풍월주에 오르는 김유를 지켜보았다.

계림의 풍월주란 고구려의 선배와 다를 바 없었다. 삼국 중 가장 후진 소국이던 계림이 고구려의 선배를 보고 만든 게 틀림없다. 만형을 보고 배우듯 계림은 고구려의 선배제도를 보고 저들에 맞게 고쳐놓은 것이다.

고구려에 선배를 따르는 조의선인(皂衣仙人)이 있다면 계림에는 화랑을 따르는 낭도가 있을 뿐이다.

조의선인은 단군 시대까지 거슬러 올라갔다.

환웅 천왕이 연 신시(神市)에는 광활한 지역에 살고 있던 다섯 부족이 산물을 들고 와 하늘에 제사를 지냈다. 수두(蘇塗)는 하늘에 제사를 지내던 곳으로, 신수두는 하늘에 제사를 지내는 부족 중에서도 으뜸인 부족과 제단을 가리켰다. 조의선인은 수두를 지키던 신군(神軍)으로, 이들은 수두를 지키고 짐승을 사냥해 제사를 올렸다.

신수두 대제에서 제우의 사고만 없었어도, 그날 도망치지만 않았어도 오늘 김유가 누린 영광을 나도 누렸을 텐데.

진수는 신수두 대제를 생각할수록 안타까워 가슴이 먹먹했다.

고구려군을 무찌른 공으로 풍월주에 오른 김유를 보고 있자니 참을 수가 없었다. 아버지의 원수를 죽여도 시원치 않을 마당에 풍월주에 오르는 모습까지 지켜봐야 하다니.

아버지의 시신은 제대로 거두어졌을까. 황량한 들판에 아버지의 시신이 나뒹굴고 있을지 모른다고 생각하자 가슴이 조여왔다.

진수는 숲으로 달려가 나무 아래를 파기 시작했다. 언젠가 복수할 날이 있을 거라며 숨겨두었던 검을 허겁지겁 찾았다. 날카로운 검이 김유의 가슴을 파고들 것이다.

나뭇가지로 땅을 파다 손톱으로 파기 시작했다. 손톱이 부러지고 피가 흘렀다.

정은 진수가 답답할 때면 찾는 숲으로 나섰다. 때때로 어디론가 없어져 찾아보면 숲에서 마음을 달래고 있었다. 소나무 한 그루 한 그루가 왕족처럼 위엄 있게 서 있는 숲이었다.

활기차게 타오르던 태양이 한풀 꺾이면서 노을에게 자리를 내주고 있었다. 어둠은 생각보다 빨리 내려앉았다.

정은 나무 아래의 검은 물체를 발견하고는 호랑이가 아닐까 가슴을 졸였다. 꼼짝도 않는 것을 보고 살금살금 다가가 보니 진수였다.

뺨엔 눈물이 흘러내리고 손에선 피가 흐르고 있었다.

검푸르스름한 찬 공기가 내려앉고 있었다.

진수는 정이 나타나자 급히 칼을 숨기고 몸을 일으켰다.

"여긴 어찌 알고……."

"가게나 지킬 것이지 돌아다니면 어떡해."

무안해진 정은 진수에게 눈을 흘겼다.

정신을 차린 진수는 미친 듯 앞서 갔다.

"악!"

정은 어둠 속에서 솔가지에 눈을 찔릴 뻔했고, 옷은 가지에 걸려 찢겨 나갔다.

해가 있을 때는 몰랐지만 어둠이 내려앉자 숲은 냉정하게 돌아섰다.

"에잇!"

진수는 되돌아와 바짝 움츠린 정의 어깨를 감싸 안았다.

"이거 놔!"

"눈이라도 찔리면 어쩌려고? 참아."

정은 진수의 힘을 당해낼 수 없었다.

진수는 정신을 집중해 걷다 보니 땀도 났지만 정을 안아서인지 열이 났다. 나뭇가지를 쳐내면서도 품 안의 정에게 신경이 쏠렸다. 어깨는 보기보다 가냘팠고 몸은 부드러웠다. 마치 손인에 살포시 쥔 메추라기 같았다. 조금이라도 세게 쥐면 어딘가 부러질 것같이 약하지만 오므린 손을 방심하면 날아가 버릴 작은 새.

정은 고구려 귀녀들처럼 선이 굵고 거칠지는 않았다. 명징하면서도 풍부하고 우울함을 잊게 해주는 쾌활함과 자유로움이 있었다.

안에서 흘러나오는 빛과 향이 있었다. 그것이 무엇인지는 모르지만.

진수는 돌부리에 걸렸고 그 바람에 두 사람이 한꺼번에 넘어졌다. 정을 다치지 않게 하느라 진수가 밑에 깔렸다.

"뇌, 혼자 갈 수 있으니까."

정은 옷에 묻은 흙을 탁탁 털며 앞서 가기 시작했다.

"도대체 하루 종일 어디 있었던 거야?"

어색하고 무안한 정이 화를 냈다.

"그만해."

진수는 마치 한 대 갈길 것 같은 분위기였다. 성난 사자 새끼 같은 모습을 보자 정은 오히려 골려주고 싶었다.

"오늘 김유는 관옥 같더라."

진수는 주먹은 올리지 못하고 손으로 정의 입을 막았다. 작고 부드러운 입술이 손안에 들어왔다.

"뭐하는 짓이야!"

정이 진수를 밀쳐내며 빽 소릴 질렀다.

"그만하라고 했잖아."

"미친놈!"

정은 뛰어내려 오며 한참을 씩씩거렸다.

고구려에서 온 노비

영명부인의 부름을 받은 정은 진수와 금입택을 찾았다.

진수는 집 안팎을 유심히 살폈다.

마당에는 전돌을 깔아 비가 와도 진흙을 피해갈 수 있게 했다. 들고 나는 시종들을 보니 대략 사십 명 정도가 있는 것 같았다. 힘깨나 쓰는 호위 무사나 기골이 장대한 서역 출신의 역사(力士)는 보이지 않았다. 김유의 방으로 보이는 곳에는 어려 보이는 시종 한 명만이 주변을 지키고 있었다.

정원에 활쏘기 연습을 할 수 있는 과녁과 화살이 갖춰져 있고 역시 검술을 연습할 수 있도록 했다.

정은 일단 진수를 감추듯 밖에 세워두고 혼자만 영명부인의 내실로 들어갔다.

금실로 수놓은 비단 휘장을 들추자 침향목으로 새로 꾸민 내실이 나타났다. 대모(玳瑁 - 자바 섬에서 나는 바다거북 껍질)로 정교하게 만든 탁자가 있고, 파사 (페르시아)에서 손으로 짠 양모 깔개가 품위를 더해주었다.

정은 탄복할 만한 솜씨로 세밀하게 투각한 은모(銀帽)에 정신이 팔렸다. 백제 장인을 불러다 만든 솜씨 같았다. 계림이 자랑하는 대사찰 황룡사의 9층 목탑도 백제 장인 아비지가 사람을 데리고 와 짓지 않았나. 계림에선 최고 장인에게 두품까지 주면서 기술을 장려했지만 백제를 따라잡을 수 없었다.

키가 훤칠하고 화려한 자태의 영명부인이 나타나자 방 안은 사향으로 가득했다. 한껏 머리치장을 한 영명부인의 육감적인 몸매가 비단옷 아래로 드러났다. 피부는 탄탄하니 흠 하나 없는 백옥 같았다.

영명부인은 옷을 구기지 않으려고 조심하면서 또렷한 말투로 물었다.

"고구려 놈까지 데려다 주었는데 가져오는 것이 신통치 않구나."

정은 두 어깨를 내리며 한숨을 쉬었다.

"저도 밤잠을 이루지 못하고 있사옵니다. 귀족이나 거족(巨族)들이 매상을 올려줘야 하는데 발걸음을 끊다시피 하고 있습니다. 난리라도 나는 겁니까? 금수(錦繡)와 보석이라면 자다가도 달려오던 이들이 코빼기도 안 보입니다."

"그렇다고 손 놓고 있을 것이냐?"

영명부인은 찻잔을 들더니 날카롭게 반응했다.

"고모가 아니면 큰일 날 뻔했어요. 그나마 고모를 보기 위해 귀공녀들이 드나들고 있으니까요."

정은 영명부인이나 김유처럼 진수를 '고구려 놈'이라 하지 않고, 고구려에서 온 모라는 의미에서 '고모'라 불렀다.

진수가 예전의 풍모를 찾게 되자 귀공녀 사이에는 잘생긴 녀석이 등장했다는 소문이 돌았다. 발 빠른 귀공녀들은 고구려 패졸 출신이지만 풍모가 예사롭지 않다며 한 번씩 보고 갔다. 진수를 본 귀공녀들은 굵직하게 생긴 얼굴과 벌어진 가슴에 마음을 뺏기고 있었다.

영명부인도 대충 이야기는 듣고 있었다.

"전쟁이 또 날 모양이지요? 눈치 보느라 가게에도 못 나오는 거 같아요. 우선 단골들을 찾아가보겠습니다."

앞으로 김유에게 들어갈 자금이 눈덩이 같은 영명부인으로선 답답하고 초조했다. 지금까지 순조로웠는데 여기서 주춤할 수 없었다.

영명부인은 김유가 걸음마를 배울 때부터 맏아들 선흔과 둘째 아들 용흔처럼 경(經)박사를 붙여 글을 가르쳤다. 검술로 이름이 높았던 화랑 문도에게 배운 자에게서 검술을 익히게 했다. 최고의 스승을 붙여 누구도 따를 자가 없도록 만들었다.

정은 밖에서 기다리던 진수를 불러들였다.

진수를 영명부인에게 보이기 위해 씻기고 깨끗한 옷을 입혀 왔다.

문을 열고 진수가 들어서는 순간 영명부인의 눈이 가늘게 떨렸다.

몸은 흡사 야수 같았지만 눈은 동정(童貞)을 지키고 있는 듯 맑고 투명했다.

가무잡잡하지만 굵은 이목구비와 굳은 선이 고구려 귀골이 틀림없었다. 어깨와 굵은 목, 허벅지는 제대로 단련된 근(筋)이 붙어 강건해 보였다. 김유보다 얼굴 하나는 더 있어 보이는 체구였다. 키는 컸지만 둔해 보이지 않았다.

아니 기품 있는 기개는 감추기 어려웠다.

진수가 흙 속에 처박힌 금강석이란 걸 정만이 발견한 건 아니었다.

왕경 대궁의 지존(至尊)에서부터 내로라하는 진골 화랑들의 신체 조건을 꿰고 있는 영명부인에게도 포착됐다. 얼굴만 봐도 어떤 몸인지 손에 넣을 듯 그릴 수 있는 영명부인이, 진수의 몸을 허투루 보아 넘기지 않았다.

진수를 보는 순간 온몸의 피가 빨리 돌기 시작했다. 영명부인은 피부가 열리면서 한층 여성스러운 얼굴빛이 되었다.

"누구냐?"

영명부인은 고개를 돌리며 짐짓 모른 척 물었다.

"처음 보시지요. 김유 공에게 하사한 고구려 노비입니다."

"음……."

영명부인은 진수를 천천히 다시 뜯어보았다. 왕경 귀공자들과는 뿌리가 달랐고 느껴지는 감각이 달랐다.

"그보다 제가 생각해낸 것은……."

"무엇이냐?"

영명부인은 뜸을 들이는 정에게 짜증을 냈다.

"지금은 장안(당의 수도)과 왕경을 오가는 자들에게 물건을 받아 팔고 있지 않습니까. 이들이 남기는 이윤이 얼마나 큰지 알 수 없지만 아마 상당히 폭리를 취하고 있을 겁니다. 그들이 가져가는 폭리가 아깝다면, 장안과 직접 거래해야 합니다."

"그게 가능한 얘기냐?"

"장안에 가서 상황을 보면 길이 있을 겁니다. 갈 수 있도록 도와주십시오."

정은 오래전부터 품어왔던 얘기를 꺼냈다. 당과의 관계가 갈수록 밀접해지는 계림에게 교역은 마르지 않을 금맥(金脈)이었다. 갈수록 규모가 커지면 커졌지 작아지지는 않을 것이다. 백제에 있을 때부터 숙부에게 그런 말을 들어왔는데 왕경에서 실제로 보니 눈앞에 그려졌다.

장안으로 가고 싶은 또 다른 이유도 있었다.

매일 밤 자신을 감시하는 눈길이 느껴져 하루하루가 불안했다. 처음엔 도둑이거니 생각했는데 누군가 자신을 지켜보고 뒤를 밟고 있음이 분명해졌다.

언제 정체가 드러날지 모른다는 조바심에 밤이면 악몽을 꾸었다. 정체가 밝혀져 허무하게 죽기보다 전부터 가보고 싶었던 장안과 서역까지 가고 싶었다.

정에게 가게를 맡기면서 면밀하게 주시해온 영명부인으로선 입이 벌어질 만한 얘기였다. 보통 계집은 아니라 생각했지만 이런 속내가 있을 줄 몰랐다.

당의 수도인 장안(중국 서안)은 견당사로 뽑히더라도 1년 가까이 준비해 어렵게 다녀오는 길이었다. 장안과 왕경을 오고가는 데만 여섯 달 정도의 시간이 걸렸다.

여행 경비도 영명부인 정도가 아니면 감당하기 쉽지 않았다. 견당사 일행은 왕경에서 가지고 간 물건을 현지에서 눈치껏 팔아 비단이나 약재, 향료, 보석, 서책과 바꿔 돌아왔다. 장안에서는 관으로부터 매매 허가를 받아야 하기 때문에 관리들의 감시가 비교적 허술한 곳에서 물건을 사고팔았다. 허가 받지 않은 상태에서 물건을 팔다 적발되면 관에 끌려가 곤욕을 치러야 했다.

견당사 일행에 끼지 않고 장안에 가는 길은 여간 어렵지 않았다. 사내라면 견당사의 선부(船夫)나 하다못해 시종으로라도 끼워 넣겠지만 계집을 어쩌란 말인가.

'발칙하군. 황당무계해.'

영명부인은 새로 가져온 차를 마시며 마음을 가라앉히려 애썼다. 황당한 얘기지만 구미가 당겼다. 크게 벌 수 있다면 어떻게 해서라도 뚫어보고 싶었다.

"대부인께서 나서면 가능합니다."

정은 영명부인 앞에서 거리낌 없이 말했다. 영명부인만큼 왕경에서 지략이 많고 입김이 센 사람도 드물었다. 대왕이 각별히 아끼는 영명부인인지라 여느 귀부인과는 위상이 달랐다. 대궁을 자주 드나들면서 정보가 가장 빠른 사람 중 한 사람이었다.

"알았으니 물러가거라."

영명부인은 진수를 보며 곧 다시 보리란 예감이 들었다.

내실에서 나온 정과 진수는 김유와 맞닥뜨렸다.

"가게는 잘돼 가느냐?"

"난리가 나려는지 귀부인들이 통 오질 않소."

김유는 깨끗하게 차려입고 나타난 정을 불러 세우듯 물었다. 평소엔 거친 베옷을 입고 창백해 보이더니 오늘은 달라 보였다.

"이놈은 웬일이야?"

김유는 진수를 사납게 노려보았다. 진수는 김유란 놈을 보는 것만으로도 고통이었다. 앙다문 이빨 사이로 신음 소리가 새어 나왔다.

"대부인께 함께 드릴 말씀이 있어 왔소. 거칠지만 제 몫은 하고 있소. 고모를 보기 위해 일부러 찾아오는 귀녀들도 많다오."

"여긴 무슨 일로 왔지?"

"대부인께서 부르신 것 같은데 들어가 보시오. 바빠서 그만 가보겠소."

정은 김유의 말을 자르고 진수와 함께 빠져나갔다.

영명부인은 고구려 노비에 대한 생각에 빠져 아들이 문밖에서 인기척을 내는 것도 몰랐다. 진수에게 품었던 마음을 아들에게 들키기라도 한 것처럼 표정이 일그러졌다.

"가게가 전만큼 안 된다고 들었습니다. 사정이 어려우니 당분간 산행은 미룰까요?"

"이런 때일수록 낭도들을 단련시켜야. 점점 사정이 급박하게 돌아갈 것 같다. 언제 거병이 있을지 모르니 마음 단단히 먹거라."

"전쟁이 일어나는 겁니까?"

김유는 어머니의 심각한 표정과 말을 듣자 전율을 느꼈다. 왕궁을 드나들며 누구보다 정국의 흐름에 빠른 어머니였기에 한마디 한마디가 예사롭지 않았다.

"아직 함부로 말할 단계는 아니다. 너는 장안에 입궁하는 숙위(宿衛)에 뽑힐지 모르니 그리 알고 있거라."

"숙위라고 하셨습니까?"

"견당사가 꾸려지면 대국(중국의 당) 황제의 숙위도 뽑을 게다. 숙위 명단에 네가 들어가야 한다, 알겠느냐."

김유는 전부터 어머니가 보통 사람은 아니라고 생각했지만 이 정도일 줄은 몰랐다. 어머니의 총명함이 남달라 어렸을 때는 선덕대왕이 무릎에 올려놓을 정도로 귀여워했다고 들었다.

시종이 외숙부가 왔다고 전했다.

외숙부는 영명부인과 김유를 번갈아 보며 정답게 미소 지었다. 김유는 외숙부의 얼굴이 통통한 데다 인상이 좋아 늘 웃는 것처럼 보였다.

"무슨 이야기인데 이리 진지하십니까?"

외숙부는 무거운 엉덩이를 털썩 내려놓으며 앉았다. 영명부인은 키가 훤칠하지만 동생은 누나에 비해 키가 작고 배가 불룩 나와 걸을 때도 뒤뚱거렸다.

"유에게 숙위 이야기를 하고 있었다. 아직 다른 사람에게는 얘기하지 말고."

"아 그래요."

"유가 숙위에 들어갈 수 있으면 좋을 텐데. 숙위라는 것도 대왕께서 얼마나 오랫동안 공을 들여 만들어놓은 것이냐? 얼마 전 전하를 뵈었더니 귀한 말씀을 해주셨다. 고구려가 대국과 대치하면서 백제와 손잡은 뜻이 뭔지 아느냐. 바로 고구려가 백제와 동맹을 맺어 계림을 속국으로 만든 뒤 대국과 일전을 벌이겠다는 의미란다. 우리로선 고구려에게 잡아먹히기 전에 대국과 손잡을 수밖에."

"고구려는 황제(당 태종)와의 싸움에서 이기지 않았습니까."

김유는 어머니와 외숙부를 보며 진지하게 물었다. 솔직히 고구려를 적이라고 하지만 대국보다는 가깝게 느꼈다. 왕경에서도 고구려인과 백제인을 얼마나 많이 볼 수 있는가. 왜국이 계림을 짓밟았을 때 고구려가 왜국을 몰아내주지 않았는가.

외숙부는 웃음을 거두자 날카로운 눈빛이 드러났다.

"대국이 고구려를 기어이 꺾으려고 하는 이유는…… 만약 고구려가 북방의 돌궐(몽골 고원에서 중앙아시아 지역에 걸쳐 지배한 투르크계 유목민)과 손잡을 경우 자신들의 존립이 어려워질 수 있기 때문이지. 대국은 지금도 고구려 하나 꺾는 것도 어려운데 기병(騎兵)의 힘이 무시무시한 돌궐과 고구려가 손을 잡는다면 무너질 수밖에 없을 거야."

"그게 사실입니까?"

"그동안 대국이 돌궐과 싸우고 달래고 한 세월이 얼마나 오래됐는지 아느냐. 대국도 한때 동돌궐에게 신하를 자청하며 조아린 적이 있거든.

대국이 번번이 고구려에 망신을 당했지만 이젠 슬슬 생각이 달라지고 있을 게다."

외숙부는 자신의 말에 스스로 취한 듯 눈을 지그시 감았다.

"과거엔 대왕(김춘추)께서 당주(당 고종)에게 청병을 했지만 상황이 변하고 있으니까 말야. 대당이 고구려를 쳐들어갈 때 계림이 후방에서 전선(戰線)을 흔들어주고 군량을 대지 않으면 결코 이길 수 없거든. 대당으로선 계림이 필요하게 됐지."

외숙부는 어깨를 으쓱하더니 수염을 어루만졌다.

"백제는 대당이 고구려에 깨지는 걸 보고 슬그머니 당주에게 조아리던 신하의 예를 거두었단다. 대당이 믿을 건 계림밖에 없는 거지. 대당은 고구려를 치기 위해 계림이 필요하고 계림은 고구려와 백제를 물리치기 위해 대당이 필요해."

외숙부는 꿀에 절인 밤 하나를 집어 입에 넣었다.

"지금 우리로선 죽느냐 사느냐 하는 기로에 서 있단다. 계림이 기회를 잡으면 삼국 대통일의 천운을 거머쥐게 될 거야."

김유는 대통일이라는 말을 듣자 두근거렸다.

"천운(天運)은 우리 편이라고 생각한다. 암! 전하를 보필하고 있는 유신 공을 보아라. 두 분이 한 마음으로 나라를 이끌고 지키고 있으니 무서울 게 없거든. 나라에 충신, 용장이 나와도 군주가 알아주지 않으면 무슨 소용이 있느냐."

영명부인은 흘러내린 머리를 조심조심 올리며 동생의 말을 방해하지 않았다.

"현명하고 용맹한 군주라도 제대로 보필하는 신하가 없으면 운이 따라주지 않는 거란다. 너는 이 나라의 자랑스러운 풍월주로서 큰 뜻을 품어라. 기회도 함께 따라올 것이야."

외숙부는 입술에 묻은 꿀을 닦은 뒤 영명부인에게 고개를 돌렸다.

"전하가 대단해요. 나라를 위해 고구려와 대당, 그렇지 왜국까지 가셨으니까요. 계림이 살아남기 위해 그 길밖에 없다고 생각하신 겁니다."

영명부인은 고개를 끄덕였다.

"지금의 이 큰 그림은 선덕대왕 때부터 그린 것이긴 합니다. 사실 선덕(善德)대왕 시절은 위기였어요. 귀족 놈들이 여제(女帝-여왕)는 안 된다고 얼마나 난리를 쳤습니까. 고구려 백제 놈들은 약 올리듯 시도 때도 없이 쳐들어오지. 아시겠지만 당과 고구려에 대왕(김춘추)을 보낸 분도 선덕대왕이시잖아요. 그뿐입니까? 장안에 유학생을 보내 당의 문물을 보라 한 분도 선덕대왕이죠."

"그렇지!"

"몇 놈이 선덕대왕을 여자라고 업신여겼지만 그만한 지혜를 갖고 통치한 왕도 없었어요."

영명부인은 선덕여왕의 자애로우면서도 총명한 눈이 떠올랐다. 여느 남자보다 장신이던 선덕대왕은 커다란 손으로 영명의 머리를 쓰다듬어주곤 했다. 선덕대왕의 손이 어찌나 큰지 그 기운은 다정하고 따스했지만 머리카락이 뽑힐 만큼 손힘이 강했다. 영명이 앉은 선덕대왕의 무릎은 마치 바위라도 되는 것 같았다.

"우리도 안심할 건 못 돼요."

"무슨 말씀이세요?"

"고구려 백제를 무너뜨린 다음 우리라고 그냥 놔두겠냐는 거야."

"동맹을 맺은 계림을 어찌하겠니."

영명부인은 동생의 말을 막았다.

"그야 계림에게 달린 문제지만 걱정은 걱정입니다."

외숙부는 눈웃음을 거두었다.

"저처럼 생각하는 이가 없지는 않을 겁니다."

"그런 말은 입 밖에 내지도 말거라! 전하가 소문에 얼마나 빠른지 몰라서 그러느냐. 입을 가볍게 놀릴 경우 너뿐 아니라 우리 가문이 화를 당할 것이야 명심해라."

외숙부는 시무룩해져 밤 하나를 입에 털어 넣었다. 냄새를 맡고 기어오는 개미를 집어 훅 날려 보냈다.

"참 들었느냐? 왕경에 윤충의 딸년이 들어와 있다고 하던데."

"죽일 놈의 윤충 말이야? 전하가 이를 갈고 있는 놈인데. 그 딸년이 왕경에 있다면 당장 잡아들이라 하실 거다."

영명부인은 얼굴을 붉히며 열을 냈다.

"대야성을 뺏긴 건 끔찍한 일입니다. 대야성을 뺏고 당항성까지 넘보겠다고 했으니."

"예?"

김유는 숙부를 쳐다보았다.

영명부인이 옥가락지를 돌리며 말했다.

"당항성은 진흥대왕이 대국(중국)과 쉽게 오고갈 수 있게 어렵게 차지한 땅이야. 백제 놈들이 대야성을 뺏고 당항성까지 빼앗아 우리와 대국의 관계를 끊고자 한 거란다. 흥! 계림을 대국으로부터 떼어내 고립시키겠다는 속셈이었어. 그런데 어찌 윤충의 딸년이 왕경에 살고 있을까?"

"왕경에 살고 있는 백제나 고구려인이 한두 명입니까. 왕경 말씨를 쓰면 누가 가려내겠어요. 백제 성(城) 하나 거두는 것보다 그년을 찾아내는 게 더 큰 상을 받을 겁니다. 유야 너도 명심하고 있거라."

서역의 꿈

　정은 아까부터 골똘히 생각에 잠겨 있었다.

　계집종은 해만 떨어지면 호희(胡姬-서역 여자. 서역은 넓게 중앙아시아와 서
아시아, 인도까지 아우르는 지역)들의 춤을 보러 가겠다며 들떠 있었다. 정은
개미허리와 절구 같은 엉덩이를 흔드는 호선무(胡旋舞-서역 춤)가 뭐 볼
게 있냐며 핀잔했지만 계집종은 들은 척도 안 했다.

　정과 우연히 눈이 마주친 진수는 얼른 고개를 돌렸다. 오늘따라 정의
피부가 조약돌처럼 빛나 보였다. 소나무 숲에서의 일이 있고 난 뒤 정
을 보면 까닭 없이 어색하고 찝찝했다. 먹구름은 잔뜩 끼었는데 우르릉
쾅쾅거리기만 하고 비는 오지 않는 것 같은 답답함이랄까.

　"같이 갈래?"

　계집종이 얼굴에 난 뾰루지를 살살 뜯으며 진수를 꼬드겼다.

　"호선무 보러 가자. 사내들은 호희들 엉덩이 보느라 정신 못 차리더라
히히."

　호선무가 펼쳐지는 공연장에는 사내들의 발길이 끊이지 않았다. 전

에도 호희들의 무대가 있었지만 이번이 제대로라는 소문이 돌았다. 해가 지면 왕경은 어둠에 묻히지만 동시(東市)는 호선무 같은 볼거리로 또다른 하루를 열었다.

"고모는 가지 말고 남아."

정이 진수를 보며 단호하게 말했다.

계집종은 청소를 하는 둥 마는 둥 하고는 내빼버렸다.

정이 가게 문을 닫자 빠져나가지 못한 열기가 뱅뱅 돌았다.

"아이 날이 왜 이래, 비 한 방울 내리지 않고."

정은 이마와 목덜미의 땀을 닦으며 짜증을 냈다. 정은 진수를 곁눈질하며 분위기를 살폈다. 진수는 말수가 적을 뿐 아니라 갑자기 불같이 화를 내거나 얼음처럼 차가워 종잡을 수가 없었다.

진수의 목덜미와 가슴도 땀으로 젖고 있었다. 옷이 젖자 진수의 가슴근(筋)이 도드라졌다. 진수는 가게 일이 끝나면 밤마다 몰래 숲으로 가 무겁게 만든 목검을 휘두르고 돌을 나르며 몸을 다지고 있었다.

"이제 장안에 가게 될 거야."

정은 진수를 쳐다보는 것 같기도 하고 어딘가 정신없이 생각이 달아나는 것 같기도 했다. 가끔 정의 눈을 보면 머릿속 생각이 천리만리 달아나는 듯했다.

"뭐 장안?"

진수는 뜬금없는 말에 어이없다는 듯 쳐다보았다. 정의 목덜미와 등에 땀이 배었다.

"장안이라고?"

진수가 다시 확인했다.

"막리지는……."

정은 잠시 말을 멈추고 진수의 표정을 살폈다.

"고구려의 연개소문은 당을 잡아먹겠다고 날을 간다는데 넌 장안이 궁금하지도 않아? 호랑이를 잡으려면 호랑이 굴에 들어가야 한다잖아."

진수는 막리지란 말이 나오자 입을 다물지 못했다. 놀라기도 했지만 부아가 치밀었다.

"여기서 개만도 못하게 살고 있는데 장안은 무슨!"

진수는 앞에 놓인 나무궤짝을 콱 밟았다. 막리지란 말을 듣자 머리에 불이 나고 가슴이 터져 나갔다.

난 지금 여기서 뭘 하고 있는 건가.

가게 안의 물건과 천장이 빙빙 돌고 몸이 떨렸다. 아버지와 어머니의 얼굴이 떠올랐다.

정은 답답한 진수를 노려보듯 보면서 소릴 질렀다.

"장안에 가보고 싶지 않아? 거기 가면 고구려 소식도 들을 수 있고 참 너 좋아하는 호희도 많다구."

"장안을 왜 가느냐고?"

"장안에 가야 한상(漢商-당나라 상인)과 호상(胡商-서역 상인)들을 만나 거래를 뚫어볼 수 있지. 장안이 멀긴 멀어. 가다 배가 뒤집히면 물고기 밥이 될 수도 있고, 아이 재수 없어. 초적(草賊)을 만날 수도 있고 관에 끌려가 곤장을 맞을 수도 있어. 하지만 난 갈 거야 무슨 수를 써서라도."

정은 장안을 상상하자 몸이 붕 뜨는 것이 기분이 좋아졌다.

"너 신수두 대제 알지? 팔다리 멀쩡한 고구려 귀족이라면 모를 리 없지. 아무 생각 없이 활쏘기나 말타기만 죽어라 했니? 단군의 옛 땅을 찾겠다는 고구려 사람이면 서국도 가보겠다고 해야지!"

진수는 정이 무슨 소릴 하는지 몰랐다. 서국에게 뺏긴 옛 강토를 찾아야 한다고 흥분하고 있는 사람은 막리지인 연개소문이었다. 그걸 왕경에서 비단 쪼가리나 팔고 있는 정이 어찌 알고 있을까.

을지문덕 장군부터 막리지까지 서국을 쳐들어가야 한다는 자들 때문에 결국 아버지와 내가 이 꼴이 된 게 아닌가. 김유 하나 어쩌지 못하고 있는데 뭘 되찾겠다는 것인가.

"지금은 왕경과 장안을 오가는 상인들만 좋은 일 시키고 있잖아. 장안과 직거래만 트면 그만큼 이문이 커질 거야."

이 계집은 오직 버는 것만 관심이구나 생각하자 정나미가 떨어졌다.

순간 정이 달려들어 진수의 멱살을 잡고 흔들었다.

"잘 들어! 장안에 꼭 갈 거야. 아니 서역까지 가볼 거야. 무슨 일이 있어도 반드시 갈 거야."

서역에 대한 꿈은 백제 사비성 시장에서 만난 호상이 불어넣어 주었다. 사비성에는 호상들이 심심치 않게 찾아왔다.

그날 속눈썹이 짙은 호상은 처음 본 정을 옆에 앉혀놓고 희한한 과일을 쥐여 주었다.

포도라는 과일이었다.

호상은 탐스럽게 생긴 포도 한 알을 떼어 정의 입에 넣어주었다. 낯선 열매는 혀를 살짝 찌르더니 단맛을 풀어놓았다.

호상은 정을 옆에 앉혀놓고 이야기를 시작했다.

파사(페르시아)에 대한 이야기였다.

파사에는 눈을 멀게 할 만큼 찬란한 황금과 대리석으로 지은 왕궁이 있었다. 그곳에는 수염을 멋지게 기르고 천 가지 보석으로 치장한 왕과 아름다운 몸매의 왕비가 살았다. 수천 명의 미녀들이 옥으로 만든 푸른 욕탕에서 매일 밤낮으로 목욕을 즐겼다. 왕은 물장구를 치며 즐겁게 목욕하는 여인들을 내려다보다 그중 한 명을 불러들여 달밤을 함께했다.

왕의 정원에는 금과 산호, 마노 등으로 치장한 세상에서 가장 아름다운 분수가 물을 뿜어 더위를 진정시켰다. 수십 개의 수구에서 나오는 물줄기는 음악 같았다. 아름다운 얼굴을 감춘 여인들은 정원을 뛰어다녔고 포도를 깨물거나 서로에게 던지며 까르르 웃었다.

왕궁 바닥에는 소녀들이 밤낮으로 짠 엄청난 크기의 양모 깔개가 눈을 즐겁게 했다. 색색 유리로 정교하게 만든 창으로 햇빛이 비치면 바닥과 벽에는 색의 향연이 펼쳐졌다.

황금을 입힌 왕궁에 햇빛이 비칠 때면 모두들 숨이 멎었다. 세상은 일시에 황금빛으로 뒤덮이는 듯했고 사람들은 할 말을 잃고 저도 모르게 무릎을 꿇었다.

호상은 정에게 너처럼 예쁜 아이는 왕궁에 가서 진귀한 보석과 음식을 맘껏 즐기며 살아야 한다고 속삭였다.

정은 파사엔 어떻게 갈 수 있느냐며 물었다.

호상은 마노를 박은 반지를 번쩍이며 웃음을 흘렸다.

조금 멀긴 해도 못 갈 곳은 아니란다. 장안에서 출발해서 낙타란 동물을 타고 가거나 배를 타고 가면 닿을 수 있어. 너처럼 예쁘고 똑똑한 아이는 어디라도 갈 수 있어. 나를 따라가겠다면 어디든 데려가주마.

그때부터 서역에 대한 상상에 빠져들었고 반드시 가보리라 마음먹었다.

진수는 국내성에서 자신을 돌보던 강국(康國-서역 사마르칸트) 유모의 젖 냄새를 떠올렸다.

강국 유모는 어머니를 대신해 진수에게 젖을 물렸다. 돌궐 족장의 여자였던 유모는 어찌하여 국내성까지 흘러들어 오게 됐다고 했다. 처음엔 침모(針母)였는데 수완이 좋았는지 얼마 지나지 않아 진수의 유모가 되었다.

눈이 푸르고 머리색이 누리끼리했지만 움직일 때마다 가슴이 출렁거리고 잘 웃는 여자였다. 진수의 점을 쳐보았더니 앞으로 호상(胡商)을 만나게 될 거라는 엉뚱한 소리를 하면서 강국말을 가르쳐줬다. 괜히 강국말을 가르치고 싶어 거짓말을 한다고 추측했다.

가끔 점을 쳐준다며 아버지의 커다란 손을 잡고 들여다보는 모습도 좋아 보이지 않았다. 진수는 어머니가 이런 모습을 보지 말았으면 하면서 가슴이 두근거렸다. 평소 근엄하기 이를 데 없는 아버지가 강국 유모는 맘대로 하게 내버려두는 게 이상했다.

유모에게 들은 서역이란 곳은 희한한 세상이었다. 영원히 꺼지지 않는 불 앞에서 기도를 올리기도 하고, 아이가 태어나면 입에 설탕과 주화를 물려준다고 했다. 입으로는 설탕처럼 달콤한 말을 하고 장사로 많이 벌라는 의미라고 했다.

진수는 강국 유모가 자신에게 더 이상 젖을 물리지 않아도 될 때에도 왜 유모 행세를 하는지 이상했다.

나중에서야 강국 유모가 밤이면 아버지 방에 몰래 들어간다는 사실을 알았고 서역은 불쾌한 기억으로 남았다.

"설사 그곳이 독충과 뱀으로 가득한 불지옥이라도 가고 말거야. 어떤 세상인지 내 눈으로 봐야겠어. 뱀이 똬리를 틀고 있어도 그 아래 진기한 보화가 묻혀 있을 줄 어찌 알아?"

"결국 보화를 얻으려고 그러는 게야?"

"천부경(天符經-환인이 환웅을 통해 백두천산에 내려와 만민에게 가르친 것으로,

128

교화를 끝내고 승천하면서 내렸다고 하는 경전)이라도 얻게 될지 알아? 금칠을 한 금간(金簡)에다 푸른 옥을 새겨 넣어 은줄로 꿰었다는 천부경 말야."

"광녀(狂女)로군!"

'천부경을 왜 서역에서 찾아? 찾으려면 고구려에서 찾아야지.'

"불지옥에 구워지더라도 가고 말거야. 아니 난 절대로 외물(外物)에 의해 다치거나 죽지 않을 거야."

"장안이고 서역이고 너 혼자 가!"

왕경에 있는 이유는 단 하나, 놈을 해치우기 위해서다.

일을 해치우고 평양성으로 돌아가야겠다는 조바심만 커졌다.

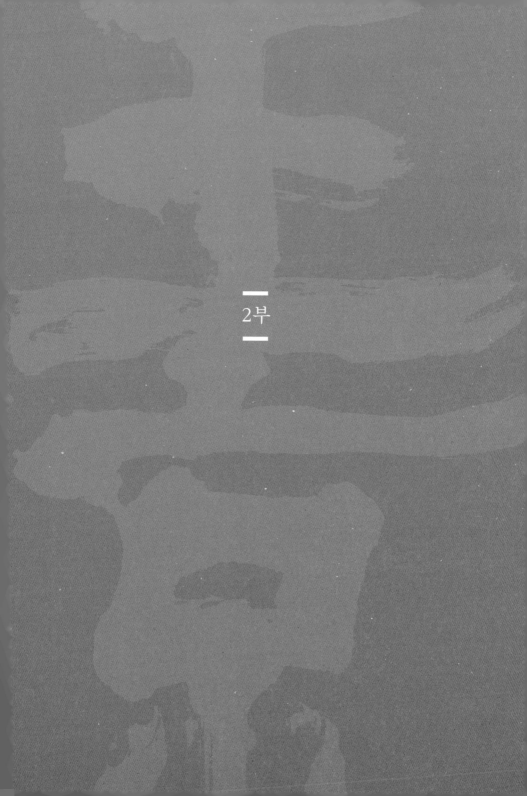

2부

평양은 선인(仙人) 왕검이 자리 잡은 곳이었다.
—김부식 《삼국사기》 고구려 본기

▲ 고구려 삼족오

사절유택(四節遊宅)

동야택(東野宅-신라 귀족들의 봄 휴양지).

귀공자 귀공녀들이 바람과 물을 만난 꽃처럼 진한 향을 뿜어내고 있었다. 어울리는 모습이 꽁꽁 얼었던 겨울 하늘을 열고 높이 올라 봄을 노래하는 새처럼 즐거웠다.

"유범공과(有犯空過-덤벼드는 사람이 있어도 참고 가만있기)!"

또르르 구르던 주령구(酒令具-14면체 주사위로 각 면마다 벌칙이 적혀 있다)가 딱하니 멈췄고 귀공자 귀공녀들은 와 하며 소리를 질러댔다.

거나해져 옷고름을 풀어젖힌 귀공자도 있었고, 벌주를 들이켜 빨개진 얼굴로 비틀거리는 귀공녀도 한둘이 아니었다. 이찬(신라의 제2관등)의 딸 아영은 벌주를 받아 온몸이 화끈거릴 정도로 붉어졌다. 붉어진 얼굴이 농염해 아까부터 귀공자들이 흘금거리고 있었다.

"김유는 안 온대?"

유범공과란 벌칙이 나오자 누군가 김유의 이름을 들먹였다.

"이젠 안 오잖아."

"잘난 척하기는."

귀공자들은 재수 없다는 표정을 짓다 바닥에 구르는 주령구로 관심을 돌렸다.

김유는 사절유택(신라 귀족들이 사계절에 따라 놀던 별장)에서 벌어지는 술자리에서 최고 인기를 누렸다.

영명부인의 감시 아래 어려서부터 오경박사(五經博士)에다 유명한 스승에게 배운 김유라 글과 무예뿐 아니라 춤과 거문고 솜씨도 빼어났다. 놀기 좋아하는 귀공녀들은 김유가 함께 어울렸을 때 신이 나 어쩔 줄 몰랐다.

김유는 한번 술을 마시면 끝을 모를 정도였지만 낭도들을 거느리고 무예를 닦고 글을 읽을 때면 완전 다른 사람이었다. 아무리 밤새 술을 마셔도 새벽이면 일어나 몸을 씻고 정신을 집중했다.

'네 마음과 몸을 정결히 하고 온 정성을 다하도록 하여라. 네 몸과 정신이 온전히 하나가 되어 바위와 번개와 같은 힘을 갖지 않고서는 하늘에 닿을 수 없느니라.'

물이 기운차게 흐르는 가운데 커다란 바위에 앉은 김유를 보며 영명부인은 귀에 꽂히듯 말했다. 3년 전의 일이었다.

명주로 지은 옷을 입고 검은 띠를 두른 영명부인의 얼굴은 금입택에서 보던 얼굴이 아니었다. 물처럼 하늘처럼 맑고 깊어 가까이하기에 두려울 정도였다.

김유는 반구대(盤龜臺)에서 몸을 씻고 기도를 올리던 어머니의 모습을 잊을 수가 없었다. 어머니와 함께 하늘에 기도를 올리는 순간, 모든 것이 응축되어 김유를 휘감은 뒤 관통했다.

그것은 흰 사슴이 뛰노는 환국(桓國)의 신시(神市)였고 밤하늘의 무수한 별들이 한꺼번에 쏟아지는 순간이었다.

아악-

김유는 순간 소리를 지르며 정신을 잃었다. 깨어났을 때 어머니는 노래를 부르며 춤을 추고 있었다. 그 주위에는 함께 기도를 올렸던 화랑과 아름다운 유화(遊花)들이 둘러 돌고 있었다. 날이 어두워질수록 노래와 춤은 짙어지고 바위에 새겨진 고래가 살아 헤엄치는 듯했다.

가장 곱고 높은 목소리로 노래 부르는 어머니는 화려한 춤을 추면서 주위를 알 수 없는 기(氣)로 가득 채웠다.

반구대를 물러나오는 화랑도들은 자신도 모르는 사이 커다란 힘과 용기를 얻었고 유화들은 영적으로 고양됐다. 함께 어울려 춤과 노래를 불렀던 낭도들과 유화들은 각기 얻은 신비스러운 힘을 느끼며 정념이 고양되는 걸 주체하지 못했다. 바위에 새겨진 고래가 더욱 힘차게 헤엄치고 영기 어린 선(線)들이 이를 더해주고 있었다.

김유는 아버지가 풍월주가 아니었다면 어머니가 원화가 될 수 있었다는 말을 들었다. 왕경의 그 수많은 낭도들이 우러러보는 원화가 될 수 있었다는 말에 김유는 경외심을 가졌다.

영명부인은 풍월주의 부인인 화주(花主)로서 낭도들을 조직하고 다스리는 일에 깊게 관여했다. 원화에 오르지는 못했지만 그에 못지않은 자리를 차지했다. 사람들은 풍월주였던 아버지가 영명부인에게 늘 상의하고 그 지시에 따랐다는 것을 알았다. 화랑들은 영명부인의 부름을 받는 것을 커다란 광영으로 알았다.

김유는 또 하루도 거르지 않고 검술을 익히고 글을 읽었다.

고구려와의 싸움에서 김유의 진가가 발휘됐다. 김유가 이끄는 낭도들이 새벽에 물을 건너고 아찔한 절벽을 기어올라 기습공격을 했던 것이다. 설마 얼음같이 차고 깊은 물을 헤엄쳐 올 것이라고, 더욱이 절벽을 기어오르리라고는 상상도 하지 못했던 고구려군은 김유가 이끄는 낭도들에게 허를 찔렸다. 겨울철에도 맨몸으로 바다에 뛰어드는 연습을 시켰던 낭도들이었기에 가능한 일이었다.

사절유택에서 인기 놀이는 주령구였다. 해괴한 벌칙이 망라돼 남녀가 장난하기에 그보다 좋은 게 없었다.

한동안 김유가 사절유택을 즐겼을 때 유범공과(有犯空過)가 나오면 김유가 제일 먼저 벌칙을 받은 귀공녀에게 몸을 날렸다. 귀공녀도 김유의 공격을 싫지 않은 듯 받았다.

김유는 맘에 드는 귀공녀가 삼잔일거(三盞一去 - 술 석 잔을 한 번에 마시기)라는 벌칙을 받으면 먼저 자신이 두 잔을 마셨다. 벌주를 대신 마셔주었으니 대가로 자기 얼굴에 입술을 대라고 소리쳤다.

김유와 접촉이 많아진 귀공녀들은 과연 누가 그의 사랑을 독차지할까 내심 신경전을 벌이고 있었다. 무예로 다져진 몸매에 장차 풍월주를 꿰찰 유망주였다. 영명부인의 뒷배도 있으니 상대등까지 오르지 않을까 점치는 사람도 있었다.

김유가 사절유택에 나타났다면 억수가 내리거나 천둥번개가 쳐도 달려오는 귀공녀들이 적지 않았다. 어떤 소녀는 장안에서 가져온 비단으로 옷을 지어 김유에게 바치기도 하고 귀한 진주를 선물하며 환심을 사려 했다. 어떤 보석을 걸치고 어떤 옷을 입어도 척척 어울렸다. 짓궂은 얼굴 속에서도 강철이라도 벨 것 같은 날카로움과 강인함을 숨길 수 없었지만 유난히 반짝이는 별이었다.

어느 날 소녀들의 까르르 웃음소리가 처음으로 귀에 들어오기 시작했고 그녀들에게서 배어 나오는 향이 좋았다. 그녀들이 풍기는 사향에 정신이 아찔해졌고 더 깊숙이 맡고 싶다는 강렬함이 솟구쳤다.

대나마의 딸 월희(月姬)가 나타났을 무렵이었다.

김유를 사로잡은 것은 여체를 연상시키는 길고 가느다란 손가락과 그 손으로 뜯는 가야금 소리였다. 몸과 마음이 녹아들면서 여자에 눈을 떴다.

의무를 게을리하는 건 아니지만 어딘지 모르게 마음이 쏠리고 알고 싶어졌다.

파진찬(신라의 제4관등)의 아들은 작은 별채를 마련해 술판을 벌이기 시작했다. 그날도 김유와 서너 명이 별채에 모여 내기하듯 퍼마셨을 때 월희가 들어왔다.

"기녀(妓女)를 부른 게야?"

누군가 곱게 차려입은 월희에게 은근한 눈빛을 보이며 물었다.

"이놈아 입 조심해. 대나마의 딸 월희야. 가야금 솜씨가 그만이라 특별히 청했다."

파진찬의 아들은 새초롬하게 앉은 월희의 눈치를 보며 친구를 나무랐다.

"가야금이 얼마나 좋기에?"

키가 땅딸하고 주근깨가 난 잡찬(제3관등)의 아들이 끼어들었다.

"계고(階古) 선생의 맥을 잇는 스승에게 배웠지."

"정말이냐?"

삐딱하게 월희를 쳐다보던 귀공자들은 계고란 이름이 나오자 고쳐 앉았다. 계고는 진흥대왕이 가야 출신의 우륵에게 음악을 배우게 한 자였다. 우륵은 계고에게 금(琴)을 가르치고 법지(法知)에게는 노래를, 만덕(萬德)에게는 춤을 가르쳤다.

계고는 우륵에게 인정받은 제자로, 왕경 귀족들은 그 맥을 이어오는 자에게 깊은 경외감을 보였다. 김유는 어려서 스승으로부터 우륵과 계고에 대한 이야기를 들으며 한 번만이라도 연주를 듣고 싶어 애를 태웠다.

귀공자들은 계고 선생의 맥을 이었다는 월희의 가야금을 듣고 싶어 몸이 달았다. 더욱이 버들가지처럼 낭창한 허리며 갓 태어난 여우새끼처럼 귀여우면서 야릇한 표정의 월희에게서 눈을 떼지 못했다.

파진찬의 아들은 월희가 들어서는 순간 벌써 얼굴이 벌게졌다. 1년 전부터 월희에게 공을 들여온 터라 손까지 떨며 안절부절못했다.

파진찬의 아들은 다리를 건너는 월희를 처음 봤을 때 왕경에 이런 귀주(貴珠)가 있었나 싶어 동공이 커졌다. 시종을 시켜 월희를 뒤쫓게 해 어느 집 딸인지 알아둔 뒤 그 집 앞을 다니며 수작을 걸기 시작했다. 월희가 계고 선생의 맥을 잇는 제자에게 가야금을 배웠다는 말을 듣자 그 모습을 상상하느라 밤잠을 설쳤다.

말을 걸어도 제대로 답도 않던 월희가 며칠 전에서야 응대했다. 귀공자들이 모이는데 한 곡조 연주해달라고 청했을 때였다.

"누가 오지요?"

월희는 눈을 내리깔며 물었다.

"잡찬 아들하고 아, 아, 그래 영명부인의 아들 김유도 온다."

파진찬의 아들은 월희의 가느다랗게 떨리는 속눈썹을 보자 몸이 달았다.

"지금 몸이 좀 불편하긴 한데…… 하도 청하시니 생각해보지요."

"와주기만 한다면 청옥으로 만든 목걸이를 주마."

파진찬의 아들은 월희를 생각하며 진작부터 사두었던 목걸이를 말했다. 목걸이를 걸어주며 월희의 옷도 벗길 수 있을지 몰랐다.

"한 가지 조건이 있어요. 그때 가서 말할 테니 들어줘야 해요. 약속하세요."

"열 가지라도 들어주마 흐흐."

월희의 마음이 바뀔까 봐 하루 종일 불안했다. 시종을 통해 가겠다는 확답을 듣고서야 마음을 놓았다.

파진찬의 아들은 비단옷을 골라 입고 목걸이며 귀고리를 걸친 뒤 밤 연회를 기다렸다. 월희가 목걸이 얘기를 듣고 몸이 단 것이라 생각했다. 푸른 옥 목걸이를 비단에 싸서 품에 넣었다.

월희가 나타나자 그동안 숨겨뒀던 보물을 공개하는 것처럼 으쓱했다. 여색을 밝히는 잡찬의 아들은 코를 벌름거리며 월희의 몸을 훑어보았다.

김유도 월희를 유심히 쳐다보았다. 파진찬의 아들은 김유의 태도를 보자 잠시 불길했지만 금세 잊었다.

월희는 김유의 눈이 자신에게 꽂히는 걸 보자 몸이 타는 것 같았다. 묘한 쾌감이었다.

"공자들께서 계고 선생의 가야금을 듣고 싶다 해서 왔습니다."

파진찬의 아들은 월희가 작은 입을 오물거리듯 말하는 모습을 보자 근질거렸다. 다른 놈들만 없다면 와락 안고 싶었다.

"단 한 가지 조건이 있어요."

"조건?"

김유가 코웃음을 쳤다.

"곡을 들려드리고 소리를 가장 잘 듣는 귀를 가진 분에게만 한 곡 더 들려드릴 거예요. 다른 분들은 돌아가셔야 해요."

공자들은 이게 무슨 개수작이냐는 표정이었지만 파진찬의 아들은 자기와 단둘이 남고 싶어 한다고 믿었다.

"좋아 좋아 그거야 뭐 어렵겠느냐. 흐흐 어서 들려다오."

김유는 여우같이 생긴 계집이 당돌하다 싶었다. 잡찬의 아들은 월희가 자기 차지는 아니라는 생각에 불만이 가득했다.

월희의 가야금 소리는 달랐다.

사방 천 리 아무것도 없는 붉은 대지에 바람이 부는 듯했다. 뜨거우면서도 강했고 높이 솟는 것 같으면서도 낮은 곳을 훑었다.

월희의 흰 손가락이 서서히 빨라지자 공자들은 숨소리도 참았다.

봄바람이 꽃잎을 희롱하듯 날리다 남녀의 고락(苦樂)처럼 강약과 고저가 격정적으로 휘감겼다. 현을 튕길 때는 월희라는 소녀가 아니었다.

귀공자들은 점차 계고를 잊고 가야금을 잊었다.

곡이 끝났을 때 한숨 섞인 신음 소리가 터져 나왔다. 어느 누구도 먼저 말을 꺼내지 않았다.

주르륵.

김유가 술을 따르자 그제야 긴장이 풀렸다.

파진찬의 아들은 정신을 가다듬고 비단에 싼 목걸이를 만지작거렸다.

"누가 이 방에 남아야 하느냐? 흐흐."

월희는 흘러내린 머리카락을 쓸어 올렸다.

"김유 공이 남으셔요."

파진찬의 아들은 손에서 목걸이를 떨어뜨리고 입을 다물지 못했고, 잡찬의 아들은 그럴 줄 알았다는 듯 냉소를 지으며 팽 하니 일어섰다.

정신을 차린 파진찬의 아들은 자신이 무슨 일을 했는지 깨닫고는 화가 치밀었다. 김유만 아니었다면 술상을 엎고 다 쫓아냈을 것이다.

"이 곡은 남녀의 정을 노래한 것입니다."

꼿꼿하던 월희는 두 사람만 남고 모두 나가자 살포시 웃으며 김유를 바라보았다.

월희가 입은 옷은 지극히 얇은 비단으로, 불빛이 옷 안을 비추고 있었다. 허리는 한 손에 들어올 만큼 가늘었고 가슴은 제법 크고 몽실했다.

"공자님을 뵙고자 오래 기다렸어요."

손가락을 멈춘 월희가 나지막이 말했다.

"나를?"

김유는 목이 말라 술을 들이켰다.

"들려드리고 싶어 얼마나 기다렸는지……."

월희는 스르르 다가와 김유의 손을 쥐었다. 통통한 볼이 붉게 물들면서 복숭아처럼 부드러웠다.

김유는 월희의 허리에 손을 감고 끌어당겼다. 월희는 김유의 손이 닿자 움칠하더니 작은 입술을 움직였다. 붉고 투명한 입술은 석류같이 달콤하면서도 쌉싸름했다. 마셔도 줄지 않는 과즙이었다.

열락의 문에 들어서자 아득해졌다. 바닷가의 밀물과 썰물처럼 천천히 그리고 온전히 밀려왔다.

왕경의 귀공자들은 공공연하게 애정행각을 벌였지만 김유는 월희와 만나는 것을 비밀로 하고 싶었다.

그러나 곳곳에 수족을 부리고 있는 영명부인은 유가 월희란 아이를 만난다는 사실을 전해 들었다.

"월희란 아이가 가야금을 잘 타더냐?"

영명부인은 눈 하나 깜짝하지 않고 월희의 이름을 꺼냈다. 김유는 어머니의 입에서 월희의 이름이 나오자 등에서 땀이 흘렀다.

"네 형이 어찌 지내고 있는지 잊었느냐?"

영명부인의 목소리는 서늘했다.

"네가 형을 닮아간다면 나도 생각을 달리하겠다."

김유도 형처럼 버릴 수 있다는 말이었다.

"계림을 위해 범을 키우고 있는 줄 알았는데 이제 보니 강아지 새끼를 키우고 있었구나. 네가 부모를 택해 태어날 수 없듯이, 계림에 태어난 것도 네 선택은 아니었다. 왕경의 진골로 태어난 것, 화랑이 됐다는 것이 기쁨인 줄 알았느냐? 천만에 슬픔이다. 네 몸과 혼은 네 것이 아니라 계림을 위해, 이 위대한 신국(神國)을 위해 바쳐야 하기 때문이야.

그걸 모른다면 내 집은 너 같은 놈을 재워줄 곳이 아니다."

어려서부터 계림을 위해 큰일을 해야 할 사람이란 말을 듣고 자란 김유는 아찔했다. 천 길 낭떠러지 위에 외발로 선 듯했다.

"용서하십시오."

김유는 바닥에 머리를 찧으며 눈물을 흘렸다.

이후 월희를 찾지 않았다.

친구들은 김유가 영명부인에게 크게 혼난 게 틀림없다고 수군댔다. 귀공자들은 김유의 처지를 비웃으면서 귀공녀를 데리고 나가 못다 푼 정을 나눴다.

고구려·백제군이 언제 쳐들어올지 몰랐고 그땐 언제든지 말을 몰아 전장에 나가야 했다. 백제 의자왕이 왕위에 오른 뒤로는 계림을 위협하는 일이 많아졌고 전투가 벌어지면 귀공자들이 앞장서야 했다. 아버지를 잃고 형을 잃은 자가 한둘이 아니었고 언제 자신의 차례가 될지 몰랐다.

전쟁에서 공을 세우면 포로를 노비로 받고 녹읍을 하사받지만 패장
(敗將)이 되면 씻을 수 없는 치욕이었다. 비겁하게 굴복해 살아 돌아온
다 해도 왕경의 싸늘한 시선을 견딜 수 없었다. 부모는 그런 자식을 보
지 않았고 철저하게 따돌림을 당했다. 시종들마저 우습게 보며 손가락
질을 해댔다.

전장에 나가선 죽기 살기로 싸워 이겨야 했다.

내일을 알 수 없는 귀공자들에겐 오늘 하루 이 밤이 소중했다.

백제 장군의 딸

김유가 가게에 들어섰을 때 정은 나(羅-가볍고 부드러우며 성깃한 구멍이 있는 견직물)를 입고 부채질을 하고 있었다.

머리를 감았는지 촉촉한 머리칼이 흘러내렸다. 둘둘 말아 올린 소매 아래로 가늘면서 부드러워 보이는 손목이 드러났다.

김유는 재빨리 가게를 둘러보았다. 고모는 어디 갔는지 없었고 늘 보이던 계집종도 소리가 없었다. 날벌레가 붕붕거리며 날고 있었다.

"장안엔 왜 가겠다는 거지?"

김유는 정을 똑바로 쳐다보며 싸늘하게 물었다.

"왕경에선 더 이상 크게 벌 수 없으니까. 소매가 길어야 춤을 잘 추고 자금이 많아야 장사를 잘한다 했소. 크게 벌어야 다시 더 많이 벌어들일 수 있을 것 아니오."

얼굴은 소녀인데 나오는 소리는 여우였다.

"앞으로 장안과의 거래는 많아지지 않겠소? 왕경 귀족들을 보라구. 누가 뭘 샀다 하면 너도나도 같은 걸 사겠다고 아우성을 쳐대거든. 남이 귀한 걸 사면 자기도 가져야 하니까. 비싸고 귀한 물건을 찾는 사람이 많아질 거요."

정은 다시 부채질을 시작했다.

자그마한 머리에서 장안과 서역이 펼쳐지고 있었다.

"참, 나도 가야 하지만 고모도 데려가야 하오."

"고모라니 그건 또 무슨 말이야?"

김유는 기가 막혔다.

"방금 전에도 있었는데 어디 갔지? 고모가 한어(漢語-중국어)를 할 줄 아오. 가서 통역을 사도 되지만 믿을 수 있는지 모르고 괜히 잘못 샀다 일만 그르치면 안 되니까. 또 언제 갈지 모르는데 일을 제대로 하려면 고모가 필요하오."

"미쳤군!"

"어려운 일이지만 공자가 해결해주시오.

어차피 견당사 일행 모두 본선에는 다 탈 수 없잖소. 객주(客舟)를 빌릴 거 아니요. 잘만 하면 어려운 일도 아닐 텐데. 대신 내가 우황과 향목(알로에)을 구해놓을 테니 장안에서 팔아 쓰시오. 장안에서 공자가 써야 할 자금도 필요할 거 아니요?"

김유는 정의 세밀한 계획에 놀랐다. 장안에 가게 된다면 현지에서 지낼 자금은 스스로 준비해야 하는데 어머니도 그 점은 언급이 없었다. 김유가 머리를 싸매고 있던 부분을 정이 해결해주겠다고 한 말이었다.

진수가 가게로 들어오는데 이찬의 딸과 험상궂게 생긴 자도 들어섰다. 이찬의 딸 아영은 진수를 보자 몸을 꼬며 어쩔 줄 몰라 했다. 그러나 가게에 김유가 있음을 알고 당황해 얼굴이 붉어졌다.

진수는 김유를 보자 속이 뒤집어졌다.

험상궂게 생긴 자는 아영의 사촌 석득(石得)으로, 음산한 얼굴로 가게를 둘러보았다. 여드름이 난 얼굴이 보통 사람보다 배 가까이 되는 거구로, 길게 찢어진 눈과 뭉툭한 코가 한 번 보면 잊지 못할 상이었다. 무릎까지 닿을 듯한 팔은 이상하리만치 길었고 그 손에 맞으면 어디라도 부러질 것 같았다.

석득은 백제 윤충 장군이 계림의 대야성을 쳐들어왔을 때 도독이었던 김품석에게 항복할 것을 권했다 참살당한 용석의 아들이었다. 용석은 윤충이 항복하기만 하면 살려주겠다는 말을 믿었는지 김품석에게 투항하자고 권했던 인물이다. 김품석은 왕(김춘추)의 사위로, 대야성에서 항복하면서 왕의 딸인 고타소까지 목숨을 잃었다.

아버지 용석의 원수를 갚으려는 석득은 윤충과 백제라는 말만 나와도 이를 갈았다.

"바쁘다더니 왜 예까지 따라와?"

아영은 김유에게 뭔가 들킨 것 같아 석득을 쏘아붙였다.

"흥 그 윤충의 딸년인가 뭔가 하는 계집을 찾는다고 난리더니."

"닥치지 못해!"

석득은 아영을 사정없이 노려보았다. 아영은 순간 실수했나는 표징이 됐지만 다시 입을 삐죽이며 석득이 꺼져주기만 바랐다.

석득은 정에게 맷돌 가는 듯한 목소리를 내며 물었다.

"어디서 왔지? 못 보던 얼굴인데."

"나 말이오?"

정은 부채를 떨어뜨리는 바람에 줍기 위해 몸을 천천히 구부렸다. 잠시 석득과 정 사이에 이야기가 끊겼고 김유와 진수의 눈길이 정에게 쏠렸다.

"어머 괜한 사람한테 시비야."

아영은 단골 가게 주인인 정을 자극하는 석득이 밉상이었다. 옆에 선 진수와 김유의 표정이 굳어지는 것도 신경 쓰였다.

"금란(金蘭-강원도 통천)에서 왔소."

얼굴이 창백해진 정은 부채를 펴들며 말했다. 석득은 찢어진 눈을 가늘게 뜨면서 마치 가게 안에 정만 있는 것처럼 노려보았다.

김유 역시 정의 얼굴 표정을 놓치지 않았다. 전부터 정에게서 낯선 느낌을 받았는데 오늘 보니 백제 말투가 묻어나는 것 같았다.

김유는 석득이 정을 다그치자 윤충의 딸년 때문이 아닐까 하는 생각이 스쳐 갔다. 석득은 지금 정이 윤충의 딸이라고 생각하고 있는 것일까.

정이 고타소 왕녀와 김품석 도독을 참살한 윤충의 딸일까. 왜 여기서 장사를 하고 있을까. 그러기엔 정의 태도가 지나치게 침착했다.

윤충은 고타소 왕녀와 김품석을 참살했지만 용장임에는 틀림없다. 김품석이 지키던 대야성이 무너지면서 계림은 위기에 빠졌지만.

대왕(김춘추)은 사랑하던 딸 고타소의 시신을 거두지도 못해 크게 낙담했다. 딸의 소식을 듣고는 하루 종일 눈앞에 사람이 지나가도 알아보지 못할 만큼 충격이 컸다. 딸에 대한 복수심으로 불타올랐다.

대왕은 딸과 사위를 잃자 목숨을 걸고 고구려로 올라가 연개소문과 담판을 벌였다. 당시 막리지는 고구려 영류왕(榮留王)을 시해하고 권좌에 오른 연개소문으로, 고구려 정국은 한 치 앞을 알 수 없는 살벌한 시점이었다.

순조롭게 진행되는 듯하던 계림과 고구려의 공수동맹은 윤충의 형인 성충 때문에 깨져버리고 말았다.

성충은 연개소문에게 백제와의 동맹을 설득했고 오히려 대왕은 연개소문에게 붙들려 돌아오지 못할 뻔했다. 연개소문은 대왕에게 계림이 점령한 죽령 이북 10군을 되돌려줄 것을 요구했던 것이다.

대왕은 신출귀몰한 지략으로 고구려를 무사히 빠져나왔지만 만일 돌아오지 못했다면 계림의 운명은 어찌 됐을까. 성충과 윤충 형제는 계림이 때려잡아야 할 적이었다.

김유는 이런저런 생각으로 머리가 복잡했다. 장안을 가겠다며 떼를 쓰는 정을 혼내주기 위해 왔다가 난데없이 윤충의 딸년이 아니냐는 의혹에 사로잡힌 것이다.

"금란이라고?"

석득은 눈을 더욱 가늘게 뜨며 천천히 말했다. 자신이 눈만 한 번 흘기면 사내놈들도 다리를 떠는데 계집이 천연덕스럽게 말대답을 하고 있었다. 순간 석득은 혹시 자신이 잘못 짚은 건 아닌가 하는 생각이 들었다.

아영은 새로 들어온 비단을 잡더니 진수에게 어울리느냐며 교태를 부리고 있었다. 석득은 아영의 콧소리가 들리자 만지작거리던 살쾡이 털 붓을 던지고 나가버렸다.

김유는 아영이 진수에게 치근대는 꼴이 볼썽사나와 나가버렸다.

아영은 김유와 석득이 나가자 그제야 가슴을 펴고 본심을 드러냈다.

아영은 조금 전 일이 미안하기도 하고 진수의 환심을 사볼까 하는 마음에서 얼른 비단 값을 치렀다.

"내일 밤 황룡사에서 속강(俗講 - 일반인들도 참석해 들을 수 있는 불법 강좌)이 있어. 너도 들어두면 좋잖아. 달이 뜨면 시작한다고 하니 목탑 아래서 만나자, 알았지?"

진수를 구석으로 끌고 간 아영은 교태를 부리며 속삭였다.

정이 꿀물을 들고 나타나자 아영은 달아나듯 나가버렸다.

❖❖❖

"자 여기를 쥐어봐, 그렇지. 이렇게! 창은 달려 들어가는 힘이나 뻗어내는 힘으로 적의 급소를 찌르는 거야."

무리굴은 김유가 다가오는 것도 모른 채 낭도들에게 창 다루는 법을 가르치고 있었다.

"수고가 많다."

"헤헤 오셨어요."

김유는 함박웃음 짓는 무리굴을 쳐다보았다. 귀족 출신은 아니지만 인물이나 무예 면에서 여느 귀족보다 나았다.

김유도 낭도들과 훈련을 하기 위해 날렵한 차림으로 왔다.

"장창(長槍) 한 개에는 몇 명의 졸(卒)이 필요하지?"

김유는 자신을 쳐다보고 있는 낭도들을 보며 물었다. 낭도들은 갑자기 질문을 받자 우물쭈물했다.

"두 명이지. 한 사람은 장창을 땅에 고정시키고 한 사람은 창의 각도를 잡는 거야. 봐 이렇게. 그럼 장창은 말을 겨누는 것일까 말을 탄 사람을 겨누는 것일까?"

키가 작은 동도가 사람이라고 얼른 대답했다.

"장창은 말 가슴이나 목을 겨누는 거야. 맨 앞에 선 기병(騎兵)을 떨어뜨려 흐름을 꺾어놓는 거란다. 보병이 말을 탄 기병이나 전차를 막는데 가장 쓸모 있는 무기가 장창과 석궁이란 걸 명심하거라."

낭도들은 고개를 끄덕였다.

"자 검술을 해보자."

김유의 검술은 왕경에서도 이름이 났기 때문에 낭도들은 하나라도 더 들으려고 귀를 쫑긋했다. 누구는 김유의 번쩍이는 검광(劍光)이 마치 꽃을 뿌리는 듯한 모습이라고 말했다.

"강(剛)이 지나치면 부러지기 쉽고 유(柔)가 지나치면 위축되기 쉽다. 강을 사용할 때는 유가 도와야 하고 유를 사용할 때는 강이 도와야 한다."

김유가 검을 휘두르며 강과 유를 설명하자 낭도들은 알 것 같은 표정을 지었다.

"이번엔 안법(眼法)이다."

김유의 눈이 차분히 가라앉았다.

"너희들의 눈과 귀는 선봉이어야 한다. 벌어지고 있는 상황과 적의 변화를 먼저 알아채야 해. 눈이 밝아야 손이 빠른 법이다. 눈과 검은 동시에 시작하는 것이니까. 눈이 보는 동시에 내가 쥐고 있는 검이 향하고자 하는 곳에 도달해야 한다. 눈과 검의 연결이 끊어지면 적은 그 틈을 노리고 너를 찌를 것이다."

낭도들은 김유의 말에 쏙 빠져들었다. 어려운 말도 있지만 눈빛으로 알 것 같았다.

"검은 대범하면서도 정교해야 한다. 눈을 감고서도, 칠흑 같은 어둠 속에서도 고양이의 눈을 벨 수 있을 정도로 정교해야 해. 광채를 내는 고양이의 밝은 눈이 아니라 고양이의 감은 눈 말이다."

낭도들 속에서 감탄하는 소리가 나왔다. 적의 눈을 정확하게 베는 김유의 모습이 그려졌다.

"검을 연마하는 자는 손에 검을 숙련시키지만 마음은 물과 같아야 한다. 물처럼 고요해야 한다는 말이다. 손이 검에 완전히 익어야만 마음이 검을 쥔 손을 잊을 수 있다는 걸 명심해라.

손이 검을 잊어야 정체되지 않을 수 있지. 마음이 고요해야 상황이나 적에 여유 있게 대처할 수 있고 중요한 건 무궁무진한 변화로써 대적할 수 있다는 점이야."

낭도들은 말에 홀린 듯 김유의 입만 쳐다보았다.

김유는 검법을 설명하면서 몇 가지 세(勢)를 유연하면서도 절도 있게 보여주었다.

"자 힘내! 너희들은 왕경 최고의 낭도들이야!"

무리굴도 땀을 뻘뻘 흘리며 낭도들을 가르쳤지만 김유에게는 도저히 당해낼 수가 없었다. 탁월한 능력이 부럽고 아득하기만 했다.

"오늘따라 낭도들이 적어 보이는데?"

김유는 낭도들의 뒷모습을 바라보며 물었다.

"먹고살기 힘든가 봐요. 산행 갈 땐 먹여주니까 다들 오는데 이렇게 훈련할 때는 많이 빠져요."

나무 그늘에서 경을 외우고 있던 혜각이 김유를 알아보고 다가왔다.

"오랜만입니다. 일전에 원효 법사의 강좌를 다녀온 뒤 꼭 들려드리고 싶어 기다리고 있었습니다."

"깜빡했군요."

"그날 원효 법사의 말씀을 듣고 또 한 번 탄복했습니다. 참 대단하십니다."

장안에 유학을 생각 중인 혜각으로선 솔직한 말이었다.

계림은 삼국 중에서도 불법이 가장 늦게 들어왔지만 지금은 장안에 유학하러 가는 구법승이 가장 많았다. 계림의 현태(玄泰) 법사는 중천축(중인도)까지 가 대각사를 참배한 후 당으로 돌아와 이름을 떨쳤다. 황제 앞에서 불경을 강하는 계림 출신 법사들의 명성도 높았다.

계림의 낭승 중 상당수는 선도(仙道)에 뿌리를 두고 있었지만 혜각 같은 낭승은 불교에 가까웠다. 화랑도의 전통은 선도이지만 불교로 재무장한 셈이었고 화랑도를 따르는 낭승들도 비슷했다.

계림의 구법승들이 법을 배우기 위해 장안을 찾고 있지만 서국 역시 천축으로부터 불법을 받아들였다. 사주지로(絲紬之路-실크로드)를 통해 상인들만 오간 것이 아니라 천축국 사람들도 그 틈에 끼어들게 됐고 불승도 이들을 따라 불교를 전했다.

장안에서 갈증을 달래지 못한 계림의 구법승들은 장안 대흥선사(大興善寺)에서 천축국에 대한 정보를 얻어 사주지로를 따라갔다. 불같은 사막과 눈 덮인 설산을 넘는 고행도 마다하지 않았다.

"다 말할 건 없고…… 한 가지만 전해드리지요."

혜각과 김유는 뜨거운 햇살을 피해 바람이 부는 정자로 자리를 옮겼다. 땅에선 황색 먼지가 풀풀 날리고 꽃을 탐하는 벌의 날갯짓이 요란했다. 벌은 대기가 뜨거워질수록 꿀을 찾아 꽃을 집요하게 파고드는 듯했다.

"부처님의 법에는 직접적인 원인과 간접적인 계기가 있는데 이 인연이 함께 갖추어져야 일이 성취된다고 했습니다. 마치 나무 가운데는 불의 성질이 들어 있는데 이 불이 직접적인 원인이 되는 것과 같다, 그런데 사람이 방편을 쓸 줄 모른다면 스스로 나무를 불태울 수 없음과 같다고 하셨지요."

김유는 붕붕거리는 벌의 날갯짓을 따라가다 말을 놓쳐버렸다.

"저는 이 말을 삼국의 경우라고 생각했습니다. 지금 삼국은 서로 물고 뜯고 하는 정립(鼎立-솥이 세 개의 다리로 서 있는 모습)의 상황 아닙니까. 통일의 필요성은 무르익고 있지요. 계림이 삼국 중에서도 힘을 키우고 있으니 내외의 조건이 맞아떨어졌다고 봅니다."

혜각은 강좌의 감흥이 떠오르는 듯 얼굴이 상기되었다.

"그렇고 말구요. 고구려는 대당(당나라)도 겁내는 강국이지만 지금 내부적으로 무척 불안하다고 합니다. 고구려가 삼국통일을 이루려 해도 바짝 맞서고 있는 대당의 침략이 두려운 게지요. 말하자면 내부적으로나 외부적으로 여건이 맞지 않은 겁니다.

백제는 어떻습니까. 백제 의자왕은 한때 영명하고 용맹하다는 말을 들었는지 모르지만 지금은 자만에 빠져 있습니다. 우리가 군사를 일으켜도 공수동맹을 맺은 고구려가 도와줄 거라 생각하고 있어요. 여차하면 왜국을 끌어들여 막아낼 수 있다고 방심하고 있는 겁니다.

우리에게는 공처럼 용맹하고 뛰어난 화랑과 낭도들이 언제든 전장에 나갈 준비가 돼 있으니까요. 계림만큼 준비를 하고 있는 나라가 어디 있습니까."

"대왕께선 우리 힘만으로는 부족하다 생각하시지요."

"그건 그렇지요. 고구려와 백제가 공수동맹을 맺고 있는 상황에서 계림이 혼자 두 나라를 감당하기는 벅차지요. 뒤통수에선 왜국 놈들이 버티고 있구요."

"손 놓고 있을 경우 고구려나 백제에게 잡아먹힐 수 있겠지요?"

김유는 어머니로부터 들은 대왕의 생각을 말해버렸다.

왕은 고구려나 백제의 속국이 되기 전에 대당과 힘을 합쳐야 살아남을 수 있다고 믿었다. 대당에게 고구려는 눈엣가시고, 계림은 고구려와 백제에게 강토를 뺏기고 있었다.

돌궐과 대항해야 하고 사주지로를 지켜내야 하는 대당으로선 강적(强敵) 고구려를 쓰러뜨리는 게 급했다. 대당은 계림을 중심으로 고구려와 백제가 통합되면 더 이상 신경 쓰지 않아도 되었다.

"참 내일 자장 법사가 속강을 여는 날입니다. 저기 무리굴도 모두 갈 수 있는 속강(俗講)입니다. 이번엔 가보시지요."

정자로 달려온 무리굴에게서 땀 냄새가 났다.

"너도 황룡사에 가느냐?"

김유는 무리굴의 어깨를 잡으며 물었다.

"저도 갈 수 있는 자리라고 하네요."

무리굴은 머리를 긁적이며 김유와 혜각을 쳐다보았다.

"격구대회가 있어 연습을 해야 하는데…… 저도 가지요."

❖❖❖

"네 놈이 김유에게 잡혀 왔다는 고구려 노비냐?"

가게 문을 닫을 때쯤 비단옷을 입은 자가 들이닥쳤다.

진수는 낮부터 마셨는지 술 냄새가 지독한 자를 갈겨주고 싶었다. 기분 나쁜 냉소를 흘리는 얼굴이 어디서 본 듯했다.

"그놈 활깨나 쏜 놈이군. 어머니는 자주 오시느냐?"

진수는 그제야 어딘지 닮은 모습이 영명부인의 아들일지 모른다고 짐작했다. 영명부인의 둘째 아들 용흔이었다. 거만한 눈빛이며 도톰한 입술이 많이 닮았다.

용흔은 자루를 진수 앞에 던지듯 내려놓았다.

"이건 아무나 구할 수 있는 게 아니다. 네가 좀 맡았다가 필요한 사람이 나타나면 팔아봐. 값은 적당히 하고. 내가 가지고 있어 봐야 사람이나 해칠 테니. 안 팔리면 갖다 버리든 알아서 해라."

자루를 열어본 진수는 놀라 급히 닫아버렸다. 왕경에서 손에 넣으려 했지만 할 수 없었던 것이었다.

왜 이걸 가져 온 걸까.

"급한 건 아니야."

수염을 제대로 정리하지 않아 지저분하게 보이는 용흔은 다시 냉소를 머금었다. 열린 앞섶으로 가슴에 난 털이 듬성듬성 보였다. 기분 좋은 눈빛은 아니었는데 순간 비상한 광채를 띠었다.

"어머니나 김유, 그 누구에게도 보이지 말고. 얘기해선 안 된다."

용흔은 그 정도는 알 만한 놈이지 않느냐는 눈으로 쳐다보았다.

"제일 미워하는 놈이 김유 그놈이거든. 김유를 쳐다보는 네 눈이 꼭 나 같더라 하하하."

용흔은 움칠하는 진수의 얼굴을 보며 야릇한 웃음을 지었다.

'자식 잘생겼네. 어머니가 좋아할 만하겠어.'

용흔은 어머니가 이 고구려 노비에게 언제쯤 손을 뻗칠지 궁금했다.

낄낄대며 가게를 나온 용흔은 어느 순간 얼굴이 어두워졌다.

형이 죽은 뒤 모든 게 자신의 차지가 될 거라며 쉽게 생각했던 게 패착이었다. 어머니를 비난하며 대든 일은 결정적이었다.

용흔은 그날 아침 어머니의 내실에서 친구 미랑이 나오는 걸 보자 온몸이 얼어붙었다. 미랑도 용흔을 보자 얼굴에 핏기가 가셨고 신도 제대로 신지 못하고 도망쳐버렸다.

용흔이 내실로 뛰어드니 속옷만 걸친 어머니가 나른한 얼굴로 누워 있었다. 아들 앞에서도 화장을 하고 성장을 하는 영명부인은 갑자기 뛰어든 용흔에게 크게 불쾌했다.

"당장 나가거라!"

용흔은 미랑이 미처 입지 못하고 흘린 옷을 어머니 얼굴에 던진 뒤 뛰쳐나왔다.

몇 달을 바깥에서 돌다 집으로 돌아왔지만 자신의 자리는 동생 김유가 차지한 뒤였다. 집에서 마주친 김유는 냉랭한 표정을 지어 보일 뿐이었다.

영명부인은 금입택에서 용흔의 방을 누추하고 좁은 곳으로 옮겨놓았다. 시종들에게 용흔이 원한다면 따로 거처할 곳을 마련해주라고 명했다.

여제(女帝) 선덕대왕

"어여 서둘러, 이러다 늦겠다 이것아."

"난 하늘님 믿는데 싫단 말여."

"지랄하고 자빠졌네. 잡소리 말고 어서 와!"

달이 휘영청 뜨자 황룡사에는 속강에 참석하려는 왕경민들이 속속 모여들었다. 황룡사에서 왕족이나 귀족만이 아니라 백성들에게도 개방 하는 속강이 열린다고 하자 왕경민들은 공덕을 빌기 위해, 더러는 으리 으리한 사찰을 구경 삼아 너도나도 몰려들었다.

황룡사는 진흥대왕이 월성 동쪽에 신궁(新宮)을 세우려다 황룡이 나 타나자 큰 기도를 올리고 절을 지은 곳이다. 동서 길이가 90장(270미터) 남북이 36장(약 110미터)에 이르는 최대 사찰이었다. 계림의 자랑인 황 룡사 장륙존상(丈六尊像)은 황금만 1만 근 이상이 들어갔고, 금당(金堂) 지붕에 올린 망새(치미)는 어린아이 키만큼 컸다.

햇빛이 들면 장륙존상은 쳐다보기 두려울 정도의 빛을 발했다. 넓은 바다를 두루 비추는 석가모니의 은혜처럼 사방을 밝히는 광휘는 태양보다 더 밝게 빛나는 듯했다. 찬란한 빛은 왕경민들을 무한한 경외심으로 이끌었다.

대왕이 황룡사에서 개최하는 인왕백고좌법회(仁王百高座法會)는 100명의 법사를 청해 강론을 듣는 자리였다. 법사들은 높은 사자좌에 앉는데 그 앞에는 100개의 등불과 100가지 향, 100가지 색의 꽃이 뿌려져 장관을 연출했다. 빛에 휩싸인 금당에는 향과 꽃이 뿌려져 극락이 따로 없었다. 이를 보는 왕경민들은 자신이 서 있는 곳이 불국토라 생각했다.

계림은 고구려 백제처럼 하늘에 제사를 지내왔지만 법흥대왕 때 불교가 들어온 이후 지각변동을 일으켰다. 사후(死後) 세계에 대해 막연했던 사람들은 죽은 뒤에도 극락세계에 갈 수 있다는 불가(佛家)의 말에 흔들렸다.

눈부시게 차려입은 영명부인은 마침 땀을 흘리며 들어서는 혜각과 마주쳤다.

"어서 오십시오."

혜각은 이마에 흐르는 땀을 훔치며 영명부인을 반갑게 맞았다.

"오늘은 다른 때보다 사람들이 더 많아 보이네요. 왕경에 불력이 점점 강해지나 봅니다."

"저도 오늘 몰려든 인파를 보고 좀 놀랐습니다. 허허."

"계림에 이토록 불같이 불력이 일어나는 건 뭘까요?"

"글쎄요…… 제가 보기엔 이렇습니다. 지금까지는 무녀들만이 하늘의 뜻을 읽고 재앙을 물리치고 복을 부를 수 있다고 믿었지요. 하지만 불교를 받아들이면서 복을 누리고 극락으로 갈 수 있는 일이 자기에게 달렸다는 걸 깨달은 겁니다. 감히 손에 잡을 수 없던 신(神)이 내 도량만큼 가까이 할 수 있게 됐다고 할까요."

계림에서 과감하게 도끼를 들고 나선 자는 법흥대왕이었다. 법흥대왕은 귀족들의 반대를 무릅쓰고 하늘에 제사를 지내던 성소(聖所)인 천경림(天鏡林)의 성스러운 나무들을 잘라버렸다.

귀족들은 하늘의 신이 천경림에 내려왔고 자신들은 그로부터 태어난 신족(神族)이라고 믿어왔다.

법흥대왕은 이를 무시하고 그 위에 석가모니를 모시는 흥륜사(興輪寺)를 지어버렸다. 목을 베는 순간 우윳빛 피가 솟구치는 법흥대왕의 신하 이차돈의 이적(異蹟)이 있었지만 왕은 불교에 대해 강철 같은 의지를 갖고 있었다.

이후 진흥대왕을 비롯해 뒤를 이은 왕들도 같은 길을 걸었고 불교가 백성의 삶에 파고들 수 있도록 역동적으로 움직였다. 불교는 천축국(인도)에서 처음 생겨났지만 대당(중국)과 삼국, 주변 나라를 매료시킬 만큼 다양하면서도 체계적인 이론과 방법으로 파고들었다.

새로운 종교는 왕좌를 노리는 귀족들을 누르고 왕권을 강화하려는 계림왕들의 의도와도 맞아떨어졌다.

사람들을 불교로 끌어들이기 위해서는 황룡사 같은 거대한 사찰이 필요했다.

마음을 압도할 수 있는 상징물이 있어야 했다.

황룡사의 위용을 완성시킨 것은 경내에 세워진 9층 목탑이었다.

9층 목탑은 64개 기둥으로 지어졌으며 183척(약 82미터)에 이르러 수십 리 밖에서도 보였다. 계림 왕실은 양(梁)나라 효명제(孝明帝)의 어머니 호태후가 세운 영녕사(永寧寺) 9층탑 외엔 능가할 탑이 없다며 자부하고 있었다.

"황룡사도 대단하지만 9층탑은 백미입니다."

영명부인은 혜각의 말을 들으며 9층탑을 쳐다보았다. 웅장하면서도 위엄 있게 서 있는 9층탑을 보자 경외감이 들었다.

9층탑이 세워진 데에는 왕경 귀족 출신인 자장(慈藏) 법사의 힘이 컸다. 당주(당 태종)가 장안으로 유학 온 자장에게 화엄경을 강하게 했더니 하늘에서 단 이슬이 내렸다는 이야기는 왕경에까지 널리 알려졌다. 자장은 장안에서 이름을 떨쳤지만 선덕대왕이 귀국하길 간절히 원하자 주저하지 않고 돌아왔다.

선덕대왕이 왕위에 오르면서 자장을 급히 부른 데에는 이유가 있었다. 여자의 몸으로 왕위에 오르려 하자 귀족들의 반대가 심했던 것이다. 선덕여왕의 즉위를 반대하는 음모까지 있었다.

선덕대왕은 귀족들의 움직임이 심상치 않자 자장 법사의 건의를 받아들여 9층탑을 세웠다.

진흥대왕부터 짓기 시작한 황룡사가 최대 규모를 자랑한다면 9층탑은 선덕대왕의 치적이었다. 황룡사의 거대한 규모가 왕경민의 외경심을 자아내게 하는 것이라면 9층 불탑은 주변국에 대한 계림의 웅지를 드러내고 있었다. 계림이 왜국 등 주변 9개국과 맞서 싸워 이들을 물리친다는 뜻이었다.

9층탑과 같은 거대한 불사를 서슴지 않고 감행할 만큼 선덕대왕의 기개는 높고 강했다. 왕위에 오르기 전부터 지혜롭다는 칭송을 들었던 선덕대왕이었다.

즉위 후 처음으로 보인 정치적 행위는 분황사(芬皇寺)를 세운 일이었다. 분황사는 향기로운 임금의 절이란 뜻으로, 선덕대왕이 여자라는 이유로 반대했던 이세민(당 태종)과 왕경 귀족을 겨냥했다. 즉위하기 전 공주였던 시절 이세민이 '향기 없는 꽃'이라고 빗댄 것을 받아친 것이다.

선덕대왕은 자신의 즉위를 반대했던 이세민에 대해 적의를 품지 않고 오히려 관계를 유연하게 풀어갔다.

당시 이찬의 자리에 있던 김춘추를 당으로 보내 이세민에게 청병을 적극적으로 요청하고 장안의 선진 문물을 보고 오게 했다. 또 당에 청해 처음으로 유학생을 장안으로 보내기 시작했다.

고구려와 백제의 침략이 그칠 날이 없고 가장 강력한 당의 황제와 왕경 귀족들이 여제(여자 군주)라는 이유로 반대해 어려웠지만 탁월한 예지력과 현명함으로 극복했다. 부왕인 진평대왕의 재위가 길어지면서 그만큼 오래 기다려야 했지만 자신의 시간을 준비해왔다.

즉위한 후에는 명민한 김춘추와 신통(神通)이 있다는 말을 들을 정도로 무예에 뛰어난 김유신을 중임하면서 기반을 다져나갔다.

김춘추는 왕위에 오른 지 4년 만에 폐위된 진지왕의 손자로서, 진지왕을 권좌에서 끌어내린 귀족들의 견제가 만만치 않았다.

김유신 또한 계림에 투항해온 금관가야 김구해 왕의 자손으로, 진골을 하사받았지만 왕경 귀족들의 텃세가 심했다. 금관가야(김해)를 합병한 것은 계림에게 심대한 의미가 있었다. 금관가야는 예부터 당과 왜국을 잇는 바닷길의 요충지였고, 이로써 계림이 유리한 고지에 올라선 셈이었다.

선덕대왕은 김춘추같이 몸을 사리지 않고 적국까지 뛰어가 동맹을 끌어내는 지략가가 필요했다. 김유신도 왕경 귀족들의 텃세를 받았지만 그 능력을 높이 사 중용했다.

가야에 뿌리를 두고 있는 김유신을 중용한 것은 왜국과의 관계를 염두에 둔 포석이기도 했다. 가야는 계림에 병합되기 전까지 백제, 왜국과 동맹을 맺고 활발한 교역을 펼쳤다. 골칫거리였던 왜국이 다시 날뛸 것에 대비해 김유신이 역할을 할 수 있으리라 기대한 것이다.

왕경에 있던 가야파들은 김유신이 중용되자 그동안 쌓였던 앙금을 풀고 선덕대왕에 충성을 다했다.

계림은 나라가 왕경 중심으로 통치되면서 정복지에서 계림의 강토로 편입된 지방 촌민들의 불만이 적지 않았다. 왕경 귀족들도 가야파로 나뉘고 진골과 6두품의 삶이 갈리는 등 복잡했다. 그러나 선덕대왕은 가야파의 마음을 달래고 강경파 귀족인 비담에게는 상대등을 양보해 정적(政敵)을 보듬었다.

선덕대왕은 당주(이세민)가 고구려를 침공하면서 계림에게 원병(援兵)을 요구하자 고심 끝에 3만 명을 파병했다. 고구려를 분노케 하는 일이었지만 긴 안목에서 대당과의 관계가 무엇보다 긴요하다고 생각했다.

선덕대왕 이후 통일을 위한 추동력은 직접적이면서도 간접적으로 더욱 강력하고 광범위하게 진행됐다. 존경받는 출중한 장군인 김유신의 도움을 바탕으로 선도(仙道)의 정수를 이어받은 화랑도의 충성과 기개, 당이라는 최강국과의 연합은 계림을 어느 순간 넘볼 수 없는 나라로 만들어놓았다. 선도를 크게 거스르지 않고 뒤섞인 불교는 새로운 사상과 미래에 대한 긍정적인 힘을 주었다.

속강에 참석하기 위해 황룡사에 들어서는 왕경민들은 선덕여왕이 세운 9층탑을 우러러보면서 머리를 조아렸다. 일부는 탑이 세워지던 날 자애로운 모습으로 나타났던 선덕여왕을 떠올렸다. 석가모니가 내려다보듯 탑 앞을 지나갈 때면 몸과 마음을 고쳐 잡았다.

왕경민에게는 하루하루가 긴장과 고단함의 연속이지만 속강에 참석하는 것만으로도 속세의 먼지를 씻어낼 수 있다고 믿었다.

"아이 참 왜 이리 안 오는 거야?"

아영은 화장을 고치고 나와 9층탑 아래서 진수가 나타나기만 기다렸다. 달빛 아래에서 진수를 만날 생각을 하며 옷을 꺼내 입었다 갈아입기를 십여 차례나 했다. 그 바람에 시간이 얼마 남지 않아 몸에 염소젖도 제대로 바르지 못하고 나왔다.

아영은 진수와 단둘이 호젓한 곳으로 가 마음을 고백하리라 마음먹었다. 진수의 탄탄한 팔과 장딴지를 떠올리자 찌릿했다. 진수도 가게에서는 정이란 계집의 눈치를 보느라 쌀쌀맞지만 달밤에 단둘이 있다면 달라질 게 분명했다. 지금까지 아영이 찍어 넘어오지 않은 사내가 어디 있던가.

영명부인은 자신을 알아보지 못했는지 인사조차 않는 아영을 보고 불쾌했다. 아영은 예쁘기는 하지만 사치를 즐기고 조신한 데라곤 없었다. 그렇다고 김유를 탐내며 혼담을 건네는 이찬의 말을 무조건 무시할 수는 없었다.

속강이 시작될 무렵 이찬은 9층탑 아래 서 있는 딸을 발견하고는 낚아채듯 끌고 갔다. 아영은 고구려 노비를 기다리고 있다는 말을 차마 못 하고 아버지를 따라가면서 이를 갈았다.

'내일 당장 가게로 달려가 비단을 찢어버리고 놈의 따귀를 갈겨버려야지.'

정이 황룡사에 들어선 시각은 아영이 아버지 손에 끌려가고 주위에는 한두 명의 사람밖에 보이지 않을 때였다.

달빛을 받아서인지 정의 주변은 환히 빛났다. 눈은 달빛을 받아 수정같이 깊고 신선하게 보였다. 정은 아버지에게 끌려 들어가는 아영의 사나운 표정을 떠올리며 웃음을 터뜨렸다.

진수는 정말 안 오는 걸까? 가문 좋고 예쁘다고 소문난 아영을 싫어

할 리가 없었다. 진수는 자신에게만 뱀처럼 냉정했지, 아영에게는 비교적 담담하게 대했다.

정은 문득 9층탑 앞에서 걸음을 멈췄다. 황룡사에 올 때마다 언젠가는 저 탑 꼭대기에 올라가겠다고 생각했다. 9층탑은 자장 법사나 왕이나 왕족, 진골들이 올라갈 수 있고 아무나 갈 수 없었다. 그러나 꼭대기에선 왕경의 전경이 한눈에 들어올 것 같아 꼭 올라보고 싶었다. 어쩌면 백제 땅도 멀리서 볼 수 있을지 몰랐다. 어떤 풍광일지 몸살이 날 정도로 궁금했다.

진수는 헐레벌떡 황룡사로 뛰어들어 왔다.

아영보다는 김유가 올지도 모른다는 생각이 스쳤다.

진수는 탑 아래 서 있는 정을 발견했다.

숲 속에서 입술을 만진 이후 이상하리만치 정을 금세 찾아냈다. 사람들이 많아도 정이 어딨는지 제일 먼저 들어왔고 확인하려 했다. 옆에 있으면 깔끄러웠지만 안 보이면 허전하고 서운했다.

정이 달빛을 받고 있었다. 탑을 올려다보는 모습이 은색 달빛으로 목욕하듯 눈부셨다. 투명한 눈은 신비로움에 젖어 있었다. 마치 어머니에게 안아달라는 아이의 얼굴처럼 순수하면서도 간절해 보였다.

"올라가고 싶어?"

진수는 저도 모르게 정에게 다가갔다.

화들짝 놀란 정은 진수임을 확인하고는 한숨을 내쉬었다.

"올라갈 수만 있다면."

보통 때처럼 야무지게 잘라 말하는 정이 아니었다. 목소리가 가늘게 떨리는 것이 배꽃 같은 열일곱 소녀였다.

진수는 속강을 알리는 종소리가 울리는데도 움직일 수가 없었다. 귀가 웅웅 울리면서 주변의 모든 것이 사라졌다. 잠시 정을 데리고 꼭대기에 올라가는 모습을 상상했다.

배꽃 냄새 때문일 거야.

정에게서 배꽃 냄새가 흘러나왔다.

진수는 재빨리 정을 끌고 탑 안으로 숨어들었다. 정도 무엇에 홀린 듯 뒤를 바짝 따랐다. 다행히 두 사람을 본 사람은 없었다.

안은 몹시 어두웠지만 진수가 먼저 가파른 계단을 더듬으며 올랐다. 계단은 좁고 삐걱거렸는데 헛디뎌 떨어지면 크게 다칠 것 같았다.

귀에 들릴 만큼 가슴이 크게 뛰고 다리는 떨렸다. 가끔 정의 머리가 진수의 엉덩이에 닿기도 하고 두 손이 스칠 때도 있었다.

어디가 끝일까.

계단은 끝도 없이 이어졌다.

문득 계단이 하늘까지 닿아 두 사람을 데려가주길 바랐다.

뒤에는 정이 진수를 믿으며 바짝 따라오고 있었다. 진수는 혹시나 정이 헛디딜까 봐 천천히 부드럽게 올라갔다.

정은 계단이 얼마나 남았는지 보려다 진수의 하체를 보았다. 나무 등걸처럼 단단해 보이는 허리와 굵은 다리였다. 진수는 자신을 위해 느리다 싶을 정도로 조심스레 올라가고 있었다. 마치 자신의 손과 허리를 잡아 올려주듯 세심하고 부드러운 동작이었다.

정은 치마를 밟지 않으려고 하다 더 빨리 지쳐갔다. 정이 더 이상 오르지 못하고 계단에 매달리듯 멈췄다.

한동안 물끄러미 내려다보던 진수가 손을 내밀었다.

탑 안으로 비쳐든 조각난 달빛 아래 진수의 긴 손가락이 보였다.

정은 숨을 가쁘게 내쉬며 어둠 속의 손을 쳐다보았다.

저 손을 잡아도 될까.

고개를 저었다.

손을 잡는 순간 탑 안은 다른 공간으로 변해버릴 것 같았다.

진수의 몸은 여름 밤하늘을 번개가 훑어버리는 듯한 통증을 느꼈다. 이유를 알 수 없는 통증이었다. 누구도 어쩌지 못하는 나른함과 커다란 나무를 한 줌으로 만들어버릴 것 같은 괴로움이었다.

땀이 두 사람의 목과 등으로 쉴 새 없이 흘러내렸다.

진수는 말없이 계단을 오르기 시작했다.

"다 왔다!"

진수는 낮은 목소리로 숨 가쁘게 말하다 뒤따라오는 정을 보았다. 정은 무더위에 지친 제비꽃같이 돼버렸다.

"아!"

비틀거리며 올라온 정은 탄성을 올렸다.

대궁은 물론이거니와 알천과 멀리 북천, 그 너머 들판까지 둘둘 말아 놓았던 그림을 펼치듯 한눈에 들어왔다.

동으로는 멀리 토함산의 줄기가 보이고 남으로는 남산이 유연하게 굽이치고 있었다. 왕경대로가 가르마처럼 놓여 있고 귀족들의 금입택과 잘 지은 기와집, 왕경민들이 사는 부락이 눈에 들어왔다. 왕경은 마치 눈이 내린 듯 달빛을 받아 하얗게 빛나고 있었다.

어디서 개 짖는 소리가 들려왔다.

등의 넓이가 수천 리여서 한번 힘껏 날아오르면 그 펼친 날개가 하늘 가득 드리운 구름 같다는 붕(鵬). 하늘을 나는 그 붕의 뛰는 가슴이 이런 것일까. 정은 왕경에 온 이후 처음 뚫린 가슴으로 숨을 쉴 수 있었다. 가슴을 졸이며 살얼음 위를 걷듯 살아온 정에게 쾌감과 희열이 차올랐다.

사람들은 어린 정에게 인형을 쥐여 주고 자수를 배우라 했지만 도무지 재미가 없었다.

지루하고 갑갑하던 마음이 툭 터진 것은 서책을 읽으면서였다.

어느 날 정은 이를 악물고 경을 외운 뒤 어른들 앞에서 술술 외웠다. 자신은 경을 외우고 읽는 게 더 즐겁고 재능이 있다는 걸 보여주고 싶었다. 어른들은 경을 외우는 정에게 모두 놀랐고, 숙부는 얼싸안고 업어주었다. 숙부는 아버지 눈치를 보면서도 서책을 가져다주었다. 서책을 읽을 때면 완전한 자유였다.

정은 9층탑 꼭대기에 올라와서야 비실거리던 화초가 비를 만난 듯 생기를 얻었다. 진주조개가 달빛을 받아 물을 내뿜어 찬란한 빛을 보여주는 것처럼 눈부신 순간이었다.

"백제에도 미륵사가…….”

정은 흥분을 가라앉히지 못하고 머릿속에 떠오른 바를 불쑥 말해버렸다. 순간 오금이 저려왔지만 이미 벌어진 상황이었다.

"백제에 가보았어?”

진수는 정을 쳐다보았다.

"백제 미륵사도 대단하다 들었어.”

정은 아무렇지도 않은 표정으로 고개를 돌려 동시(東市)를 내려다보았다.

정은 어처구니없는 실수를 자책하다 순간 몸에 힘이 빠져버렸다. 마침 바람이 세차게 불면서 좁은 난간에 방심하고 서 있던 정의 몸이 휘청했다.

진수는 균형을 잃은 정의 허리를 급히 잡았다.

정은 하마터면 추락할 뻔했던 상황에 몸을 떨며 까마득한 아래를 내려다보았다. 다리가 떨려 진수의 손을 뿌리치지 못했고, 진수도 정의 자세가 위태로워 손을 풀지 못했다. 좁은 공간이라 한 발짝도 조심스럽게 내디뎌야 했다. 가늘고 비단 같은 허리였다. 새근거리는 숨이 진수의 감각을 깨우는 듯했다. 푸른 물 위를 나는 흰 물새처럼 날렵하면서 부드러웠다.

숨소리를 내기조차 불편했지만 귓불에 닿는 진수의 숨소리는 북소리처럼 크게 들렸다. 투명한 물속에 들어간 두 마리 물고기처럼 움직일 수도 숨을 크게 내쉬기도 힘들었다.

정을 붙잡고 있는 진수는 탑 뒤에 숨어 있는 남녀가 눈에 들어왔다. 순식간에 두 사람은 한 몸이 되어 서로를 탐하고 있었다. 진수는 정에게 들킬까 봐 눈을 거두었지만 신경이 쓰였다.

황룡사에 서둘러 들어온 김유가 우연히 고개를 들다 9층탑 꼭대기를 본 것도 이때였다. 친구들이 붙드는 바람에 술을 몇 잔 걸쳤는데 다른 사람 같았으면 혀가 꼬부라지고 비틀거릴 만한 양이었다.

진수와 정이 포개질 듯 가깝게 서 있는 모습이 유쾌하지 않았다.

"그 정도 힘이면 나무뿌리라도 뽑겠다."

무안해진 정은 진수를 쏘아보듯 쳐다보며 몸을 빼냈다. 진수의 팔은 보기보다 굵고 강했다.

정은 앞장서 내려가기 시작했다.

이때 9층탑 그림자 속에서 정과 진수를 쏘아보는 눈이 있었다.

정이 탑을 내려오자 검은 그림자 역시 몸을 날려 사라졌다.

암살자

왕경대로에 마련된 격구장 주변은 구경 나온 사람들로 발 디딜 틈이 없었다. 대궁에서는 기병(騎兵) 전술을 위한 말 다루기와 마상(馬上)에서 무기 다루는 기술을 단련시키기 위해 격구를 장려했고, 이제는 왕경에서 빼놓을 수 없는 구경거리가 됐다.

용과 봉황을 수놓아 양쪽에 설치한 장막에는 격구대회 출전자들이 몸을 풀고 있었다. 또 다른 장막은 오색 비단으로 장식돼 호랑이와 거북, 사슴 등이 화려하게 수놓아져 있었다.

안에는 비단 방석이 깔려 경기를 관람하는 귀족들의 차지가 됐다. 왕경의 준수한 귀공자들이 펼치는 경기인지라 귀부인과 귀공녀들은 서로 좋은 자리를 차지하려고 신경전을 벌였다.

격구대회 참가자들이 한 명씩 모습을 드러내면서 분위기가 달아올랐다. 참가자들이 입은 옷은 왕경 최고의 장인들이 만든 옷으로, 각자의 몸에 보기 좋게 맞았다. 달리는 말에서 자유자재로 움직일 수 있도록 허리 아래는 주름치마처럼 넓게 퍼졌다.

왕경민들은 목이 빠지게 경기를 기다렸다.

"쩌어기 번쩍이는 안장 좀 봐. 쩌거 금이지?"

"안장 하나가 얼만 줄이나 알어?"

"비싼 거여? 어디 자세히 봐야겠네."

"저런 안장에 앉아보면 원이 없겠다."

"에이 이놈아 꿈도 꾸지 마! 뒈지도록 맞지 말고."

"쩌거 하나면 배고파 눈깔 뒤집힐 일은 없을 텐데."

왕경민들은 눈이 멀 것 같은 화려한 말 안장과 등자(발걸이)까지 번쩍이는 마구(馬具)에 정신을 차릴 수가 없었다.

잡찬(신라 제3관등)의 아들이 황금에 마노를 박은 안장과 등자를 갖추고 나오자 사람들의 눈이 주먹만큼 커졌다. 멀리 파사(페르시아)산이 틀림없었다. 잡찬은 격구대회에 황금 안장을 가져가는 아들을 보며 대왕 것보다 화려하다며 뜯어말렸지만 소용없었다. 왕경에서도 가장 값비싼 물건을 사들이는 잡찬의 아들은 이날도 지극히 호화로운 마구를 선보였다.

잡찬의 아들은 귀한 것을 좋아하다 보니 아예 공방을 차려 장인에게 물건을 만들게 했다. 대궁의 눈치를 보지도 않고 백제 상인을 부르기도 하고 왕경 최고의 장인을 거금으로 끌어 공방에 들였다.

그 공방 물건 중 귀족들의 인기를 독차지하고 있는 것은 단연 천불산(千佛山)이었다. 오색(五色) 모전(毛氈-양모를 압축해 만든 고급 깔개) 위에 침단목을 받침으로 한 뒤 명주(明珠)와 미옥(美玉)으로 장식한 천불산이었다. 금과 옥으로 전각을 만들고 나무와 아름다운 나비를 조각했다. 쌀알 크기만 한 불상 천 개를 보는 순간 사람들은 입을 다물지 못했다. 안에는 종(鍾)과 승려까지 넣어 작지만 완벽한 세계를 만들었다.

사람들은 쌀알 크기의 불상과 종, 승려의 섬세함에 자신들의 눈을 의심했다. 어디선가 바람이라도 불면 종소리가 사방으로 울려 퍼질 것 같은 환상에 빠져들었다.

공방은 금세 소문이 나기 시작했고 콧대 높은 귀족들도 웃돈까지 주며 너도나도 제작을 부탁했다. 천불산 하나를 완성하려면 오랜 시간이 걸렸지만 상관하지 않았고 이를 들여온 귀족들은 큰 자랑으로 삼았다.

격구장의 김유의 갸름한 얼굴이 백옥같이 차갑게 보였고 미끈한 코는 차가운 인상을 더해주었다. 붉은 비단으로 지어 입은 옷은 다른 귀공자들과 품새가 달랐다. 격구채를 잡은 세(勢)에서 비상한 기운이 뿜어져 나왔다.

이마에 비단 끈을 매고 등장한 석득은 자신만큼 거칠어 보이는 말을 몰고 있었다. 음산한 표정으로 주변을 훑어보다 김유를 발견하고는 아랫배와 두 다리에 힘을 주었다.

늠름한 체격의 격구자들은 두 편으로 나눠 섰다.

암팡져 보이는 기녀 한 명이 붉은 칠을 한 나무 공을 잡고 가운데로 걸어 나가는 가운데 주악이 울려 퍼졌다.

격구자들은 말을 달래며 호흡을 가다듬었고 구경꾼들은 경기가 시작되기만을 숨죽여 기다렸다.

주악이 그치자 기녀는 가운데로 공을 던져 경기의 시작을 알렸다.

격구자들은 공을 먼저 잡아채기 위해 쏜살같이 달려들었다. 처음 공을 치는 수격(首擊)이 되기 위해서였다.

석득은 찢어질 듯한 괴성을 내며 말을 몰았고, 다른 격구자들도 다치는 것쯤 상관없다는 기세로 덤볐다. 얼굴이 벌게진 석득은 경쟁자들을 쳐대면서 수격이 되려고 안간힘을 썼다. 석득이 휘두른 국장(격구채)에 맞아 얼굴을 감싸 쥐는 자도 있었다.

석득을 요령 있게 피해 비호같이 날아들던 김유가 수격을 낚아챘다. 국장으로 힘차게 쳐 보낸 나무 공이 홍문(紅門) 사이로 순식간에 빨려 들어갔다.

와-

우레 같은 함성이 터져 나왔다.

여자들은 발을 구르고 손뼉을 치느라 몸살이 날 지경이다. 건장하고 잘생긴 귀공자들이 내뿜는 열기에 정신을 잃을 것 같았다. 특히 김유의 날랜 몸짓과 국장을 휘두르는 멋진 모습을 보며 소릴 질러댔다.

석득은 가장 의식했던 김유에게 한 방 얻어맞자 분을 참지 못하고 국장을 내동댕이치며 씩씩거렸다.

"캬아 잘한다 잘해! 풍월주 맞제?"

"격구만 잘해? 칼 쓰는 솜씨도 왕경 제일이라 하던디."

"얼굴은 저리 보여도 칼이나 활을 잡으면 엄청 무섭다는구먼."

"우리 아들놈도 낭도로 들여보낼 거여."

"말하는 거 보니 그놈 반반하고 재주가 있네, 내 새끼는 글러먹었는디."

"먹고살기도 힘든데 무슨 팔자 좋은 소리고, 쳇."

"저 비단하고 보석 좀 봐라. 저걸 팔아 나눠주면 뒈지는 놈도 없을 긴데……."

왕경민들은 귀공자들이 펼치는 격구에 환호하면서도 자신의 처지를 깨닫고는 한숨을 쉬었다. 그래도 장쾌한 격구는 하루의 고달픔을 잊게 해주는 감로수(甘露水)였다.

쉬이익-

어디선가 화살이 날아들었다.

화살을 맞고 대아찬(신라의 제5관등)의 아들 유나가 말에서 떨어졌다. 근처에는 어디 숨어서 활을 당길 곳도 없는데 화살은 믿을 수 없을 만큼 강한 기세로 날아왔다. 나무뿌리라도 뽑을 대단한 힘을 가진 자의 솜씨였다.

비명 소리가 나고 말이 놀라 뛰어오르면서 격구대회장은 순식간에 아수라장이 됐다.

쉬이익-

두 번째 날아온 화살이 다른 격구자의 가슴을 파고들었고 그 역시 말에서 떨어뜨렸다.

김유는 놀란 말이 뛰어오르는 바람에 떨어졌고 덕분에 두 번째 화살을 피할 수 있었다. 대신 김유 옆에 있던 파진찬(신라의 제4관등)의 아들이 맞았다.

불시에 아들과 조카를 잃은 귀족들은 미친 듯 소리 지르며 어찌할 바를 몰랐다. 김유는 어느 놈의 소행인지 보려 했지만 말에서 떨어지면서 다리를 다쳐 움직일 수가 없었다. 사람들은 비명을 지르며 달아나고 있었다. 화살이 어디서 날아올지 몰랐다.

긴장한 무리굴과 낭도들이 달려와 김유를 에워쌌다. 얼굴이 하얗게 질린 영명부인도 시종들의 호위를 받으며 달려왔다.

"이 무슨 해괴한 일이냐!"

영명부인은 김유가 무사한 것에 가슴을 쓸어내린 뒤 시종들에게 화살을 맞은 귀공자들을 도우라고 지시했다. 낭도들은 자신들이 따르는 화랑들이 당할까 엄호하기에 바빴다.

격구장 주변엔 몸을 숨길 만한 곳이 없었다. 때문에 멀리서도 화살을 날릴 수 있는 힘과 기량을 가진 자라야 했다. 쇠뇌(활보다 화살을 멀리 보낼 수 있는 무기)로 날려야 했다. 손에 쉽게 넣을 수 없는 쇠뇌를 어떻게 구했는지 의문이었다.

무리굴의 부축을 받던 김유는 사람들 속에서 급히 정과 고구려 놈을 찾았다. 고구려 놈은 전장에서 끌려온 패졸이었고 늘 자신을 살기 어린 눈으로 쳐다보곤 했다. 고구려 군은 활에 능하기로 이름이 높지 않은가.

"형 괜찮아요?"

무리굴은 걱정이 되는지 허리를 꽉 잡으며 눈물을 글썽였다. 저뿐 아니라 김유를 믿고 따르는 수많은 낭도들은 어찌 될 것인가. 모두가 김유를 중심으로 목숨을 바치기로 하지 않았는가.

계림을 위해 함께 목숨을 바치자며 낭도들을 먹이고 글과 무예를 가르쳐준 김유였다. 낭도들에게 김유는 자신을 낳아준 부모보다 더 많은 걸 베풀어준 신(神)이었다.

김유가 전장이 아닌 격구대회에서 정체 모를 화살에 비명횡사하는 일은 있을 수 없었다. 무리굴은 마치 자신에게 화살이 날아온 것처럼 놀라고 분개해 어쩔 줄 몰랐다. 어떤 놈인지 당장 잡아내야 잠을 잘 수 있었다.

"난 괜찮아. 어느 놈인지 잡아야 해!"

무리굴은 범인을 잡는 것도 중요하지만 김유를 놔뒀다간 밟혀 죽을지 몰라 옮기는 일부터 했다.

격구자 두 명을 쓰러뜨린 저격수는 격구장으로부터 멀리 벗어난 뒤에야 가렸던 수건을 벗었다. 땀으로 흠뻑 젖은 머리카락은 어지럽게 헝클어졌다.

숨이 차 금세 끊어질 것 같았다.

'아 어떻게 이런 일이!'

174

땅에 쓰러지자 울음이 터져 나왔다.

과녁을 뚫지 못했다는 절망에 온몸이 녹아내렸다.

❖·❖·❖

어둠이 내릴 무렵 들이닥친 김유는 가게 문을 탕탕 닫아버렸다.

혼자 가게를 지키던 정은 김유의 광폭한 행동에 어찌할 바를 모르고 서 있었다.

김유의 눈은 광인(狂人)처럼 번득였다.

격구대회에서 화살을 맞고 시름시름 앓던 유나가 나흘 만에 숨졌다. 김유에게 유나는 어릴 때부터 사냥놀이를 함께한 죽마고우였다. 유나가 죽었다는 소릴 듣자 살을 도려내듯 했다. 유나는 자신보다 화랑이 먼저 됐고 풍월주를 두고 겨뤄왔지만 경쟁하면서도 아껴주는 사이였다.

여름 계곡에서 헤엄칠 때면 유나의 나무랄 데 없는 몸을 보며 찬탄해 마지않았다. 격검 연습을 하다 지칠 때면 나무 그늘에서 함께 자곤 했다. 선하고 사내다워 가까이하며 즐거워했다.

격구대회에서 몸싸움을 벌이다 자기 옆에 서는 바람에 변을 당했다. 그렇지 않고서야 두 발의 화살이 자신의 양옆에 있던 두 명을 쓰러뜨릴 순 없었다. 분명 화살은 자신을 겨냥하고 있었다.

억울하게 당한 유나를 떠올리면 자다가도 벌떡 일어났다. 두 번째 화살을 맞은 파진찬의 아들은 그날 세상을 떠났다.

김유는 다친 다리가 낫자마자 가게로 쳐들어왔다.

"고구려 놈은 어딨어? 격구대회 날 어딨었지?"

"왜 그러시오?"

김유는 정의 어깨를 잡고 거칠게 흔들었다.

"어딨었냐니까!"

"나와 같이 격구장에 갔었소."

김유는 지금 진수를 의심하고 있었다.

진수는 그날 사라져 내내 보이지 않았다. 다음 날 아침에서야 어두운 얼굴의 진수를 볼 수 있었다.

"격구장에 없었어!"

"사람이 많아 밀리고 치이느라 그랬지 옆에서 구경하고 있었소."

"거짓말!"

김유는 목을 쥐고 흔들었고 숨이 막힌 정은 캑캑거렸다.

"이…… 거…… 놓…… 고."

"고구려 놈이야."

정은 김유의 눈을 보는 순간 전율이 올랐다. 김유는 장도(長刀)를 차고 있었다. 진수가 들어오면 큰일이었다.

"그날 나와……."

정이 캑캑거리며 뭔가 말하려 하자 그제야 손을 풀었다.

"격구를 보고 내 집으로……."

"뭐?

네 집에서 뭘 했느냐?"

"그건……."

정은 진수가 나타나지 않길 애타게 빌었다.

"거짓말이면 너도 죽는다."

176

김유는 기다려도 진수가 나타나지 않자 영명부인에게 뛰어갔다.

"어머니 고구려 놈을 잡아다 족쳐야겠습니다."

"무슨 말이냐? 발은 괜찮은 거냐?"

영명부인은 아들의 입에서 진수를 족쳐야겠다는 말이 나오자 놀라기도 하고 화가 났다.

"격구대회에서 유나를 죽인 놈이 고구려 놈인 것 같습니다."

김유의 목소리는 쇳소리를 내고 있었다.

"음…… 증거라도 있느냐?"

"그날 격구장에 보이지 않았습니다. 전부터 절 죽이려고 덤빈 놈이라구요!"

"격구장에 그 많은 사람들이 모였는데 어찌 한 사람 한 사람을 다 보겠느냐. 그놈에게 직접 물어봤느냐?"

"물어보진 못했지만 분명합니다. 그놈밖에 없어요."

"확실한 증거도 없는데 함부로 나서지 말거라. 조용히 알아봐. 귀공자를 두 명이나 죽인 자가 우리 가게에 있었다고 하면 그 뒷감당을 어찌하려고!"

영명부인은 김유가 저리 흥분한 데는 이유가 있다고 생각하면서도 섣불리 일을 크게 만드는 것을 꺼려했다. 확증 없이 진수가 다치는 것도 원치 않았다.

영명부인은 진수의 눈을 떠올렸다.

영명부인은 둘째 아들 용흔이 미랑과의 일로 자신에게 대들다 쫓겨난 일을 떠올리자 기분이 상했다. 전부터 김유에 비해 처진다고 생각하고 있던 용흔이었는데 역시 어리석게 굴어 자리를 뺏기고 말았다. 머리가 있는 놈이라면 그 정도 일에는 모른 체하고 넘어갔어야 했다.

미련한 놈.

영명부인은 자신의 마음이 동하면 동하는 대로 따라야 하는 여자였다. 대왕이 부르면 언제든 달려가지만 그 외에 어느 누구도 감히 자신에게 명령할 수 없었다. 자신이 남자를 고르고 떠나보냈다.

영명부인은 죽은 미랑이 됐건 누가 됐건 합일에 이르는 순간이 소중했다. 그 순간 지상에서 최고(最高) 최선(最善)의 존재가 되고, 합일된 몸을 통해 영감을 얻었다. 생이 가장 역동적으로 뛰는 걸 느끼며 세상의 정기(精氣)를 차지하는 순간이었다.

생(生)을 얻고 하늘의 영적 기운을 내려 받았다. 생명과 창조, 신(神)이 하나로 관통하는 순간이었다. 열락이요 끝없는 창조적 혼돈이었다.

비교하거나 바꿀 수 없는 삶 자체였다.

"신변이 걱정된다면 무리굴을 곁에다 붙여라. 원하면 시종 한두 명 더 붙여줄 테니 조심하고. 아끼던 벗을 잃어 상심이 크구나."

영명부인은 아들을 달래면서도 강한 눈빛은 풀지 않았다. 저 눈빛은 자신의 말을 어겨서는 안 된다는 신호였다.

정은 멍하니 앉아 있다 가게 밖으로 나가 서성였다.

그날 진수와 함께 있었다고 했다. 왜 그랬을까. 거짓말이 발각되면 진수는 물론 자신도 온전치 못할 것이 분명했다. 영명부인은 아들을 죽이려고 한 진수와 자신을 가만두지 않을 거였다. 영명부인이 도망치거나 자신의 명을 거역한 노비들을 어떻게 처리했는지 알고 있었다.

진수는 어두워질 무렵 나타났다.

"격구대회 날 어딨었어?"

놀란 진수가 고개를 들자 정은 얼굴을 끌어당기고 목소리를 낮췄다. 서로의 숨소리를 느낄 정도로 가까웠다.

진수의 눈은 슬프게 빛났다. 정을 밀치며 말도 안 되는 소리라며 펄쩍 뛰어야 했다. 슬픔이 가득한 눈이 조용히 가라앉고 있었다.

정은 온몸에 맥이 탁 풀렸다.

"그날 어디서 뭘 한 거야? 잘 들어. 김유가 널 죽이러 왔었어."

진수는 말이 없었다.

그날 용흔이 자신에게 넘겨준 자루에는 쇠뇌가 들어 있었다.

평양성과 국내성에서 몇 번 보고 쏴보기도 했지만 익숙하지는 않았다. 전투가 벌어질 때 쇠뇌를 사용하는 전담이 따로 있었기 때문이었다. 다만 연습 삼아 쇠뇌를 가끔 쏘아본 정도였다.

용흔이 쇠뇌를 자신에게 준 이유를 알아챘다.

진수는 쇠뇌를 함부로 가지고 다니다 발각되는 날에는 목숨을 부지하기 어려웠기 때문에 멀리 나가 연습하는 수밖에 없었다. 남산은 화랑과 낭도들이 곳곳에 모여 자리를 차지하고 있었다.

격구대회가 열리기 전 단 두 번 쏴보았다. 화살을 잃어버릴 경우 구할 수도 없어 화살을 아껴야 했다. 용흔이 넣어준 화살은 세 발이었다. 연습한 화살이 다행히 과녁을 뚫었기에 불안한 마음을 어느 정도 달랠 수 있었다.

쇠뇌로 아버지의 원수를 갚고 고구려로 도망칠 계획이었다. 시장에 드나드는 고구려 승려를 통해 지도를 얻고 돌아가는 길을 전해 들었다. 순라군에게 잡히더라도 최소한 아버지의 복수는 갚았다는 위로는 할 수 있었다.

아버지를 잃고 생포된 뒤로는 태양을 쳐다볼 수 없었다. 온 누리를 아름답게 물들이는 달빛을 받아도 즐겁지 않았다. 자연의 경이로움이나 사람에게서 받는 기쁨과 희열을 느끼는 것조차 밀어냈다.

왕경의 하늘 아래서 아버지를 죽인 자와 함께 숨 쉰다는 사실이 괴로 웠다. 김유를 쓰러뜨림으로써 아버지의 원한을 갚고 왕경에서 벗어날 수 있었다.

드디어 격구대회 날이 밝았다.

진수는 쇠뇌를 짊어졌지만 귀는 웅웅 울리고 발은 공중을 떠다녔다.

정신 차려!

비로소 눈앞의 사물이 들어오기 시작했다. 환호하는 사람들의 소리 가 진동하는 듯했고 달리는 말발굽 소리가 지축을 흔들었다.

달리는 말 위의 과녁을 맞히기란 쉽지 않았다. 두 발 모두 빗나가자 진수는 머리가 터져 뇌수(腦髓)가 땅에 쏟아질 것 같았다.

정이 머리를 잡고 흔들어대는 통에 정신을 차렸다.

"격구대회 때 내 집에 갔던 거야. 명심해!"

진수는 멍하니 정을 쳐다보았다.

이 아이는 김유의 끄나풀이 아니었던가.

어둠 속의 그림자

시장을 감독하는 시전(市典)의 사지(舍知)가 오래간만에 나타났다. 수염을 염소처럼 기르고 있는 사지는 거들먹거리며 가게 안을 둘러봤다.

"문 닫는 시간은 잘 지키냐?"

"예."

정은 일부러 딴청을 하면서 퉁명스레 대했다. 굽신거려 봐야 더 뻣뻣하게 굴고 트집을 잡을 게 뻔했다.

사지는 은 침통을 집어 열심히 들여다보았다.

"세(稅)를 올린다는 말은 들었느냐?"

"예?"

판매가 늘지 않아 조바심을 내던 차에 반갑지 않은 소식이었다.

"궁에서 정하신 일이니 그리 알거라. 다른 곳은 몰라도 이 집이 세를 못 낸다면 말이 안 되지."

사지는 염소수염을 만지작거리며 진수를 쳐다보았다. 얼굴 생김새며 몸의 근골이 계림 사람 같지 않았다. 영명부인의 가게에서 고구려 노비를 쓰고 있다더니 그 자인가 싶었다. 잘생기고 우람해 귀공녀들이 환장할 만했다.

"저울과 척(尺-자)도 제때제때 검사 받거라. 요즘은 저울과 척을 서로 속이는 바람에 얼마나 다투는지 원. 서로 옳다고 우기면서 죄다 시전으로 가져오는데 귀찮아 죽겠어."

사지는 만지작거리던 은 침통을 아쉬운 듯 내려놓고 나갔다.

정은 가게 세를 올린다는 말이 귀에 뱅뱅 돌았다. 간다는 말도 없이 사라진 계집종은 오늘 안 들어올 모양이었다. 느지막이 나타난 진수의 몸에선 술 냄새가 풍겼다. 오늘도 어디서 진탕 퍼마시다 온 모양이다.

"여기서 하루 묵을 거야."

정은 대뜸 말해놓고서 얼굴을 붉혔다. 진수는 하루 종일 주사에서 주저앉아 술을 마셨지만 크게 취하지는 않았다. 다만 정을 보자 취한 척할 뿐이었다.

"밤만 되면 집 주변을 감시하는 사람이 있어."

정의 얼굴은 더욱 붉어졌다.

"누가 널 감시한단 말야? 업어 갈 기였으면 벌써 업어 갔겠지."

정의 말이 사실이라면 김유가 감시하는 게 아닐까? 정이 자신을 위해 김유에게 한 거짓말이 떠올랐다. 자신의 짐을 정에게 씌운 것 같아 마음이 무거웠다.

"집에서는 잘 수가 없어."

"사람들 눈도 있는데 여기서 밤을 새운다고? 차라리 네 집으로 가는 게 낫겠다."

정은 어둠이 완전히 깔릴 무렵 진수와 함께 가게를 나왔다. 한낮은 숨막힐 듯 덥더니 밤이 되자 선선한 바람이 마음을 느슨하게 풀어줬다.

첨성대 망통(꼭대기)에는 일관(日官)이 기구를 든 채 하늘을 올려다보고 있었다. 하늘엔 뿌려놓은 듯한 별들이 또릿또릿 빛나고 있었다.

돌 하나하나를 정성 들여 깎아 올린 첨성대는 밝은 태양 빛을 반사할 때는 그 자체로 옥탑(玉塔)과 같았다. 빈틈없이 올렸고 단역(檀易)을 따져 1년 열두 달, 해와 달의 움직임을 정확하게 반영하고 있었다. 서국에서 오는 사신들도 첨성대의 신묘(神妙)한 구조에 혀를 내둘렀다.

첨성대는 선덕대왕이 만든 것으로, 일관들은 매일 천문(天文)을 읽고 일일이 기록에 남겼다. 천문을 통해 왕실의 길흉을 예견하고 언제 들이닥칠지 모르는 자연 재해를 미리 막고자 했다.

정은 백제 사비성에서 만난 일관을 통해 천문에 대한 강한 호기심이 생겼다.

그날은 밤새 함박눈이 내려 천지가 온통 하양이었다. 일관은 어찌된 일인지 새벽같이 아버지를 보러 왔지만 아버지는 벌써 궁으로 떠난 뒤였다. 정이 마당에 쌓인 눈을 보며 계집종과 같이 깡충거리며 좋아하자 일관이 다가와 말을 걸었다.

"눈이 그렇게 좋으냐?"

"예!"

"네가 정이구나. 영특하게 생겼군."

일관은 손가락 끝으로 눈을 살짝 집어 보여줬다.

"천지에 음(陰)의 기운이 쌓이면 눈이 내린단다. 눈꽃이 보이느냐? 자세히 보면 눈꽃이 여섯 개란다. 맞지? 작은 눈꽃이 여섯 개로 나오는 것은 눈이 흩어져 내려오다 찬바람을 받아 눈꽃이 열리기 때문이야. 6은 음(陰)의 수란다."

정은 눈꽃을 들여다보고 소릴 질렀다. 그토록 예쁜 눈꽃이 달린 줄 처음 알았다.

"눈이 많이 내리면 풍년의 조짐이란다. 단단하게 얼었다 양(陽)의 기운을 받으면 곡식을 잘 자라게 하지."

일관의 말대로 몇 년 만의 풍년이 들어 온 나라가 즐겁고 화락했다.

의자대왕은 오랜 태자 시기를 거쳐 왕위에 올랐고, 해동증자(海東曾子-증자는 효와 우애가 깊었던 공자의 제자)란 말을 들을 정도로 칭송을 받았다. 태자로 지낸 시기가 긴 까닭은 왕후가 귀족들과 합세해 의자대왕의 즉위를 막았기 때문이었다.

의자대왕은 즉위한 후 계림의 대야성(大耶城-합천)을 대대적으로 공격해 자신을 반대했던 귀족들을 잠재웠다.

대야성 전투에서 당시 이찬이던 김춘추의 사위 김품석은 백제 윤충 장군에 투항하면서 아내 고타소와 함께 목숨을 잃었다.

윤충 장군은 백제군을 이끌고 대야성을 함락한 공으로 말 20필과 곡식 1000석을 하사받았다.

의자대왕은 의욕이 넘쳤고 정의 백부이자 윤충 장군의 형인 성충(成忠)의 능력을 높이 사 중용했다. 지략이 높은 성충은 고구려의 연개소문을 만나 백제와 고구려의 공수동맹을 성사시켰다. 김춘추가 대야성에서 사랑하는 딸과 사위를 잃고 분노에 차 고구려로 달려간 때였다.

숙부 말에 따르면 의자대왕의 총애를 받은 군대부인(郡大夫人) 은고(恩古)가 정사에 간여하기 시작하면서 혼란이 커졌다. 은고는 그 기세가 하늘을 찔렀고 자신의 소생을 태자로 세우려 했다.

계림과의 싸움을 승리로 이끈 의자대왕은 자신감이 넘쳤다. 승전을 계기로 태자궁을 호화롭게 꾸미고 7명을 넘지 않던 좌평(佐平-백제 제1 관등)직에 왕자와 서자 41명을 대거 올려 식읍을 나눠주었다. 자신의 등극을 반대하던 귀족들을 누르고 친위 세력을 세우려는 강수였다.

의자대왕은 당(唐)에 사신을 보내 조공하고 계림과 적대국인 왜국(倭國)과 통교하면서 안일함에 빠졌다. 당이 사신을 보내 조공을 바치는 조공국을 무리하게 침범하는 일은 없을 거라 판단했다. 왜국과 동맹을 맺고 있는 이상 계림 역시 백제를 함부로 넘보지 못하리라 믿었다.

당이 안시성 전투에서 고구려에게 패한 사실은 백제에게 새로운 관점을 제시했다. 백제는 최강국으로 알았던 당이 고구려의 벽을 넘지 못하자 견당사를 중단하고 대신 고구려와 우호관계를 강화했다.

진수에게 첨성대는 신수두 대제 때 쌓아올리는 제단과 비슷해 보였다. 해와 달, 별의 움직임을 관측하기 위해 세웠지만 계림의 여왕(선덕대왕)이 첨성대를 쌓아올린 진짜 이유는 다른 데 있는 게 아닐까. 여왕은 첨성대를 하늘과 땅을 연결하는 우주목(宇宙木)이라고 생각했을지 모른다. 하늘과 땅이 만나고 하느님과 사람이 만나는 성스러운 곳이 우주의 중심, 우주목이었다. 천신(天神)이 강림하는 곳이요 깃들어 있는 성스러운 곳이었다.

스스로 하늘의 뜻을 얻어 나라를 다스리는 임금이자 제사장(祭祀長)이라고 여겼을 것이다.

정과 진수는 푸른 별빛에 의지하며 길을 더듬어 갔다.

취기가 오르는 진수는 어둠 속에서 호랑이나 여우라도 튀어나오면 낭패라는 생각이 들었다.

정은 돌다리를 지날 때 흐르는 물소리와 뒤섞인 사람 소리를 들었다. 정은 저도 모르게 발걸음을 재촉하다 발을 헛디딜 뻔했다. 뒤따라오던 진수도 소리를 들었을까.

집은 외진 곳에 있었는데 움집에 가까웠다. 주변에 다른 인가가 거의 없어 정 혼자 지내기에 안전한 곳은 아니었다.

작은 방에서 함께 밤을 새워야 할 판이었다.

방 안에는 서안 위에 책이 쌓여 있고 완함이 구석에 놓여 있었다. 서책은 대부분 경(經)이었다. 경을 읽는 누군가가 있는 걸까? 진수는 자신이 덜컥 와주겠다고 한 게 쓸데없었다며 불쾌했다.

정은 기장으로 밥을 지어 절인 무와 내왔다. 두 사람은 말없이 밥만 먹었고 무를 씹을 때마다 우적거리는 소리가 유난히 크게 들렸다.

진수가 상을 물린 뒤 별 생각 없이 서안에 놓인 서책을 펼쳤다.《시경(詩經)》이었다.

구지부득(求之不得 - 찾아봐도 찾지 못해)

오매사복(寤寐思服 - 자나 깨나 생각하며)

유재유재(悠哉悠哉 - 그립고 그리워서)

전전반측(輾轉反側 - 이리저리 뒤척이네)

참치행채(參差荇菜 - 올망졸망 마름풀을)

좌우채지(左右菜之 - 이리저리 따면서)

요조숙녀(窈窕淑女 - 정숙한 아가씨와)

금슬우지(琴瑟友之 - 거문고를 타며 친해졌네)

진수는 정이 고개를 빼들고 뭘 읽나 보려 하자 책장을 탁 덮었다.

무심코 펼친 곳이 하필이면 진수의 얼굴을 붉게 만들었다. 평양에서

이 부분을 읽을 땐 혼자서도 얼굴이 붉어지고 열이 났다. 술기운이 돌아서인지 열이 올라왔다.

"시경 읽어봤어?"

진수는 무뚝뚝한 얼굴로 돌아앉았다.

"이 서책들은 다 뭐야? 누가 읽지?"

"심심할 때 보는 거야. 道雖不在書策 而學道者必始於書策(도수부재서책 이학도자필시어서책 - 도는 서책에 있지 않으나 도를 배우는 것은 반드시 서책에서 시작된다)이라잖아."

정은 시경을 들추며 혼잣말처럼 뇌까렸다. 경을 하나씩 읽어갈 때 느꼈던 희열이 떠올라 미소 지었다. 읽고 싶은 서책을 손에 넣으면 하늘을 날 것같이 흥분됐다. 책장을 열고 읽기 시작하면 걷기를 배우는 아이처럼 보석을 손에 쥔 여인처럼 신 나고 신기했다.

'여름이 시작됐으니 시(詩)와 서(書)를 배워볼까?'

'왜 봄, 가을에는 예악을 배우고 여름과 겨울에는 시(詩), 서(書)를 배워야 한다고 하세요?'

'봄과 가을은 음양이 중간일 때 아니냐. 예와 악은 모두 중(中)을 지향하므로 음양이 중간인 계절에 배우는 것이 좋은 거야. 여름과 겨울은 음양이 극에 이르는 때이니 지극함을 지향하는 시와 서는 여름과 겨울에 배우는 게 적당하지.'

'전 계절에 관계없이 배우고 싶을 때 배우고 싶어요.'

숙부는 불꽃이 이는 듯한 눈빛, 약간 휘어진 코가 강한 인상을 주었다. 화를 낼 때는 모두가 쩔쩔맸지만 미소 지을 때는 그처럼 온화한 얼굴도 없었다. 서책을 잡으면 밤을 새우고 읽은 것은 거의 다 외우는 능력을 가졌다.

오경(五經) 박사였던 숙부는 어느 날 역사책을 쓰겠다는 목표를 세우자 미친 사람처럼 몰입했다. 박사 고흥(高興)의 《서기(書記)》를 능가하는 사책을 염두에 두었다.

숙부는 조선(朝鮮) 문화의 본향(本鄕)이었던 북부여의 수도 아사달의 침탈을 가장 통탄해했다.

'아사달에는 단군왕검 이후 수천 년간 이어온 신지(神誌)의 역사와 서책들이 많았단다. 신지는 천제가 있을 때마다 과거의 찬란했던 역사와 영웅들의 이야기를 들려주던 자였지. 이들이 남긴 이야기를 엮어낸 서책들이 내려오고 있었거든. 모용외(慕容廆-중국 5호16국 시대 前燕을 세운 시조)가 아사달에 쳐들어가 무자비하게 서책들을 불살라 버렸지. 아! 그 일만 생각하면 자다가도 벌떡 일어난단다.'

정은 백제 역사를 쓰는 데 고구려, 계림까지 왜 신경 쓰느냐고 물었다.

'같은 뿌리인데 백제의 역사만 남기면 뭘 하겠니. 백제 역사만 쓴다 해도 고구려와 계림, 멀리 부여, 단군 조선의 역사까지 알아야 전모를 밝힐 수 있지 않겠니. 사가(史家)는 전체 맥락을 알아야 사책을 쓸 수 있는 거란다. 그나마도 부분적이겠지만.

우리나라를 세운 온조대왕을 말해볼까? 소서노 여왕의 아들인 온조대왕은 고구려를 세운 추모왕의 아들이란다……'

숙부는 역사 이야기만 나오면 날이 새는 줄 모르고 들려줬다.

정은 숙부의 사책 쓰는 일을 어깨너머로 들여다보다 계림 잠행까지 따라나섰다.

정은 숙부를 떠올리다 어느새 시와 경을 암송하던 사비성 집 정원으로 옮아갔다. 정원에는 매화, 제비꽃 등 철마다 갖가지 꽃이 피어나고 방장산을 작게 올린 연못도 있었다.

　석조(石槽)에는 연꽃을 띄우고 정원 여기저기에 아름답고 인상적인 돌을 보기 좋게 들여놓았다. 그곳을 목을 길게 뺀 학(鶴)이 긴 다리를 움직이며 한가롭게 거닐었다. 아침마다 꽃에게 말을 걸면 호호 하고 웃으며 정을 맞아주었다. 경을 외우다 스스르 잠이 들어도 새소리가 깨워주었다.

　봄이면 봄대로 여름이면 여름대로 풍성하고 아름다웠다. 가을이면 달라지는 색감에 경이로움을 느꼈고 겨울이면 수북이 쌓이는 눈의 정겨움에 추위를 이겨낼 수 있었다.

　아침마다 창으로 가득 들어오는 햇살에 눈을 찔리던 방은 얼마나 오붓하고 따뜻했던가. 밤늦게 서책을 읽는 정에게 아침 햇살은 짓궂은 악동 같고 자신을 흔들어 깨우는 어머니 손길 같기도 했다.

　사비성은 또 얼마나 찬란했던가. 성 안에 만들어진 연못은 산을 세 개나 세울 정도로 끝이 보이지 않는 작은 바다였다. 산에는 바다 건너에서 가져온 나무와 꽃을 심어 사시사철 꽃이 피고 지기를 거듭했다. 흰 사슴 같은 진귀한 동물이 뛰어놀고 새끼를 낳아 아무 두려움 없이 동물과 사람이 어울리던 신시(神市) 같았다.

　금을 입힌 누각들은 날렵한 자태를 뽐냈다. 단단하고 매끄러운 전돌 위에 세워진 궁궐은 마치 나무랄 데 없는 자태를 가진 천상의 선녀 같았다.

　어머니가 일찍 돌아가시지 않았다면 다른 소녀처럼 목각인형에 옷을 입히고 자수나 배우며 자랐겠지.

　글을 너무 좋아해서 그 아이를 만났던 걸까.

　정은 숙부에게서 글을 배운 뒤에는 방으로 돌아와 하루 종일 줄줄 외우는 게 신이 났다.

어느 순간 자신의 방에 귀를 대고 엿듣는 아이가 있다는 걸 알아챘다. 눈이 유난히 크고 맑은 계집아이였다. 아이를 잡아 호통을 치니 너무 배우고 싶어 귀동냥을 했다고 싹싹 빌었다.

정의 시중을 들던 아이는 아버지에게 일러바칠까 봐 눈물을 줄줄 흘렸다. 심하게 맞아 실명이 되거나 다리를 못 쓰는 어린 종놈이 한둘이 아니었다.

정은 글을 배우고 싶은 그 마음을 알았다. 자신도 숙부를 얼마나 졸라 배웠던가. 까만 글을 읽을 수 있다면 눈앞을 가로막고 있는 답답하고 두꺼운 벽을 허물어낼 수 있었다. 글을 읽으면서 단단한 벽을 깨나가기 시작했으니까.

정은 틈틈이 아이에게 글을 가르쳤다. 얼굴이 예쁘장한 계집아이는 열심히 배우고자 했다.

그러나 정과 아이는 아버지에게 들켰고 호되게 야단맞았다.

'사내도 아닌 것이 어찌 글을 읽는다고 방정이냐! 그것도 모자라 여종까지 끌어들여서 뭣하는 짓이야!'

"불을 꺼야 누가 감시하는지 알겠지?"

정신없이 생각에 빠지던 정은 허둥지둥 등불을 꺼버렸다. 일시에 캄캄해졌다. 숨소리만 들리기 시작했다.

정은 불을 끄긴 했지만 민망해 벌렁 드러누웠고 진수도 맞은편 벽에 붙어 누웠다.

바스락거리는 소리에도 귀가 섰다.

진수가 더위를 참지 못하고 방문을 열려고 일어서자 정이 잡았다.

"오늘만 참아. 문 열면 누군가 들어올 것 같아."

정은 주위를 맴도는 자가 칼이라도 들고 뛰어들까 봐 무서웠다. 정도 칼을 품고 자지만 작은 소리에도 놀라 깨곤 했다.

깜빡 잠이 들었던 정은 인기척에 살며시 눈을 떴다.

바로 앞에 진수가 앉아 자신을 보고 있었다. 진수는 정이 깨어난 줄도 모르고 얼굴을 들여다보며 생각에 잠겼다.

정은 진수가 손을 뻗칠까 두근거려 숨도 제대로 쉬지 못했다.

까무룩 잠이 들었을 때였다.

소리가 들렸다.

정의 말대로 사람이 있었고 집 주위를 돌며 방 안을 살폈다. 극도로 조심하고 있지만 발걸음 소리는 가까워오고 있었다. 수상한 자는 그림자까지 숨기지는 못했다.

후다닥.

진수는 비호같이 방문을 열고 튀어 나갔지만 그림자는 사라지고 없었다. 머리맡의 막대기를 들고 뛰었지만 잡을 수 없었다.

방문 앞에는 돌에 머리가 짓이겨진 쥐가 놓여 있었다. 피 묻은 돌이 나뒹굴고 있었다.

방으로 돌아오자 정은 소리 죽여 떨고 있었다.

"못 잡았어? 누구지?"

"내가 쫓았으니까 오늘은 더 오지 않을 거야. 지금부터라도 자둬. 다시 오는지 지켜볼 테니."

그 말에 위안을 받은 정은 자리에 누웠지만 가슴은 여전히 뛰었다.

진수는 바람처럼 사라진 자에게서 불길한 느낌을 받았다. 잡배나 도둑처럼 어리숙한 몸놀림이 아니었다. 누가 정을 노리는 걸까.

'너는 어디 출신이냐?'

석득이 정을 험상궂게 노려보며 던졌던 말이 떠올랐다. 정은 아무렇지 않게 대답했지만 미세하게 떨고 있었다.

정이 백제 장군 윤충의 딸인가? 윤충의 딸이 왜 왕경에서 장사를 하고 있는 거지?

윤충의 딸은 아니더라도 백제에서 온 소녀일까. 저 많은 서책을 정이 다 읽은 걸까 아니면 다른 누가 있는 걸까.

만약 정이 꼬투리를 잡힌 거라면 석득이 가만두지 않을 거다.

내가 고구려로 돌아가면 정은 어찌 될 것인가. 돌같이 찬 김유가 정을 가만두지 않을 텐데.

고구려로 돌아가야 한다. 막리지가 계림군에게 붙잡힌 죄를 묻겠지만 여기서 더 이상 머무를 수 없었다.

진수는 아버지와 나누던 대화가 떠올랐다.

"아버님 고구려가 계림과 일전(一戰)을 치르다 서국이 변경을 침입해오면 어찌합니까?"

"백제에게 계림을 맡기고 우리는 서국을 무찔러야 하겠지. 그럴 목적으로 고구려와 백제가 공수동맹을 맺지 않았느냐. 허나 지금 백제는 안일함에 빠져 제 몸 하나 가누지 못하는 지경이다. 백제가 허둥거리고 서국과 계림이 위와 아래서 압박해오면 고구려는 위험한 상황에 빠지고 말 것이야."

지금 고구려는 계림이 어느 정도 강건해졌는지 알지 못하고 백일몽에 빠져 있다. 수 양제와 이세민(당 태종)을 혼내주었다는 자부심에 빠져 있지만 지금이야말로 위기의 순간이다.

왕경의 이런 사정을 알린다고 막리지가 내 말에 귀 기울일까. 계림군

한 명 쓰러뜨리지 못하고 붙잡힌 자신이 한스러웠다.

치욕을 씻을 길은 하나밖에 없었다. 김유란 놈을 쓰러뜨리는 길밖에 없었다.

❖❖❖

진수는 정에게 이불을 덮어주고 조용히 빠져나왔다. 며칠 동안 잠을 설친 정은 곯아떨어져 진수가 나가는 줄도 몰랐다.

동이 트면서 동네가 눈에 들어왔다. 아침 짓는 연기는 실뱀처럼 가늘었고 연기마저 오르지 않는 집이 적지 않았다.

얼굴이 콧물로 범벅이 된 아이가 지렁이를 입으로 가져가고 있었다.

"버려 이놈아!"

어미에게 쥐어박힌 아이는 앙하고 울음을 터뜨렸다. 땅에 떨어진 지렁이는 몸을 고통스럽게 꿈틀거리더니 달아났다. 아낙은 코를 팽 풀고는 주저앉아 멍하니 허공을 바라보았다.

"이거 먹어라."

진수는 가지고 있던 누룽지를 꺼내 아이에게 주었다. 아이는 콧물과 눈물이 범벅된 얼굴로 쳐다보더니 누룽지를 냉큼 받아 입에 넣었다. 목이 메는지 캑캑거렸지만 누룽지를 잡고 놓지 않았다. 아낙은 진수를 놀란 눈으로 쳐다보았다.

"누구요? 못 보던 얼굴인데."

아낙은 진수의 예사롭지 않은 외모와 옷차림의 부조화를 이상하게 여기며 훑어보았다.

"아이 아범은 어디 갔소?"

"돌아오지 못할 곳으로 갔지."

아낙은 이가 없어 누룽지를 빨고 있는 아이를 무표정하게 쳐다보았다.

"밭뙈기나 부쳐 먹을 만하면 그놈의 전쟁이 터져 끌려 나간 거지. 이젠 돌아오지도 않지만. 들짐승 먹이나 됐으려나…… 에고."

아낙의 말처럼 계림과 고구려, 백제의 격전 지대에는 아직도 수습되지 못한 시신들이 널려 있었다. 서로 치고받는 전투가 수시로 일어나면서 미처 거둬들이지 못해 썩고 있거나 짐승의 먹이가 되고 있었다.

누런 얼굴은 메마르기 그지없었다. 아낙은 진수를 힐끔 보면서 낭도나 낭두쯤으로 짐작했다. 비단옷을 걸쳤다면 틀림없이 화랑으로 알았을 것이다.

"화랑님이 미륵불이라던데 낭도들과 함께 놈들을 때려 잡아주소서. 나무관세음보살."

아낙의 입에서 나무관세음보살이 쉴 새 없이 흘러나왔다. 누룽지를 오물거리고 있는 아이를 보며 말했다.

"저놈도 낭도나 되면 좋겠는데."

"전쟁터에서 죽어도 좋단 말이요?"

"계림을 위해 싸우다 죽으면 극락 간다 하지 않소. 이렇게 사느니 극락 가서 배부르게 사는 게 백번 낫지. 화랑님과 낭도들이 극락으로 만들어주시오."

아낙의 말에 소름이 돋았다.

무리굴이 화랑인 김유를 대할 때나 낭도들이 보여준 눈빛을 잊을 수가 없다. 화랑과 계림을 위해서라면 목숨도 바치겠다는 결기였다.

194

언젠가 아버지가 계림과 싸울 때 화랑도와 김유신이 제일 두렵다고 하던 말이 떠올랐다. 사치와 음탕함이 넘쳐나는 왕경이지만 고구려나 백제가 가지지 못한 무엇이 분명 있었다.

시장 안으로 들어서는 진수는 누군가에 의해 창고 뒤로 끌려갔다.

"누구냐!"

진수는 날쌔게 몸을 돌려 공격 자세를 취했다. 순간 김유가 아니면 김유가 보낸 자라 생각했다. 몸은 구부정한데 눈이 매서운 남자가 주위를 살펴보았다.

"날 알아보겠소?"

진수는 쉰 목소리를 듣고서야 섬으로 함께 끌려갔던 백수(白首)임을 알았다.

"어떻게 여길?"

"도망쳐 나왔지."

백수는 섬에서 고초를 겪어서인지 몸이 더 구부정해지고 뺨은 움푹 패었다. 얼굴은 마치 누구에게 맞은 것처럼 검푸르게 보였다.

"남부살이 아드님이디요?"

백수는 목소리를 낮추며 물었다.

"무슨 말!"

진수는 백수의 말을 부인했다.

"난 수 양제가 쳐들어왔을 때 살이님의 밑에서 놈들을 혼내준 졸(卒)이었습네다."

백수는 주위에 아무도 없음을 확인했다. 머리가 허옇게 셌을 뿐 아니라 군데군데 머리카락이 빠져 쥐가 파먹은 듯했다.

아버지 밑에서 수 양제를 혼내준 군졸이었다는 말에 마음이 놓였다.

마목장에서 백수가 왜 자신을 그토록 주시했는지 알 것 같았다.

"조의군으로 전쟁에 나섰다가 살이님을 만났습네다. 내 아비도 조의 군이었다는데 잘은 모르겠고……. 나를 낳은 어미는 나라에 제사가 있을 때마다 불려 나간 무녀였더랬어요. 높디높은 제단이 세워지면 방울과 북을 걸어놓디요. 하늘에 제를 올리는 거였어요.

그 얘긴 그만하고. 아비처럼 되고 싶어 조의군에 들어갔디요. 호랑이만큼 날래 운 좋게 뽑혔디요. 내 발과 손이 워낙 빠르다 보니 살이님까지 날 알아볼 정도였으니까요."

백수는 눈알을 굴리며 과거와 현재를 정신없이 오고가고 있었다. 신이 나기도 하다 한순간 허탈한 표정을 지었다.

진수는 참을 수 없이 목이 타올랐다.

"예까지 끌려 왔지만 평양으로 돌아가야 하오. 날 좀 도와주오."

"그건 아니 됩니다."

무서우리만치 빛을 내던 눈빛이 어두워졌다.

"왜 안 된다는 말이오?"

진수는 가슴이 터질 것만 같았다.

활 한번 쏘지 못하고 칼 한번 휘두르지 못한 채 생포된 사실을 지금도 믿을 수 없다. 열등한 소국으로 알던 계림에게 붙잡혀 노비로 살고 있다는 게 말이 되는 일인가.

"여기저기 쑤시면서 들어보니…… 도령은 지금…… 투항자로 몰렸다고 합네다."

"투항자?"

"어쩐 일인지 평양에선 계림군에게 투항한 걸로 알고 있다네요. 돌아가도 붙들려 무사하지 못할 겁네다."

196

"그럼 어머님은?"

"……."

진수는 주저앉아버렸다.

"지금 돌아가선 안 됩니다. 이 말을 하려고 오래 찾았디요. 이제야 살이님의 은혜를 갚았어요. 처음부터 아드님인 줄 알아봤디요."

"날더러 여기 원수 놈의 나라에서 죽으라고? 계림이 서국 놈들과 손을 잡고 일을 꾸미고 있는데! 어서 돌아가서 계림과 백제를 쓸어버리고 서국과 대결해야 한다고!"

백수의 얼굴은 종잡을 수 없는 표정으로 돌아갔다.

"어캐 하겠다는 겁네까?"

진수는 순간 백수의 정체가 혼란스러웠다. 마목장에서 말똥과 구르던 고구려 패졸인가 아니면 막리지가 보낸 첩자인가. 계림에 숨어 지내던 자가 어찌 고구려 평양성 사정을 저리 잘 알 수 있는가.

"김춘추가 사랑한다는 영명의 가게에서 지내는 걸로 알고 있소. 그 화랑인 아들은 우리에게도 원수가 아니갔소? 그놈의 목을 떼 가져가면 공자의 억울한 누명을 벗을 수 있갔디 흐흐흐."

백수의 기묘한 웃음소리가 어둠 속에서 퍼져 나갔다.

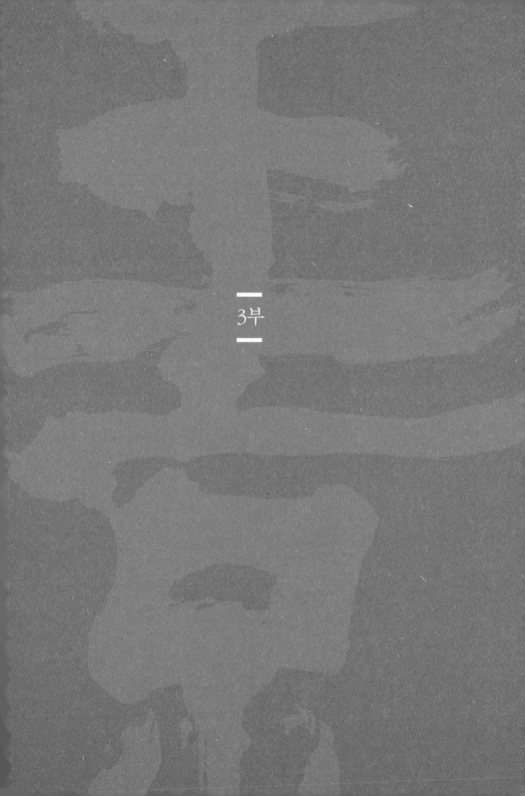

3부

화랑의 역사를 모르고 조선의 역사를 말하려 하는 것은
골수를 빼버리고 그 사람의 정신을 찾는 것이다.
— 단재 신채호 《조선상고사》

▲ 통일신라 도깨비무늬수막새

낯선 손님

누군가 뒤를 밟고 있다.

정은 진수와 계집종이 어디론가 사라져버려 마지막 정리를 하는 바람에 해가 지고 말았다.

가게로 되돌아가기에 너무 멀리 와버렸고 차라리 집에 달려 들어가는 수밖에 없었다. 걸음이 빨라지더니 어느 순간부터 달리고 있었다. 돌멩이에 걸려 넘어질 뻔했지만 돌아보지 않고 집으로 뛰어들어 갔다.

문고리를 잡는 순간 누군가 뒤에서 입을 막았다.

정은 몸부림을 쳤지만 남자 손에 끌려 방 안으로 들어갔다. 다리를 덜덜 떨고 있던 정은 정신이 아득해지면서 휘청했다.

"조용히 하거라!"

낯익은 소리였다. 더 이상 완력을 쓰지 않는 남자는 얼굴을 드러냈다.

"헉!"

정은 숙부의 얼굴을 알아보고 얼어붙었다. 감시하며 배회하던 자가 숙부였던가. 바닥에 엎드려 울음을 터뜨렸다.

숙부는 정을 끌어안고 머리를 쓰다듬었다. 얼마나 보고 싶던 아이였나.

그날 시장에서 만나기로 한 시각에 정이 나타나지 않자 잠깐 허기를 채우기 위해 주사(酒肆-술집)에 들어갔다. 공교롭게도 거기에는 정찰꾼이 와 있었고 재수가 없었다. 품에 넣어둔 종이가 떨어졌는데 거기에는 왕경 지도와 글이 적혀 있었다. 종이를 낚아챈 정찰꾼이 달려들자 국밥을 끼얹으며 달아났다.

정찰꾼을 따돌리느라 왕경 밖 멀리까지 도망칠 수밖에 없었다. 며칠을 더 머물렀지만 상황이 나아지지 않아 하는 수 없이 사비성으로 먼저 돌아왔다. 자신과 함께 있으면 정이 더 위험할 것 같았다.

간신히 사비성에 돌아오자 맏형이 하옥됐다는 소식과 함께 집안이 풍비박산 났음을 알았다. 의자왕이 가장 총애하던 맏형이 간신들의 무고를 받고 갇혔다.

의자왕이 언제 자신마저 잡아들이라고 명령을 내릴지 몰라 사비성에서 벗어나 있을 수밖에 없었다.

요서의 백제 점령지에 머물고 있던 둘째 형도 본국으로 소환됐다. 계림과의 대야성 전투에서 혁혁한 공을 세우고 요서 지방까지 진출해 점령지를 넓히고 있던 둘째 형은 맏형이 하옥되고 자신마저 모함을 받자 화병을 얻어 세상을 떠났다.

왕경에 홀로 남겨진 정을 데려오고 싶었지만 무사하지 않을 것 같아 기회만 엿보고 있었다. 그러면서 사책을 쓰기 위해 모아둔 자료와 서책들을 안전한 곳으로 옮겨놓느라 또 한 번 시간이 흘러갔다.

자료를 옮기는 일이 마무리되자 굳은 결심을 하고 왕경으로 잠입했다. 목숨을 걸어야 하는 일이었지만 정을 데려와야 했다.

계림 정찰꾼에게 발각되지 않으려고 신경을 집중하면서 정의 주변을 살살이 살폈다. 글만 읽던 정이 갑자기 시장에서 장사를 시작한 경위도 석연치 않았고 가게는 김춘추의 총애를 받는 영명이 실제 주인이란 말을 들었다. 의문투성이였다.

"많이 달라졌구나."

숙부는 정의 눈물을 닦아주며 눈부시듯 바라보았다.

"이젠 돌아가는 건가요?"

"음……."

정에게 모든 걸 얘기하고 싶었지만 지금은 그럴 때가 아니었다.

"형님이 지금 위험한 처지에 빠졌다…… 네가 나서줘야겠다."

정은 뜻밖의 말을 듣고 가슴이 철렁했다.

"왜요? 무슨 일이 있나요?"

"왕경에서 계림의 동태를 살피고 정보를 알아낸 다음 돌아가자. 네 역할이 중요해."

숙부는 예전의 냉철한 표정으로 돌아가 있었다.

"영명이란 진골의 가게에서 일하고 있더구나."

"그건……."

"자세한 건 말할 필요 없고, 영명은 김춘추의 총애를 받고 있는 여자야. 야심이 이만저만한 사람이 아니라고 들었다. 영명에게서 중요한 정보를 빼 오너라. 계림 놈들이 언제 또 백제 국경을 넘어올지, 언제 당주에게 견당사를 보내 청병을 하는지 알아내야 한다. 그걸 듣고 돌아가면 우린 살아남을 수 있어."

"살아남다니요?"

"지금 백제는 모든 게 어려워. 네가 잘 해주면 형님의 명예도 회복할 수 있을 거다. 넌 더 이상 왕경에 있을 수 없어. 윤 장군의 딸이 왕경에

와 있다는 소문까지 돌고 있으니까."

"예? 그게 무슨 말이에요? 이곳 사람들이 저에 대해 알고 있다는 말인가요? 사비성에 무슨 일이 있는 거죠?"

정은 부들부들 떨며 소리쳤다. 숙부를 만났지만 그동안 쌓인 설움이 절망으로 덮쳐왔다.

역경(易經-주역)에서도 어려움이 극에 달하면 밝은 날이 온다고 했는데 어찌 내게는 어려움만 닥치는가.

아버지에게 자신의 이름이 왜 정(井)이냐고 물은 적이 있다.

'우물 정(井) 아니냐. 끝없이 샘솟는 물이다. 생명의 근원이지. 살고 있는 마을이 마음에 들지 않으면 다른 곳으로 갈 수 있지만 마을의 우물은 옮길 수가 없다고 했다. 우물 속 물은 길어도 길어도 다 없어지지 않지? 우물은 물을 길어내지 않아도 넘치지 않는다. 우물은 잃는 것도 얻는 것도 없다는 말이란다. 그 덕(德)이 항상하다는 것이지.

마을 사람뿐 아니라 오고가는 사람 모두 우물을 마시고 사용한단다. 이 말 역시 두루 쓰임을 덕으로 삼는다는 뜻이다. 너도 항상함(常)과 두루함(周)을 평생 가슴에 새기라고 지었다.'

정은 왕경에도 왕이 태어난 나정이 있는 걸 알고 신기했다. 박혁거세가 태어난 곳이었다.

정은 후에 역경을 배우면서 자신의 이름이 정괘(井卦)에 있음을 알고 여섯 효(爻-주역의 괘를 이루는 여섯 가지 획)의 뜻을 들춰보았다. 초 효(첫 번째 효)와 두 번째 효의 뜻은 도와주는 이가 없다는 말이어서 기분이 몹시 상했다. 아버지는 예쁜 이름을 놔두고 이런 이름을 지었을까 속상했다.

누구 하나 도와주는 사람이 없는 게 나의 운명일까.

숙부는 정의 머리카락을 쓸어주며 말했다.

"넌 할 수 있어. 누구보다 영특하고 용감하잖아. 어서 집에 돌아가자."

❖❖❖

아영이 오랜만에 진수를 발견하고는 뛰어들 듯 다가왔다.

"이거 어때? 어울려? 예뻐?"

아영은 귀고리와 목걸이를 걸면서 진수에게 줄기차게 물었다. 진수는 무덤덤하게 고개를 끄덕이는 둥 마는 둥했다. 백수(白首)와 만난 이후 우울하기 그지없었다. 그날 이후 주사에서 술을 들이켜는 일이 더 많아졌다. 그 때문에 아영은 가게에 들러도 진수를 못 만나는 날이 많았다. 어찌 된 일인지 정은 주사에 눌어붙어 있는 진수를 닦달하지 않고 내버려 두었다.

정은 진수에게 주먹밥을 주려고 가져왔지만 아영을 보자 얄미운 마음이 들었다. 아영은 얼굴이 통통한 데다 자신보다 배는 큰 가슴이며 엉덩이가 사내들의 눈길을 끌 만했다. 진한 분 화장을 해서인지 아영은 평소보다 성숙해 보였다.

아영은 처음에는 계집종이라도 데리고 오더니 이제는 혼자 나타났다. 가게에 진수 말고 정이 있을 때면 짜증스러운 표정이 역력했다.

석득이 들어서다 아영이 진수에게 알랑거리는 걸 보고 코에다 힘을 꽉 주었다. 석득의 옆에는 건들거리는 한 명이 따라붙었다. 석득은 가게 물건 여기저기에 손을 대거나 점잖지 않은 태도로 냄새를 킁킁거려 정의 신경을 건드렸다.

"오라버닌 또 왜 왔어?"

아영은 진수에게서 떨어지면서 짜증 섞인 콧소리를 냈다.

"집으로 돌아가."

석득은 아영에게 명령조로 말한 뒤 비단을 들어 정에게 흔들었다.

"이건 어디 비단이지?"

"왕경 공방에서 짠 어아주(魚牙紬-고급 비단)요. 장안에서 들여오는 비단보다 솜씨가 좋소."

정도 지지 않고 팽팽하게 대답했다.

"이런 비단은 백제에서도 짤 수 있느냐?"

정은 얼굴에 핏기가 가시며 몸이 뻣뻣해졌다.

"글쎄……."

정은 석득의 눈을 똑바로 쳐다보며 더 이상 밀리지 않으려고 했다.

"이름이 정이라고? 금란에 사람을 보냈는데 그런 이름의 계집은 없던데."

석득은 커다란 얼굴이 정과 맞닿을 만큼 바짝 다가섰다.

"오래전에 떠나 아는 사람이 없을 거요."

정은 쌀쌀하게 말하며 돌아서려 했다.

"왜 떠났지? 왕경엔 언제 온 거야?"

석득은 억센 손으로 정의 손목을 쥐며 쇳소리를 냈다.

"비단을 사러 왔소 수작을 하러 왔소?"

두 사람을 지켜보고 있던 진수가 다가갔다. 석득은 머리 하나가 더 붙어 있었지만 진수의 눈도 만만치 않았다. 석득은 양미간을 바짝 좁히며 이건 뭐야 하는 눈으로 노려보았다.

'이놈이 정의 집을 노리고 있던 놈일까?'

"뭐야?"

가게 안으로 들어서는 김유는 석득이 정의 손목을 비틀고 있는 걸 발견했다.

그제야 석득이 마지못해 정의 손목을 놓았다. 정은 손목이 벌겋다 못해 허옇게 됐다.

"어머 그만해요."

아영은 그제야 세 사람을 뜯어말리는 척 나섰다.

김유와 인연을 맺을지 모르는데 나쁜 인상을 줄 필요는 없다. 고구려 노비에게 끌리지만 가문끼리의 혼사는 다른 문제였다. 어차피 진골끼리 맺어져야 하는데 배필로 봐서 김유는 상등감이었다.

아영은 김유가 정이란 계집아이를 위해 나서는 모습이 달갑지 않았다. 영명부인이 하는 가게이지만 왠지 기분이 좋지 않았다. 설마 저런 천한 계집을 마음에 두는 건 아니겠지? 내가 고구려 녀석에게 마음을 주니까 일부러 정이란 계집에게 관심을 보이는 걸까?

아영은 갑자기 조신한 규수가 되어 석득과 따라온 한 명을 억지로 몰고 나갔다.

진수와 맞닥뜨린 김유는 눈꺼풀이 파르르 떨렸다.

저놈이 격구대회에서 쇠뇌를 날린 게 틀림없다. 노련한 자가 아니면 쇠뇌를 그렇게 날릴 수 없다.

고구려군을 이기고 군영에서 자축을 하고 있을 때 끌려 들어왔던 자가 이놈이 아니던가. 이놈은 왜 혼자 생포돼 잡혀 왔을까.

진수의 짓이 분명하다고 확신했지만 어머니의 명을 거역할 수는 없었다. 진수와 만나지 않으려고 피했지만 지금 이 순간은 참기 힘들었다. 목을 부러뜨리고 말 것 같았다.

진수는 김유의 눈을 피하지 않았다.

"와기전에 가서 새로 나온 물건 없나 보고 와 어서!"

정은 손목을 어루만지며 진수를 바깥으로 보냈다. 둘이 죽기 살기로 치고받을 경우 모든 게 물거품이 될 수 있었다.

더 이상 상황을 시끄럽게 만들어선 안 됐다. 숙부와 석득은 자신을 감시하고 있었다. 정은 석득 때문에 아직도 가슴이 뛰고 있었지만 김유와 진수를 떼어놓아야 했다.

백제의 공격

"아이구 아이구 큰일 났네 어쩌면 좋아!"

계집종이 치마를 팔락거리며 뛰어들어 왔다. 바깥의 찬 공기가 훅하고 따라 들어왔다. 며칠째 살을 에는 추위가 계속됐고 몇 겹을 껴입었는데도 견디기 힘들었다. 돌을 불에 달군 뒤 베로 둘둘 말고 품고 있어야 겨우 한기를 없앨 수 있었다.

"왜 그래?"

정은 먼지를 일으키는 계집종에게 눈을 흘겼다.

"백제 놈들이 쳐들어와 난리가 났대."

"뭐?"

"백제 놈보다 계림 사람들이 더 많이 죽었다잖아."

계집종은 주위를 살피더니 목소리를 낮췄다.

"영명부인 집에 갔다 종놈들이 수군대는 걸 들었어. 아직 사람들은 모르지? 아이구 무서워! 왕경까지 쳐들어오면 어째!"

계집종은 호들갑을 떨더니 사라져버렸다.

오후에는 말을 급하게 몰며 대궁 쪽으로 달려가는 전령의 모습이 보였다.

며칠 뒤에는 처참하게 찢기고 부러진 계림군이 수레에 실려 들어왔다.

그날 밤 한동안 나타나지 않던 숙부가 찾아왔다.

"백제군이 놈들을 혼내준 걸 아느냐?"

"예."

이제 정은 자신이 할 수 없는 일을 종용하는 숙부가 무섭고 싫었다.

"김춘추가 당에 견당사를 보내 도와달라고 할 것이야. 견당사가 언제 떠나는지 내용이 뭔지 알아내야 한다. 이번엔 꼭 해내야 해. 내 말 듣고 있느냐!"

"못하겠어요!"

정은 숙부의 눈을 보며 똑똑히 말했다. 목소리는 가여울 정도로 떨리고 있었다.

"영명부인도 호락호락한 사람이 아니고, 전 이미 백제 사람으로 지목받고 있다구요. 발각되면 살아남지 못해요."

"언제까지 왕경에서 살 수 있을 것 같으냐? 어리석은 것. 네 손에 우리 집안의 명줄이 달려 있다 하지 않았느냐! 넌 어릴 때부터 영특했어. 잘 해낼 수 있어. 나를 믿어라."

숙부를 믿으라는 말에 정은 몸서리를 쳤다. 믿었던 숙부를 따라 국경을 넘었다 지옥 같은 나날을 살고 있었다. 지금도 도저히 할 수 없는 일을 시키면서 자신을 믿으라고 하다니. 숙부가 나타나지 않았으면 하는 마음이 강해졌다. 자신을 키워준 숙부였지만 지금은 자신을 망가뜨리고 있었다.

새벽녘까지 술을 마시며 머물러 있던 숙부가 빠져나갔다.

정은 한숨도 자지 못하다 혼자가 된 뒤에야 겨우 눈을 붙였다.

꿈자리는 불쾌하고 기괴했다.

왕경 호수에 밤이 깊었다. 바람이 대숲을 흔들고 누군가 끊임없이 속삭이는 것 같았다. 군데군데 켜놓은 관솔불이 정교한 누각을 비추었고, 물에 비치는 모습은 환상적이었다. 물에 비치는 누각이 실제보다 더 선명하고 몽환적이라 뛰어들고 싶었다.

어느새 사람이 속삭이는 듯한 대숲 속을 거닐고 있었다.

걸어오는 사람은 진수였다. 환하게 웃는 진수는 흰 비단옷을 입고 있었는데 왕경 어느 귀공자보다 늠름하고 매력적이었다.

진수와 대숲으로 들어간 정은 강렬한 마음을 억눌렀다. 진수는 알고 있다는 듯 입을 맞추었고 천천히 견고하게 안아주었다.

어느 순간 진수는 다른 사람으로 변했고 소스라치게 놀라 깼다.

잠에서 깬 정은 한동안 멍하니 천장만 바라보았다.

'언제까지 왕경에서 살 수 있을 것 같으냐? 네 손에 우리 집안의 명줄이 달려 있다 하지 않았느냐!'

정신을 차리고 몸을 정성 들여 씻었다.

가게에 새로 들어온 머리장식을 비단 주머니에 넣어 영명부인의 금입택으로 향했다.

시종들은 몇 번 들르던 정을 의심하지 않고 내버려두었고 그 덕에 무사히 영명부인의 내실에까지 다가갈 수 있었다. 여자와 남자 신이 나란히 있는 걸 보니 누군가 와 있는 게 틀림없다. 영명부인과 남자 목소리가 뒤섞여 들렸다. 간간이 백제 놈과 대국, 4월이란 말이 들렸다.

좀 더 가까이 귀를 대느라 몸을 기울이는 순간 누군가 목덜미를 움켜쥐었다.

눈에 불을 켠 김유였다.

"여기서 뭐 하는 거지?"

김유는 사정없이 정의 목덜미를 틀어쥐고 끌어냈다. 비단 주머니가 함께 내동댕이쳐졌다. 정은 머릿속이 하얗게 변했다.

"또 뭘 하고 있었어?"

고함 소리에 방에서 나온 영명부인은 엎어진 정을 보고 눈이 커졌다.

"무슨 일이냐?"

"이 계집이 방을 엿듣고 있었어요."

"뭐라?"

"수상하다 여겼는데 백제 첩자가 틀림없어요."

김유는 정이 입을 열지 않자 패검을 빼들었다.

백제가 계림의 성을 쳐부수는 바람에 친구가 목숨을 잃었다. 백제의 칼끝이 언제 자신과 왕경민을 겨눌지 몰랐다. 백제왕은 피에 굶주린 폭군이다. 왕경에 들이닥쳐 사람들을 죽이고 모든 것을 약탈할 것이란 흉흉한 소문이 돌았다.

김유는 정을 백제 계집이라 의심해왔지만 어머니의 방을 엿듣는 걸 보자 눈이 뒤집혔다.

시퍼런 칼날은 혀를 날름거리는 뱀처럼 보였다. 이전에 보던 김유가 아니었다. 계림의 무사(武士)일 뿐이었다.

"유아!"

영명부인은 아들을 향해 신음에 가까운 소리를 냈다.

"난 그저……."

정은 턱이 떨려 제대로 말을 이을 수가 없었다. 영명부인을 쳐다보았지만 이미 싸늘해져 있었다.

이때 진수가 내실에 들어섰다. 진수는 정에게 칼을 들고 내리누르는 김유, 싸늘한 얼굴의 영명부인을 보며 해괴한 상황을 이해하려 안간힘을 썼다. 정의 목에 칼을 겨누고 있는 김유를 보자 온몸의 털이 곤두섰다. 정의 하얗게 질린 얼굴을 보자 살기가 솟구쳤다. 댓돌을 들어 김유를 내리찍고 싶었다.

"넌 또 뭐야! 너희들 한패야?"

김유는 느닷없이 나타난 진수를 보자 분노가 끓었다.

정이 백제 계집이라면 고구려 패졸인 녀석과 한패임에 틀림없다. 지금까지 어머니와 난 저 계집과 고구려 놈에게 놀아난 건가. 김유의 손과 다리가 분노로 떨렸다.

진수는 어제 비단신을 갖고 들라는 영명부인의 부름을 받았지만 께름칙한 생각이 들어 하루를 넘겼다. 느낌이 이상해 비단신을 갖고 오긴 했는데 해괴한 장면을 목격한 것이다.

침착해야 해. 내 혀끝에 정의 목숨이 달려 있다.

바닥에 내팽개쳐진 비단 주머니가 눈에 띄었다.

"정에게 물건을 잘못 들려 보내서 뛰어왔습니다. 대부인께서 비단신을 가져오라 하셨는데 깜빡 잊고 다른 걸 줘 보냈거든요. 여기 비단신 가져왔습니다."

영명부인은 어제 진수를 불러보고 싶은 생각에 비단신을 갖고 들라 했다.

김유는 어머니에게 사실이냐는 눈짓을 보냈고 영명부인은 고개를 까딱했다. 아들에게 속내를 들킨 것 같아 불편했다.

김유가 아직 칼을 들이대고 있었지만 진수는 정을 일으켜 세웠다.

"다 물러가거라. 손님도 와 계신데 소란스럽구나."

영명부인은 안색을 고쳐 지으며 차갑게 말했다.

고구려 놈에 대해 경계심이 들었지만 김유도 지나치다고 생각했다. 가뜩이나 나라가 뒤숭숭한데 괜한 일로 말려들어선 안 된다. 정이 첩자 노릇을 하러 온 백제 계집이라 해도 지금 상황에서 알려져 좋을 게 없다. 그동안 정이 특별히 의심 살 만한 일을 한 것도 아니었다.

그건 고구려 놈 역시 마찬가지 아닌가. 긁어 부스럼 만들 필요가 없다.

김유는 정을 족치고 싶었지만 어머니의 명령에 따를 수밖에 없었다.

백제 년이 틀림없다는 심정만 굳어졌다. 진수란 놈은 언제 자신의 등에 칼을 꽂을지 몰랐다.

저놈을 내 손으로 반드시 죽이고 말리라.

김유는 패검을 다시 꽂으며 속으로 되뇌었다.

❖❖❖

영명부인은 아들이 숙위(宿衛)로 뽑히자 흥분을 감추지 못했다.

백제에 성을 뺏겨 나라 전체가 우울하지만 않아도 큰 잔치를 벌였을 것이다.

어머니와 달리 김유는 숙위로서 견당사에 합류한다는 소식을 듣자 심경이 복잡해졌다.

숙위는 왕자(王子)나 진골 자제들이 뽑히는 자리로, 대국의 황제를 호위하는 일이었다. 계림은 큰일을 앞두고 대국과의 관계를 돈독히 하는 일에 만전을 기하고 있었다.

장안에 가면 대국과 서역의 문물까지 한눈에 보고 배워 올 수 있었다. 귀족 자제들인 유학생과 유학승이 장안으로 가기 위해 얼마나 줄을 서고 있는가.

한편으로는 얼마나 오래 장안에 머물러야 할지 기약할 수 없었다. 황제의 허락이 있어야 돌아올 수 있었고 말이 좋아 숙위지, 볼모와 다를 게 없었다.

만약 대국과 계림의 사이가 냉각된다면 숙위들은 어떤 해를 당할지 몰랐다. 언제든지 처형당하거나 영원히 돌아오지 못할 수도 있다.

김유의 머리를 내리누르는 것은 어머니의 이해 못 할 명령이었다.

정과 진수를 장안으로 데려갈 수 있게 궁리해보란 말은 충격이었다. 백제 계집을 데려간다는 게 말이나 되는가. 견당사 일행에 여자가 낀다는 말은 들어보지 못했다. 진수란 놈은 고구려 놈으로 자신을 향해 칼을 겨누고 있는 놈이 아닌가.

숙위에서 돌아오는 대로 가례를 올리라는 말도 심란하게 만들었다.

"이찬 쪽에서 정혼을 하고 싶다는구나."

영명부인은 김유의 표정이 어두워지는 걸 보고 이유를 생각하려 애썼다.

"이찬의 딸이 방정하진 않지만 그만한 자리도 없다."

김유는 어머니의 말에 미간을 찌푸리며 대답하지 않았다.

어머니의 말이라면 자다가도 일어나는 김유였지만 배필을 정하는 문제는 달랐다.

김유는 아영을 볼 때마다 짜증이 났다. 다들 예쁘다고 하는데 눈에 색기가 가득하고 진수에게 추파를 던지는 모습은 가관이었다. 혼담이 조심스레 나오는 중에서도 치근대는 모습이 가증스러웠다.

아영은 김유의 차가운 눈에서 어떤 생각을 하고 있는지 짐작했다. 아무리 아버지가 김유의 이름을 들먹이며 사위를 삼겠다고 했지만 무슨 이유인지 사내로서 끌리지 않았다. 멋있기는 하지만 자기 몫은 아니었다.

사내로서 끌리는 건 진수였다. 고구려 노비를 좋아하는 자신을 이해할 수 없지만 몸이 반응하는 걸 어쩌나 싶었다.

김유는 장안으로 떠나기 전 정과 진수의 정체를 알아내겠다고 다짐했다. 어머니의 방을 엿듣던 정의 모습이 떠나질 않았고 군영에 뒤늦게 잡혀 왔던 진수의 정체도 수상했다.

김유는 가게에서 향통을 두고 머리를 맞대고 있는 정과 진수를 발견했다. 한 번도 웃지 않던 진수가 정과 이야기를 나누며 웃고 있었다.

진수는 김유를 보자 돌처럼 굳어졌다. 정은 칼을 들이대던 김유가 떠올라 괴로웠다.

한 가지 다행한 일은 영명부인이 별다른 내색을 하지 않고 전처럼 대하고 있다는 점이다.

낭승 혜각도 때마침 가게에 들어왔다.

"여기 계셨네요. 허허."

혜각은 김유를 보고 반색을 했다.

"이 가게가 장안에서 오는 물건 중 가장 좋은 것만 갖다놓는다고 들었어요. 불구(佛具)도 있을까 해서 와봤습니다."

"아직 불구는 들여온 게 없습니다."

얼굴이 허옇게 질린 정이 정신을 차리며 대답했다. 혜각을 만나서인지 불을 뿜던 김유의 눈이 다소 누그러졌다.

"앞으로 불사(佛事)는 더 늘어날 텐데 불구가 턱없이 부족하겠어요. 참당 조정에서 견당사가 가져가는 조공품에 산삼을 요구했다고 하더군요. 산삼을 구하느라 난리가 났다고 합니다."

"산삼이요?"

"산삼이 죽어가는 사람도 살린다는 소문을 들었나 봅니다. 거 참."

"전 몰랐습니다."

"구하긴 구한 모양입니다. 더 이상 난리가 아닌 걸 보니. 하마터면 산삼 때문에 견당사 일정이 늦춰질 뻔하지 않았습니까. 요구하는 조공품을 못 구하면 난리가 납니다. 아 이번에 장안에 가게 되면 불구를 사 가지고 와야겠습니다."

"장안에 가신다구요?"

김유는 깜짝 놀라 되물었다.

"아 참 견당사 일행과 함께 가게 됐어요. 부처님의 도움으로 대궁의 허락을 받았죠. 저도 장안에 가서 공부 좀 하려고요 허허. 진작 말한다는 게 늦었습니다. 낭승(郎僧)은 다른 이를 천거하겠습니다."

"그 일은 저하고 좀 더 얘기하셔야겠습니다."

김유는 혜각과 함께 가게를 나가며 정을 돌아보았다. 정은 갑자기 마음이 가벼워졌다. 대단한 걸 발견한 표정이었다.

'불구라…… 그래!'

정의 얼굴이 환하게 밝아졌다.

❖❖❖

정은 진수와 함께 이른 아침 영명부인의 금입택을 찾았다.

영명부인은 정과 진수가 불쑥 나타나자 김유를 불러들였다.

아직 단장을 마치지 못한 영명부인은 불쾌한 빛이 역력했다. 분 화장을 안 했지만 영명부인의 백옥 같은 피부는 빛나고 있었다.

비단옷에 검은 띠를 두른 김유의 건장한 몸매가 두드러져 보였다.

"여긴 오고 싶다고 함부로 드나드는 곳이 아니다."

영명부인은 정과 함께 앉은 진수를 번갈아 쳐다보며 미간을 찌푸렸다. 진수는 과연 왕경 귀공녀들을 설레게 할 만했다.

김유에게 알려지지만 않았어도 진수를 불러들였을 텐데. 영명부인은 아들의 숙위 행을 앞두고 자제하기로 마음먹었다. 이번 견당사의 임무가 그 어느 때보다 막중함을 잘 알고 있는 영명부인이었기에 참기로 한 것이다. 숙위 행을 앞두고 심란해하는 아들을 보면서 더 이상 자극하지 말자고 다짐했다. 계림의 상황이 심각했고 견당사의 임무 또한 절체절명이었다.

"송구합니다. 다만 김유 공이 장안으로 갈 날이 다가오는데 말씀드린 일이 어찌 되었는지 궁금하여 찾아뵈었습니다."

"뭘 말이냐."

"저도 장안에 가야 한다고 말씀드렸지요."

영명부인과 김유의 얼굴에는 어이없다는 표정이 드러났다. 김유는 정의 뻔뻔한 얼굴을 보며 제정신인가 싶었다. 어머니만 아니라면 당장 끌어냈을지 모른다.

"불가하다고!"

김유는 최대한 화를 자제하며 말했다.

영명부인은 미련이 남아 정의 얼굴을 쳐다보았다.

저 아이가 진정 백제의 첩자일까? 백제 첩자가 장안은 왜 가려는 걸까.

218

장안과의 직거래를 뚫는 일만큼은 포기하기 어려웠다. 그 일만 성사
된다면 지금과는 비교할 수 없는 재화를 벌 수 있고 할 수 있는 일이 얼
마든지 펼쳐질 터였다.

계림이 대국과 손잡고 싸움을 벌여도 앞으로 얼마나 막대한 재화가
필요할지 뻔했다. 대왕은 자신을 적극 지지하는 귀족들에게 도움을 청
할 것이고 그때 한껏 도울 수 있어야 했다.

영명부인은 김유에게 진수를 시종으로서 데려가라고 일러두었다.

고구려 놈을 같은 배에 태우고 간다는 사실에 김유는 어처구니가 없
었다.

마치 칼을 앞에다 세워놓고 조는 것 같은 형국이었다. 그러나 이번 견
당사에 들어가는 자금의 상당 부분을 어머니가 댄 것으로 알고 있는 김
유로선 더 이상 말할 순 없었다. 그 때문에 자신이 숙위로 뽑히고 혜각
법사와 고구려 놈이 함께 탈 수 있는지 모른다.

용흔 형이 어머니를 뱀같이 독하고 차가운 사람이라고 말한 심정을
알 것 같았다.

정은 예상은 하고 있었지만 김유의 말을 듣자 얼굴에 핏기가 없어졌
다. 너울로 가린 얼굴은 파리했지만 잠시 후 눈빛은 단호해졌다.

왕경은 더 이상 몸을 숨길 수 있는 곳이 아니다. 언제 어느 놈의 칼에
베이거나 쥐도 새도 모르게 죽을 것이다. 그보다 숙부를 피해 멀리 달
아나고 싶었다.

천하의 충신과 명장을 내친 나라가 백제 아닌가. 이제는 백제와 사비
성, 그곳에서 기다리는 사람들을 잊고 싶었다.

왕경에서 비참하게 죽느니 가보고 싶던 장안과 서역 땅을 밟아보고
죽기로 했다. 천운이 닿아 죽지 않고 목숨을 부지한다면 곧 만개할 상

인들의 세상에서 꿈을 펼쳐보리라.

삼국이 하나가 돼 평화가 찾아온다면 상업이 흥할 수밖에 없다. 먼저 활로를 뚫는 자가 그 과실을 차지할 것이다. 사람의 앞날을 누가 알 수 있을까. 내가 이렇게 왕경까지 오게 될 줄 누가 알았을까.

"비싼 너울을 함부로 쓰고 다니면 어쩌느냐? 너울은 팔라고 갖다놓은 것이지 네까짓 게 쓰라고 둔 것이 아니다."

영명부인은 핼쑥해진 정의 얼굴을 싸늘하게 바라보면서 머리에 쓰고 온 비단 너울을 아까워했다.

이때 정이 너울을 스스로 벗었고 영명부인은 경악해 소리쳤다. 김유와 진수도 놀라 입을 다물지 못했다.

"이 이게 무슨 일이냐!"

정은 탐스럽던 머리를 깎아 마치 비구니 같은 모습으로 변해 있었다. 머리를 가리기 위해 너울을 쓰고 있었던 것이다.

"절 청익승(請益僧-단기 유학승)의 신분으로 장안에 보내주십시오."

정은 비장한 표정으로 또박또박 말했다. 칼끝이 목을 찔러도 흔들리지 않을 기세였다.

가슴이 철렁하고 내려앉은 영명부인은 저런 몰골이면 가게에 둘 수도 없다고 생각했다. 내쫓을까? 저 정도로 독한 년이면 장안에 가서도 뭔가 성사를 시킬 것 같기는 했다.

"독한 년! 하는 수 없다. 비구니 행세를 하고서라도 장안에 가겠다고? 오늘 대궁에 들어갔다 오마."

4부

단군은 조선 고대사의 수수께끼를 해결할 수 있는 유일한 관건이요,
이는 극동 문화의 옛 모습을 조망할 수 있는 지극히 중요한
동양학의 초석이라고 생각한다.
– 육당 최남선 《불함문화론》

▲ 통일신라 금동주악상

장안(長安)

견당사 일행은 대왕(김춘추)과 대신들이 지켜보는 가운데 장안으로 향하는 길에 올랐다.

백제의 급습으로 독산성(獨山城-성주)과 동잠성(桐岑城-구미)을 뺏긴 이후 대왕은 장안으로 가는 견당사에 거는 기대가 어느 때보다 크고 절박했다.

김유는 견당사를 이끄는 대사의 얼굴에서 착잡한 심정을 읽었고, 자신의 마음도 거선(巨船)의 닻처럼 무거웠다.

바다에서 순풍을 맞으면 앞으로 잘 나아가지만 자칫 풍랑을 만나면 좌초할 수도 있다. 그것이 계림의 운명을 가름할 것이다.

바다를 샅샅이 뒤지다시피 하며 적국의 동태를 감시하는 고구려 수군(水軍)도 잘 피해야 했다.

당이 계림의 청을 받아들여 원병을 보낸다면 백제와 운명을 건 대결을 벌여야 한다. 계림과 당이 양면에서 공격한다면 백제를 무너뜨리는 일은 시간문제다. 그러나 고구려가 백제를 돕기 위해 나서거나 왜국이 백제의 요청으로 뛰어든다면 전쟁은 어떤 양상으로 전개될지 모른다. 왕경도 철저하게 파괴되고 유린될 수 있다.

김유는 계림의 앞날을 생각하자 온몸에 힘이 들어가고 땀이 배었다. 무사히 임무를 마칠 수 있을지, 살아 돌아갈 수 있을지 몰랐다.

견당사 일행에 끼여 있던 정은 배에 타지 못할까 두려워 서둘러 올랐다.

끼룩거리는 갈매기 소리를 듣고서야 옷고름을 쥐어뜯던 손을 풀었다. 그을린 선부들의 활기찬 몸짓을 보니 힘이 났다.

태양이 저렇게 아름다웠던가.

정은 선부들처럼 구릿빛이 되고 싶어 빛을 향해 얼굴을 내밀었다.

왜 그 좁은 왕경, 그 작은 가게에서 진작 벗어나지 못했는지 의아했다.

사비성에 대한 끝없는 갈등으로 마음이 무너져 내리고 있었다.

바다는 가물가물하고 하늘은 거리낄 것이 없었다.

갑판에 있던 진수와 김유는 혼자 서 있는 정을 발견했다. 굴레를 쓰고 있던 망아지가 들판에 풀려난 것처럼 바람을 온몸으로 맞고 있었다. 날개라도 있으면 날아오를 것 같았다.

진수는 정의 얼굴이 지금처럼 환하게 피어난 것을 보지 못했다. 눈에 띄는 미모였지만 웃는 얼굴은 흔들렀다. 귀공녀들은 진수를 보면 부풀어 오르는 마음을 숨기지 않았지만 정은 자신이 꿀을 품은 아름다운 꽃인 줄도 모르고 있었다.

태양 아래에 선 정의 크고 맑은 눈이 터져 오르는 환희를 말하고 있었다. 왕경에서도 홀로 빛이 났는데 오늘은 태양빛을 반사하는 금강석이었다. 정이 활짝 웃자 깊이 있는 눈과 매력적인 입이 가슴을 뛰게 만들었다.

진수는 정을 곁에서 지켜볼 수 있어 다행이라고 생각했다. 왕경에 남겨진다면 영명부인이나 석득, 집을 감시하던 놈들이 어떤 일을 저지를지 알 수 없었다.

대사와 얘기를 나누던 김유는 어머니 방을 엿듣던 정의 모습이 떠올라 가증스러웠다. 자신의 목을 노리고 있는 고구려 놈과 눈이 맞은 계집이었다.

오늘은 처음 자유를 맛본 갈매기처럼 보이는 정에게 자꾸 눈길이 갔다. 처음 본 것 같은 낯설음이었다. 계림과 백제가 서로 으르렁거리고 있지만 정은 백제라는 옷을 입고 있을 뿐이다.

단순히 호기심에서 어머니 방을 기웃거리고 있었는지 모른다.

견당사 일행은 거대한 본선으로 갈아탄 뒤 바람이 불기를 기다려 큰 바다로 나아갈 수 있었다.

큰 바다로 나아가자 모든 게 순조로워 보였다.

시름을 내려놓고 바닷바람을 쐬고 있는 정에게 혜각이 다가왔다.

혜각은 영명부인의 부탁으로 정을 청익승(請益僧-단기 유학승)이라며 태웠지만 마음이 놓이질 않았다.

대사와 부사는 영명부인의 입김이 들어갔는지, 원래 구법승에 대해서는 왈가왈부하지 않는지 정에 대해 캐묻지 않았다. 납의(衲衣-승려들이 입는 가사)를 입고 비구니라 하니 선부(船夫)들도 정의 존재를 크게 신경 쓰지 않았다. 다만 누구라도 시비를 걸까 봐 진수가 주위를 돌며 경계를 하고 있었다.

정은 비구니라 칭하면서 김유에게 크게 매이지 않자 홀가분하고 통쾌했다. 김유도 정을 왕경에서처럼 함부로 대하지 못했다.

다만 김유를 따라온 무리굴만이 정에 대한 차가운 눈을 풀지 않았다. 무리굴은 영명부인의 명을 받고 김유를 호위하기 위한 시종으로 따라

왔다. 영명부인은 김유뿐 아니라 정과 고구려 노비를 잘 지켜보라는 명도 내렸다. 영명부인이 진수를 장안으로 보낸 데에는 혹시나 김유가 정에게 마음을 뺏길까 하는 노파심도 있었다.

신이 난 정은 바다를 물릴 때까지 보고 온몸을 바람으로 채우려는 듯 공기를 깊이 들이마셨다. 강렬한 태양 아래서 자신도 강해지는 것 같았고 튀어 오르는 파도의 포말을 삼키며 즐겼다.

"왕경에서 장안까지 석 달은 족히 걸릴 테니 맘 단단히 먹거라."

혜각은 마냥 즐거워하는 정을 보며 일러두었다.

공교롭게도 다음 날 치풍(痴風)이 불어닥쳤다.

미치광이처럼 불어대는 바람 때문에 사방을 분간할 수 없었다. 하늘빛은 순식간에 어두워져 낮인지 밤인지 알 수 없었고 배에 탄 사람들은 기둥을 붙잡고 벌벌 떨었다. 성난 파도와 거센 비바람이 서로 다투듯 불어댔고, 배는 파도 위를 뛰는 듯 위태로웠다.

"누가 빠졌다!"

진수는 고함 소리에 본능적으로 정을 찾았다. 아까부터 겁도 없이 갑판에 나와 있었는데 눈에서 사라졌다. 비바람이 사정없이 몰아쳤고 흔들리는 배는 제대로 서 있기조차 힘들었다.

파도는 마귀같이 날뛰었다.

정은 잠깐 물 위로 올라 두 팔을 퍼덕이다 사라졌다. 오래된 선부들도 겁을 먹어 물에 뛰어들지 못했다.

그건 정이었어.

섬광처럼 기억이 떠올랐다. 마목장에서 나오던 바다에 빠져 정신을 잃었을 때 자신을 어루만져준 사람이 정이었다. 그 손길은 죽고 싶은 진수의 마음을 되돌릴 만큼 따뜻했다.

226

정이었다는 걸 잊고 있었을까. 정은 자신의 몸을 따뜻한 손으로 문지르며 살아나기를 빌었다.

그 손길이 아니었다면 살 수 없었다.

진수는 바닷속으로 몸을 날렸다.

물속으로 가라앉았다 솟아오르기를 반복하던 정은 정신을 잃었는지 보이질 않았다. 우주를 덮을 것 같은 바다에서 어떻게 버틸지 아득했지만 정을 구하고 싶었다. 두려움도 사라졌다.

"제발……."

진수는 정의 목을 간신히 붙잡는 순간 울부짖었다.

배를 향해 헤엄쳤지만 앞으로 나아가지 못했다. 바람과 파도는 진수가 배에 오르는 걸 허락하지 않았다. 진수의 몸에도 힘이 빠져나가고 있었고 정은 정신을 잃었다.

"두 사람을 구하시오!"

경을 외우고 있던 혜각이 부르짖었고 주저하던 선부 서너 명이 밧줄을 몸에 묶고 뛰어들었다.

차가운 눈빛으로 지켜보던 김유는 진수와 정이 배에 끌어올려지는 걸 확인하고 사라졌다.

혜각은 다음 날까지 경을 외우며 바다가 평온해지기를 간구했고, 선부들도 두려워 떨며 기도를 올렸다.

며칠 뒤 바다는 언제 그랬냐는 듯 얌전하게 흔들리며 노래를 부르는 듯했다. 진수와 정을 삼킬 뻔한 풍랑은 거짓말 같고 꿈같기도 했다.

한숨 돌린 선부들은 해동(海動)을 만나지 않은 것이 다행이라고 말했다. 해동은 바다에서부터 끓어오르는 것이 지옥불로 바닷물을 끓이는 것과 같았다. 오래된 선부들일지라도 해동을 만나면 눈 감고 죽음을 각

오했다.

정은 며칠 동안 사경을 헤매었다.

밤에는 열이 너무 올라 입고 있는 옷을 훌훌 벗어던지고 바깥으로 나가 찬바람을 쐬고 싶었다.

붉은 태양과 푸른 하늘을 이고 있던 바다는 그토록 빛나고 정다웠는데 어느 순간 사나워지자 공포를 안겨주었다. 죽음을 피할 곳은 어디에도 없는 것인가.

냉정해 보이는 달이 흑수정 같은 바다를 내려다보았다. 땀과 바닷물로 꾸덕해진 납의를 벗어던지고 바닷속으로 뛰어들고 싶었다.

정은 살며시 눈을 감았다. 흰 눈보다 차가운 바다가 온몸을 애무하듯 감싸 안았다. 바닷속은 온통 칠흑이지만 길고 날카로운 달빛이 찌르듯 들어오고 있었다.

정수리부터 눈과 코, 가슴과 정강이까지 시리도록 차가웠지만 자유로웠다. 길고 검은 머리카락은 물속에서 연기처럼 피어오르다 흩어지며 난무(亂舞)했다. 바다거북이가 슬쩍 옆구리를 스쳐 지나가고 물고기 떼들이 쏜살같이 몰려왔다 눈 깜짝할 사이에 사라져버린다. 어깨와 등을 어루만지는 달빛이 들어오지 못하는 더 깊은 곳으로 가야지.

정이 갑갑함을 참지 못하고 벌떡 일어날 때마다 진수가 잡아 누여주었다. 열이 오를 대로 올라 제정신이 아니었다. 정은 뛰쳐나가 선부들과 이야기라도 나누고 싶었고 바람을 맞아야 했다.

혜각은 열이 올라 위험해진 정을 위해 경을 외웠다.

진수는 꼼짝 않고 앉아 정을 닦아주고 마른 잎처럼 갈라진 입술을 축여주었다.

며칠 뒤 혜각이 정성스레 끓여온 죽을 흘려 넣었더니 열이 내리기 시작했다.

정이 정신을 차리고 눈을 떴을 때 주변은 어두웠고 누군가 옆에 쓰러져 잠들어 있었다.

들여다보니 진수였다.

정은 참을 수 없는 갈증과 답답함을 이기지 못하고 갑판으로 기어올라 왔다. 찬바람을 쐬는 순간 핑 돌아 휘청했다.

"몸도 성치 않은데 왜 나왔어!"

진수는 정이 보이지 않자 허둥지둥 찾으러 나왔다 소리를 질렀다.

금빛가루를 뒤집어쓴 바다는 어두우면서도 찬란했다. 바람도 잦아들고 달빛에 눌려버린 별들이 소리 죽여 반짝이고 있었다.

바다는 적요했다.

❖❖❖

견당사 일행은 마침내 등주에 내려 현청(縣廳)에서 과소(過所-통행증)를 받아 여행을 이어갔다.

현청에서는 견당사 일행에 대해 지나칠 정도로 꼼꼼하게 확인한 뒤 과소를 내주었다. 견당사 일행은 누구누구이며 몇 척의 배에 누가 타고 있는지, 조공품은 말할 것도 없이 가져온 모든 물품의 종류와 개수까지 소상하게 조사해 기록했다.

떠나도 좋다는 허락이 떨어질 때까지 하염없이 기다려야 했다. 일행 중 한 명이 정해진 숙소를 슬그머니 이탈해 돌아다니자 곧바로 잡혀 문책을 당했다.

장안행이 처음이 아닌 부사는 일행에게 꼬투리 잡힐 행동을 하지 말라고 단단히 일렀다. 부사는 머리가 희끗하고 눈 밑이 처져 피곤해 보였다.

"대당(당나라)은 엄청나게 상업(商業)을 장려하는 나라야. 태종(이세민) 시절부터 서역과 하루라도 빠르게 교역을 하기 위해 참천가한도(參天可汗道)라는 속도(速道)까지 만들었어. 가한이란 말은 하늘의 아들을 칭하는 지배자인데, 천가한은 태종을 우러르며 붙인 이름이지. 역참을 세워 오고가는 자들에게 말과 술, 고기를 대주고 있는데 역참마다 수백 마리의 말과 노새가 준비돼 있지. 대당 전체로 보면 역참이 1600곳이 넘는다고 하니 따져보면 30리마다 역참을 하나씩 세운 거야. 대단한 놈들이지."

참천가한도를 자세히 살펴보니 세 갈래 길이 나 있는데 가운데는 관이 사용하는 관도(官道)이며 양쪽은 상도(商道)로 사용되고 있었다. 이렇게 상업에 관심이 높은 나라인 만큼 국외자가 허가 없이 물건을 사고파는 것을 엄격하게 금지하고 있었다. 물건을 살 때는 시권(市券)과 보증인의 서명이 있어야 가능했다.

당에 대해 약간 빈정거리듯 말하는 부사는 고대거(高臺車)라는 수레도 볼 수 있을 거라 말했다. 고대거는 바퀴를 크게 만들어 진흙에 빠지거나 사막을 이동할 때 모래에 묻히지 않게 만든 수레였다. 말 네 마리가 끄는 고대거 위에는 마(麻)로 만든 포나 장막을 둘러 낮에는 뜨거운 햇볕을 피하고 밤에는 수레 안에서 잘 수 있게 만들었다.

해주에서는 폭이 20자에 달하는 운하가 끝도 없이 이어졌다. 수나라 때 만들어진 운하로, 물소들이 2~3척씩 묶어 일렬로 길게 세운 배를 끌었다. 어림잡아 세어보니 길게 세운 배들이 모두 40여 척에 이르렀다. 운하에선 물소가 가장 빠른 수단이라고 말했다.

소금을 잔뜩 실은 전매국의 배는 운하에 끝도 없이 이어졌다.

황제(당 고종)의 능을 만드는 엄청난 수의 사람들이 지나가기도 하고 병력의 긴 대오가 5리에 걸쳐 움직이기도 했다.

대당에 왔다는 느낌이 확실하게 들었다.

"춘명문이다!"

견당사 일행 중 누군가 멀리 보이는 거대한 문을 가리키며 소리쳤다. 8장(약 24미터)의 높이로 우뚝 솟아 거대하게 버티고 선 춘명문은 성채처럼 크고 위압적이었다. 장안으로 들어오는 거대한 문을 통해 대국의 힘과 규모를 느껴보라는 호령이었다.

먼지와 피로에 절어 지칠 대로 지친 일행은 춘명문을 보자 힘이 솟았다.

춘명문 주변은 장안으로 들어가려는 사람들과 동물, 수레 행렬로 정신이 없었다. 산더미 같은 짐을 실은 말과 노새, 수레가 쉴 새 없이 들어갔다. 노새보다 더 많은 짐을 진 사람이 소리를 지르며 지나갔다. 황색과 푸른색이 섞인 눈을 가진 호상(胡商-서역 상인)들은 알아들을 수 없는 말로 시끄럽게 떠들었다. 은으로 장식한 칼을 찬 회흘(回紇-위구르)인들은 눈을 부릅뜨고 위협하듯 지나갔다.

먼지가 피어오르는 길옆에는 식당과 여관들이 끝도 없이 이어졌고 저마다 손님을 받겠다고 아우성이었다. 많은 식당과 여관들이 다 어떻게 먹고살까 싶을 정도였다.

호병(胡餠)을 구워내고 만두를 쪄내는 식당들은 음식 냄새와 매캐한 연기가 뒤엉켰다. 한쪽에선 양머리를 삶아낸 국을 팔고 다른 쪽에선 과자를 구워 배고픈 여행객을 부르고 있었다.

진기한 구경에 넋을 잃은 진수는 방울소리가 아니었다면 낙타 밑에 깔릴 뻔했다. 낙타를 타고 있던 호인은 칠 듯이 막대기를 휘두르며 욕지거리를 해댔다.

다리가 부어 제대로 걷지 못하던 정은 장안에 왔다는 말에 정신이 번쩍 들었다. 장안이라는 말만 들어도 가슴이 뛰었다.

"장안이야!"

정은 저도 모르게 진수의 팔을 흔들며 외쳤다.

장안으로 들어서자 직선으로 시원하게 뻗은 대가(大街)가 눈앞에 펼쳐졌다. 주작문가(朱雀門街)는 폭이 100보에 이르는 대로였다. 길옆에 줄지어 심어놓은 홰나무가 뻑뻑해진 눈을 시원하게 식혀주었다.

수십 명의 수행원을 거느린 세도가의 수레가 지나가자 길을 가던 행인들이 부리나케 흩어졌다.

귀부인들은 파사(페르시아)에서 날렵하게 세공한 귀고리와 목걸이를 번쩍거렸고 갖가지 색을 넣은 고운 비단을 날개처럼 입고 다녔다.

황제에게 공물을 바치러 온 서역 사신 일행을 보게 된 것은 진기한 구경거리였다. 멀리서 들고 온 크고 단단한 상아와 거북이가 등장했다. 피부색이 검은 사신 일행은 관(冠)을 쓰지 않고 대신 짐승 가죽을 걸치고 있었다.

관가가 줄지어 들어선 황성(皇城)은 고압적인 분위기를 풍겼고, 동쪽에 있는 고관대작들의 저택은 호사스러움을 겨루는 듯했다.

장안의 정점은 황제(당 고종)가 있는 태극궁이었다.

마치 산을 깎아 만든 것처럼 압도하는 크기였다.

장대함은 말할 것도 없고 신기(神技)에 가까운 솜씨를 부린 정교함과 화려함이 극에 달했다.

당주(당 고종)에게 대왕(김춘추)의 뜻을 전할 곳이었다.

서시(西市)

긴 여행에 지쳐 목이 쉰 대사는 태극궁 뒤에 황제가 사냥을 즐기는 금원(禁苑)이 있다고 말해주었다.

그곳에는 코끼리와 푸른외뿔소, 백앵무, 기린 같은 진기한 동물이 있고 각국에서 가져온 화초를 심어 기르고 있었다. 황제는 어려서부터 사냥을 배웠고 돌아간 태종(이세민)도 시간이 날 때면 금원에서 말을 타며 사냥을 즐겼다. 김유는 황제가 말을 달리며 활을 당기는 금원을 상상해보았다.

정은 며칠을 기다린 끝에 출입이 비교적 자유로워지자 진수와 장안의 서시(西市)로 달려갔다.

서시에는 한어(중국어) 외에도 강국어(사마르칸트어)와 돌궐어, 파사어(페르시아어)가 뒤섞이고 있었다.

금은 제품에서부터 비단, 건어물, 금붕어, 과자, 약품, 꽃과 같은 200여 종의 가게가 끝도 없이 늘어서 있었다. 인쇄소와 전당포, 사채업자, 찻집, 유곽까지 사람들이 들락거렸다. 세상의 물건을 모두 쏟아놓은 것 같았다.

정은 서역에서 들여온 포도와 석류, 호두, 수박, 오이, 당근, 마늘을 파는 가게를 둘러보았다. 송이송이 달린 포도를 보자 사비성에서 봤던 서역상이 다시 생각났다.

'포도로 술도 담근다지.'

정이 포도에서 눈을 떼지 못하자 가게를 지키던 호상이 능글맞게 웃으며 쳐다보았다.

진수는 포도 한 알을 떼 정의 입에 넣어주었다. 달콤하면서도 시고 떨떠름한 맛이 묘하게 어우러졌다. 진수가 손가락으로 밀어 넣어준 포도알이 부끄러웠다.

진수는 포도를 사서 정에게 쥐여 주었고 정은 한 알을 떼어 진수에게 주었다. 입안에서 아삭하며 부서지는 포도 알이 낯설면서도 짜릿했다.

"이걸로 술도 만든대. 술도 한번 마셔보고 싶어."

"마시면 되지 뭘."

진수는 처음으로 씨익 웃으며 다른 곳을 쳐다보았다.

수염을 기른 대식국(아라비아) 상인은 보석가게에서 유리와 진주, 수정을 보여줬다. 대식국 사람들이 바나 밑으로 잠수해 따 왔다는 진주가 은은한 빛을 내고 있었다. 상인은 코를 씰룩거리며 진수에게 진주 귀고리를 달아주었다. 진주를 단 진수는 대식국 왕자처럼 보여 괜히 정의 얼굴이 붉어졌다.

진수는 귀고리를 해주는 대로 잠자코 있었지만 머릿속에는 딴생각이 가득했다.

말로만 듣던 장안은 과연 각국에서 몰려온 자들로 북새통이었다. 이세민이 기반을 다져놓은 장안을 보면서, 그렇게 대단한 이세민이 고구려는 이기지 못하고 참패했다는 사실에 통쾌했다. 수 양제를 물리치고 이세민까지 패퇴시킨 고구려가 대단하다고 새삼 느꼈다.

주사(酒肆 - 술집)에 들어가 한잔하고 싶었다.

아버지에게 들었던 이세민(당 태종)과의 요동전쟁이 떠올랐다. 당을 실질적으로 건국한 이세민이었지만 고구려 정벌은 실패하지 않았는가.

아버지는 이세민이 도발한 요동전쟁을 이야기할 때면 눈에서 푸른빛이 났다.

"이세민은 고구려를 치기 위해 20년이나 치밀하게 준비했지."

이세민은 수(隋)의 패인을 철저히 연구하면서 수 양제처럼 고구려에 백만 대군을 보내는 것이 아니라 정예병으로 싸우고자 했다.

수 양제는 고구려 정벌에 무려 110만 명을 동원했는데 군진(軍陣)이 출발하는 데만도 40일이 걸렸다. 전차 5만 대를 만들고 전국에서 군졸과 곡식, 무기를 끌어모았는데 이를 실어 나르는 배만 천 리나 늘어섰다.

수 양제는 군졸의 일부는 배로 보내겠다며 장인들을 모아 300척의 배를 만들게 했다. 배 만드는 일을 가혹하게 재촉했고 밤낮 쉬지도 못한 장인들은 태반이 죽어나갔다.

고구려를 정벌하기 위해 수 양제가 동원한 공성 무기들은 위협적이었다.

비루동(飛樓橦)은 사다리 위에 소가죽으로 덮은 집을 올린 것으로, 화살은 막고 대신 안전하게 공격할 수 있게 만든 것이다. 지도(地道)는 성벽이 가로막고 있을 경우 땅 밑을 파들어 가는 것이고, 충제간(衝梯竿)은 군사들이 적의 성에 빠르고 쉽게 오를 수 있게 했다.

바퀴가 여덟 개 달린 팔륜누거(八輪樓車)는 보기만 해도 질려버릴 정도로 크기가 엄청났고, 펼치면 길이가 200척이 넘는 대형 사다리 운제

(雲梯)도 총동원됐다.

수 양제는 움직이는 성(城)이랄 수 있는 거대한 육합성(六合城)까지 끌고 왔지만 끝내 고구려를 이기지 못했다.

대적할 나라가 없을 것처럼 보이던 수(隋)가 고구려에 패하자 위신이 흔들렸다. 주변 나라들은 절대 강자로 알았던 수에 대해 의구심을 품기 시작했다.

동돌궐의 돌리가한이 죽고 뒤를 이어 군사를 일으킨 시필가한은 수 양제를 생포할 뻔하기도 했다.

이후 동돌궐의 새로운 수장에 오른 힐리가한은 서국(중국)이 내전으로 혼란스러운 틈을 타 장안을 위협했다.

힐리가한은 이세민이 수를 이어 세워진 당 제국의 황제로 즉위하자 장안을 약탈하겠다며 위협한 뒤 조공을 요구했다.

이세민은 오랫동안 당을 위협하며 모욕을 준 돌궐을 쳐부수기 위해 계략을 세웠다. 동돌궐을 이끌던 힐리가한을 누르기 위해 그의 맞수였던 설연타(철륵의 한 부족)의 수장 이남(夷南)을 가한(可汗-하늘의 아들을 칭하는 지배자)으로 세운 것이다. 이남은 이세민과 합세해 동돌궐의 수장인 힐리가한을 공격해 무너뜨렸다.

북쪽의 광활한 초원지대는 힐리가한이 무너지자 설연타가 강자로 떠오르게 됐다. 동돌궐을 무력화한 이세민은 토욕혼(몽골계 유목민인 선비족이 세운 나라로 4~7세기 청해성과 감숙성 남부를 지배했다)을 쳐들어가 꿇렸고 서역으로 통하는 요지의 고창국(高昌國-5세기 중반 흉노족 출신이 중국 투루판 분지 일대에 세운 나라)마저 복속시켰다.

거침없는 이세민은 한때 손을 잡았던 초원의 강자 설연타마저 꺾고 사주지로(絲紬之路-실크로드)를 틀어쥐었다.

이세민은 단순히 강토를 넓히려고 한 게 아니라 서역으로 통하는 사주지로의 가치를 일찌감치 간파했다. 세상에서 가장 진귀한 물품이 오가는 사주지로를 틀어쥐어야 세상의 부(富)를 차지하고 각국이 당에게 머리를 조아릴 거라 생각했다. 다른 나라 사절들도 그 길을 따라 장안을 오갈 수밖에 없었다.

사주지로는 오래전부터 물건만 오가는 것이 아니라 구법승이 불교와 경전을 나르는 길이기도 했다.

고구려의 실제 권력인 연개소문은 설연타에 접근해 이남가한을 자신의 편으로 끌어들이고자 했다. 그러나 이남이 사망하고 아들인 발작(拔灼)이 가한으로 즉위하는 상황이 벌어졌다.

이세민은 고구려와 설연타가 손을 잡고 당을 위협한다면 대단히 위협적이라고 판단했다. 때문에 수 양제가 실패했던 고구려 공격을 오랫동안 고민하지 않을 수 없었다.

계략이 많은 이세민은 직방랑중(職方郞中)인 진대덕을 사신으로 위장해 고구려에 보냈다. 외면상으로는 고구려의 영류왕이 태자 환권을 당에 보낸 것에 대한 답례라는 형식이었다. 하지만 직방랑중은 당 조정의 병부 소속으로, 주변 나라의 성곽과 요새 등 주요 군사시설과 지리를 파악하는 것과 같은 군사정보를 모으는 자리의 수장이었다. 직방랑중을 보낸 이유는 고구려와의 전쟁을 앞두고 정보 수집을 위해서였다.

진대덕은 사절단으로 고구려에 도착해 경승지를 보고 싶다며 고구려 관리들에게 뇌물을 주며 주요 성곽과 요지 등을 세심하게 살폈다. 수 양제가 쳐들어왔을 당시 고국에 돌아가지 못하고 고구려에 남은 군졸에게서 고구려에 대한 정보를 은밀히 모았다.

진대덕은 당이 고창국을 멸망시켰다는 사실을 고구려 조정에 은근히 알렸다. 고창국의 멸망으로 당의 북부와 서부에 있던 모든 나라가 복속되었음을 경고한 것이었다.

고구려는 당의 거침없는 팽창에 위협을 느낀 나머지 서부 국경에 천리장성을 쌓기 시작했다. 당이 돌궐의 힐리가한을 격파하자 돌궐에 묶여 있던 거란족과 해(奚)족 등 여러 부족들이 당으로 속속 투항했던 것이다. 고구려의 서북부 국경 일대가 당에게 활짝 열린 형국이 됐다.

이세민은 돌궐의 위협을 격파한 뒤에서야 수 양제가 실패한 원인을 들여다보며 고구려에 대한 칼을 갈았다.

양제처럼 고구려 평양성부터 공략한 것이 아니라 요동에 흩어져 있는 각 성을 공격하기로 했다.

양제가 군졸들에게 각자 100일분의 군량을 지고 가게 한 점도 패인으로 꼽았다. 당시 수나라 군졸들은 군법으로 처단될 것을 각오하면서 화막(막사) 아래에 군량을 파묻었다. 무거운 무기까지 짊어져야 했기 때문에 군량은 도저히 감당할 수 없었다. 군량은 금세 동이 났고 고구려와의 전쟁에서 오래 버틸 힘이 없어졌다. 이세민은 군량을 각자 짊어지게 하는 대신 군량을 운반할 소를 나눠주었다.

치밀한 검토와 계획에도 불구하고 이세민은 고구려와의 안시성 전투에서 패하고 말았다.

안시성은 고구려 태조왕이 서국(중국)을 치기 위해 세운 성으로, 최고의 정예병을 배치하고 수십만 섬의 곡식을 쌓아뒀던 요새였다.

당군을 격퇴하는 데에는 고구려의 용맹한 조의군이 큰 몫을 했다.

이세민은 안시성 패배 이후 고구려와의 전쟁에 부심하면서 서부 국경 외의 다른 방면에 전선을 만들어 방어력을 분산시키고자 했다. 당군의 약점인 군량 보급의 묘수를 찾기 위해 골몰했다.

고민 중이던 이세민의 눈에 계림이 들어왔다. 고구려를 양측에서 공격할 수 있는 전략적 위치에 있었고 과거에는 소국이었지만 그동안 성장한 군사력이 잠재력을 갖고 있었다.

마침 김춘추가 청병을 위해 당을 찾아오자 광록경(光祿卿)으로 하여금 교외에 나가 영접하게 하는 등 극진히 대접했다.

김춘추는 장안에서 이세민을 만나본 뒤 아들인 문왕을 숙위(宿衛)로 장안에 남겨 두었다.

왕경으로 돌아와서 계림의 관복을 당과 같이 바꾸고 자체적으로 사용하던 연호를 폐하고 당의 연호를 쓰자고 건의했다.

유학생

김유는 객관에서 묵으며 태극궁에 들라는 황제의 명을 기다렸다. 대사와 부사는 황제의 명을 기다리느라 바깥출입도 자제했다.

견당사와 함께 온 왕경 유학생들은 당 조정의 홍려시에서 자신들의 인적사항을 받아줘 체류 허가가 떨어지기를 고대했다. 당 조정이 체류를 허락한 유학생에게는 국자감에서 다른 나라 유학생들과 공부할 수 있는 특전이 베풀어졌다. 유학생들은 당 조정이 체류 비용을 부담하기 때문에 공식 허가를 애타게 기다렸다. 유학생에게는 왕경에서도 서적 구입 비용으로 은 300량을 하사했다.

허가를 받지 못한 유학생은 견당사가 왕경으로 돌아갈 때 멀고 고된 길을 되돌아가야 했다.

장안에서 유학 중인 파진찬(신라 17관등 중 제4관등)의 아들이 김유를 찾아왔다. 그동안 장안 별미를 즐겨서인지 얼굴이 기름으로 번들거렸다. 얼굴이 토실토실한 데다 눈이 작아 제대로 떴는지 감았는지 알아보기 힘들었다.

"떠나온 지 벌써 삼 년이네. 왕경 분위기는 어때? 여전한가? 황제는 계림과 잘 지내보려고 애쓰는 눈치야. 왜놈들만 해도 이곳에 발 들여놓기가 여간 어려운 게 아니거든. 그런데 계림에서 왔다 하면 너그럽게 봐주더라고. 다른 나라에게는 큰소리치는 대당이 계림에게는 나긋나긋한 걸 보면 뭔가 꿍꿍이가 있어 암."

파진찬의 아들은 김유가 맞장구를 치지 않자 혼자 말을 이어갔다.

"폐하(김춘추)가 왕에 오르기 전에 장안을 찾아오셨지? 그때 잘하신 게 지금 열매를 맺는 거라구…… 당의 입장에서 보면 문제는 고구려야. 정관(당 태종 이세민)이 고구려를 쓰러뜨리려다 안 됐고 지금 황제(당 고종)도 벼르고 있지만 어렵다는 거야."

그는 장안 사정에 누구보다 정통하다는 듯 어깨를 으쓱했다. 작은 눈을 일부러 날카롭게 치떴다.

"군량이 보급되지 않으면 천하의 당군도 고구려의 청야수성(淸野守成- 논밭을 불살라 적군이 먹을 식량을 없애고 성으로 들어가 나오지 않는 전술)을 견딜 수 없거든. 계림이나 백제와 손을 잡아야 하는데, 계림에서 적극적으로 청하니 당주도 못 이기는 척하면서 손을 내미는 거라구. 두고 봐, 대당은 반드시 거병을 할 거니까."

파진찬의 아들은 듬성듬성 난 수염을 뜯다 목소리를 낮췄다.

"폐하(김춘추)가 왕녀(지소)를 이찬(김유신)에게 시집보냈다며? 이찬과 완전히 손잡지 않으면 안 되기 때문 아니겠어? 이찬이 누이(문희)를 왕후로 들여보낸 것도 부족해 폐하의 사위가 된 거니까."

대왕과 이찬의 결합이야 남산의 바위보다 더 단단한 것이지만 얼마 전 왕녀와 이찬이 혼례를 치르면서 한층 더 두터워졌다.

"백제 놈들이 쳐들어온 뒤로 뒤숭숭하지?"

"뒤숭숭할 게 뭐 있습니까. 폐하의 뜻에 따라 소임을 다하면 되지 않겠습니까. 배우겠다는 뜻을 세우셨으면 학문에 정진하십시오."

파진찬의 아들은 김유의 딱딱한 대답에 속으로 코웃음을 쳤다. 몇 년 전 왕경에서 볼 때만 해도 비린내 나는 아이였는데 풍월주에 오르더니 달라졌다. 영명부인이 대왕의 총애를 받는답시고 숙위에까지 뽑히더니 건방진 태도는 심해진 것 같았다.

"그야 말하나마나지, 멀리 장안까지 왔는데. 그동안 혼인을 하였던가?"

"아직입니다. 마음에 두는 여자가 없습니다."

"쯧쯧 별다른 게 뭐 있나? 자꾸 생각나고 함께 있고 싶은 사람이면 되지."

이때 문밖에서 시종이 손님이 찾아왔다고 전했다.

파진찬의 아들은 잊었다는 듯 이마를 치더니 얼른 나가 손님을 안으로 안내했다.

"인사 올리게. 이분은 대왕을 오래 모신 분으로 지금은 당 조정에 계시는 어른일세. 풍월주인 김유 자네가 장안에 왔다고 말씀드리니 한번 보고 싶다고 하셨거든."

"김유라고 하옵니다. 제가 먼저 찾아뵈어야 하는데 먼저 걸음을 해주셔서 몸 둘 바를 모르겠습니다."

하관이 두툼한 얼굴의 남자는 김유를 주의 깊게 살폈다. 당 조정의 관복을 입었지만 얼굴 생김새는 계림 출신임이 틀림없었다. 관복과 몸이 따로 존재하는 것 같았다.

김유는 남자가 대왕(김춘추)을 보좌해 고구려와 장안을 함께 동행했다는 말에 호기심이 일었다.

"중요한 때에 왔군."

"대인께서 대왕이 장안에 오셨을 때의 일을 들려주셨으면 합니다. 헤헤."

파진찬의 아들은 김유 덕에 흥미로운 이야기를 듣고 싶어 안달이 났다. 대왕이 이세민을 만났을 때의 일이 못 견디게 궁금했던 것이다. 당시 일을 얻어듣는다면 장안에서나 왕경으로 돌아가서도 꽤 중요한 이야기를 알고 있는 인물이 될 것 같았다.

남자는 눈을 감고서 옛일을 떠올렸다. 대왕의 신임을 받았던 남자는 장안까지 따라와 이세민의 모습을 볼 수 있는 기회를 잡았다.

이세민(당 태종)의 안광(眼光)은 형형했다.

오랜 전투 탓인지 검게 그을린 얼굴에 수염이 꼿꼿하게 자라 있었다. 갑옷을 걸치면 당장이라도 전장에 달려 나가 적군의 목을 벨 것 같았다.

이찬 김춘추는 대국의 황제 이세민의 앞이지만 흔들리지 않고 침착하게 예를 올렸다.

이세민은 계림의 사신 김춘추의 골상(骨相)을 보고 속으로 적지 않게 놀랐다. 조공을 바치러 오는 여느 다른 나라 사신들과 달리 김춘추에게서 범상치 않은 위세가 느껴졌다. 김춘추의 얼굴은 온화하면서도 태양과 같은 빛을 발했다.

이세민은 계림에 김유신이란 걸출한 인물이 있다는 말은 들어봤지만 저런 인물이 있었던가 싶었다.

"그대가 계림에서 온 김춘추인가?"

"그러하옵니다."

"계림이 주변 나라들과 화합하지 못하고 서로 국경을 다툰다는 말은 들었다."

"계림은 지금 어려운 처지에 놓였습니다. 나라의 존망뿐 아니라 황제 폐하께 예를 다하지 못할 정도로 다급한 상황에 놓여 있사옵니다. 계림은 상국(上國-당)에 대해 신하의 예를 바치고 있사온데 극악무도한 고구려와 백제가 이를 시기하여 방해하고 있사옵니다. 이에 그치지 않고 계림의 변경을 자주 침범하여 백성을 잡아 죽이고 노비로 끌고 가 개돼지처럼 부리고 있는 실정이옵니다. 폐하께서 계림의 어려움을 살펴주시어 고구려와 백제를 벌하여 주시길 청하옵나이다."

김춘추는 이세민이 고구려를 마지막 정복 대상으로 남겨두고 있음을 알았다. 이세민은 토번과 토욕혼, 고창까지 차례로 복속시켰지만 요동의 고구려만 끝까지 남아 신경을 건드리고 있지 않은가. 고구려는 연개소문이 정권을 손에 넣은 후 더욱 당당하게 나오면서 이세민의 심기를 건드리고 있는 걸 알고 있었다.

이세민으로서도 고구려를 무너뜨리지 않으면 두고두고 근심거리가 될 게 뻔했다.

"고구려와 백제에게 계림에 대한 공격을 중지하라고 경고했지만 듣지 않았다. 고구려의 연개소문은 왕을 시해하고 정권을 도둑질했는데 이는 있을 수 없는 일이다."

이세민은 숨을 고른 뒤 김춘추를 보며 말했다.

"계림의 어려운 사정을 알았다."

이세민은 김춘추가 부드러우면서도 경청하게 하는 화술이 탁월하다고 생각했다. 대부분은 자기 앞에서 감당하지 못할 기에 눌려 더듬거나 식은땀을 흘렸다. 자신이 눈을 부릅떴을 때 어떤 놈은 바지를 적시거나 심하면 기절하는 일도 있었다. 그러나 김춘추는 정중히 예는 갖췄지만 당황하는 기색 없이 해야 할 말을 잊지 않았다. 이세민은 김춘추를 장안에 남겨 두고 신하로 삼고 싶은 욕심이 났다.

"그대를 보니 남다른 재능이 보이는데 이곳에 남아 숙위가 될 생각이 없는가?"

"폐하의 은혜가 바다를 넘치게 할 만큼 넓고 크십니다. 하오나 소신은 계림의 신하로서 맡은 바 소임이 있사옵니다. 다시 돌아갈 수 있도록 허락하여 주시옵소서."

이찬 김춘추는 등에서 땀이 흘렀다. 인재에 대한 욕심이 누구보다 많은 이세민이 김춘추의 귀국을 막고 머물라 명령하면 따라야 했다.

"알았다. 그대에게 하사품을 내릴 것이다. 오늘은 계림 사신들을 위해 연회를 베풀도록 하라."

"황공하오나 폐하께서 세우셨다는 국자감을 방문해 학생들이 공부하는 모습을 보고 싶사옵니다. 허락하여 주시옵소서."

"계림에서 온 유학생들도 있으니 그들도 만나보도록 하라."

황제의 명에 따라 김춘추 일행을 위한 연회가 성대하게 펼쳐졌다.

"이 춤은 칠덕무(七德舞)입니다. 황제에 오르신 이후 연회를 열 때 칠덕무를 추게 하셨지요."

당 조정에서 김춘추 일행에게 설명을 담당하게 한 관리의 말이었다.

"칠덕무는 황제 폐하가 진왕이시던 시절 적이었던 유무주를 평정하고 승리를 경축하기 위해 길에서 노래하고 춤을 춘 데서 시작됐습니다. 그때는 진왕 파진악(破陣樂)이라 불렀지요. 폐하께서 직접 파진무(破陣舞)도 만드셨습니다. 어떻습니까?"

128명의 악공이 장대하게 파진악을 연주하는 가운데 춤추는 자가 갑옷 차림에 창을 들고 등장했다. 이들은 격투하고 적을 찌르는 동작을 격렬한 춤으로 표현했다.

칠덕무가 끝나자 구공무(九功舞)가 시작됐다.

곱게 화장한 64명의 아이들이 진덕관(進德冠)을 쓰고 자줏빛 바지에 비단신을 신고 나타났다. 긴 소매를 휘두르며 음악에 맞춰 장엄하게 추는 군무였다. 칠덕무가 씩씩한 동세를 나타내며 무공을 기리는 춤이라면 구공무는 청아한 곡조에 맞춰 우아하게 문덕(文德)을 기리는 춤이었다. 칠덕무는 유무주를 격파한 일을 표현한 것이라 사뭇 살벌했지만 구공무는 정적이었다.

"어떻습니까? 모두 황제 폐하의 드높은 무공과 문치의 덕을 보여주는 노래와 춤입니다. 칠덕무는 멀리 천축(인도)에까지 알려져 보고 싶어 하는 사람이 아주 많습니다. 춘추 공에게 연회를 베푸시고 칠덕무와 구공무까지 보여주신 것은 대단한 일입니다."

남자는 아직도 연회의 음악소리가 귓가에 울리는 것 같았다.

"지금의 황제(당 고종)는 어떻습니까?"

"태종보다야 그 강기가 못하지만 그래도 제국을 다스리는 황제이니……. 상황이 계림에게 매우 급박하고 중요한 시기이니 만전을 기해야 할 것이야. 혹시라도 사욕을 탐해서는 안 될 것이다."

남자는 숱이 많지 않은 수염을 쓰다듬으며 안타까운 눈빛을 보냈다.

"명심하겠습니다."

파진찬의 아들과 남자가 나간 뒤 정이 찾아왔다.

장안에 들어온 뒤로 좀체 볼 수 없었던 정이었다.

"무슨 일이냐?"

김유는 배를 문지르며 냉랭하게 바라보았다. 너울을 뒤집어쓴 정은 장안에서도 빛이 났다.

"받으시오."

정은 보자기에 둘둘 말아온 서책을 펼쳐놓았다.

김유는 흘깃 보다 두 눈을 동그랗게 뜨고 서책을 집어 들었다.

《이위공문대(李衛公問對)》였다.

장안에 오면 제일 먼저 손에 넣고자 했던 서책이 태종의 부장이었던 이정(李靖)이 쓴 병서,《이위공문대》였다. 대사에게 꼭 얻어달라고 거듭 부탁했는데 뜻밖에도 청을 들어준 사람은 정이었다.

"이걸 어찌 구했느냐?"

병법에 관심이 있는 자라면《이위공문대》를 손에 넣기 위해 애를 썼다. 그러나 장안에서도 구하기가 쉽지 않았다.

"좋아하는 걸 보니 다행이오. 하지만 이곳에서 더 귀한 걸 얻었소. 한 번 보시오."

정은 김유에게 '김해병서(金海兵書)'라고 쓰인 서책을 건넸다.

"고구려 연개소문이 썼다는 병법이오. 이정을 가르쳤다는 사람이 연개소문이니 이정의 병서보다 수가 훨씬 높을 거요."

김유는 말은 못 했지만 고구려 연개소문의 병법에 대해서는 익히 듣고 있었다. 연개소문의 신통한 병법을 담았다는《김해병서》를 손에 넣고 싶었지만 드러내놓고 말하진 못했다.

정은 김유를 쳐다보았다. 늘 살벌한 얼굴을 하고 있던 김유의 민낯을 보는 것 같았다. 김유에게도 이런 얼굴이 있었구나.

정은 한결 기분이 나아져 객관을 떠났고 김유는 손에 쥔 병서를 정신 없이 넘겼다.

정이란 아이는 참으로 알 수 없었다.

혼란스러웠다. 간교한 백제 첩자라면 이 귀한 병서를 넘겨줄 리가 없다. 처음 알고 있던 것처럼 그저 장사에 능한 백제 여자일 뿐인가. 단순한 장사치로 보기에는 글을 줄줄 읊어대는 게 예사롭지 않았다.

간교한 발톱을 숨긴 백제 첩자로 보이다가도 알 듯 모를 듯한 비밀을 간직한 요녀로 느껴졌다.

모처럼 홀가분해진 진수는 넓은 서시(西市)를 헤집고 다녔다.

의방(옷가게)에서 발걸음을 멈춘 진수는 무슨 생각에서인지 검은 비단 띠를 사 허리에 둘러보았다. 가슴과 팔, 다리에 힘이 들어가면서 두 어깨를 활짝 폈다.

검은 띠를 두르자 고구려에 와 있다는 상상에 빠졌다.

검은 띠를 매고 말을 탄 신수두 대제의 선배가 돼 있었다. 신수두 대제에서 노루를 가장 많이 잡았고, 새로운 선배의 탄생을 축하하는 성대한 주악이 울려 퍼진다. 아버지는 남부를 대표해 출전한 아들이 승자인 선배가 되자 자랑스러워 기쁨을 감추지 못한다.

어머니는 이날을 위해 담근 맥적(貊炙-사냥한 멧돼지를 통째로 간장에 절여 독 속에 넣어뒀다 마늘 등으로 양념해 숯불에 구운 고기)을 내놓으며 띠들썩하게 잔치를 벌인다.

평양성은 물론 국내성에서 몰려온 귀족들은 진수를 시기하면서도 축하한다고 말한다. 남부 부족민들은 덩실덩실 춤을 추며 진수의 승리, 남부의 승리를 환호한다.

진수는 갑자기 쏟아지는 한어의 소란스러움에 정신을 차렸다.

평양도 국내성도 아닌 귀가 울릴 정도로 시끄럽고 번잡한 장안의 서시였다. 머리가 노랗고 눈이 갈색인 호인들이 툭툭 치며 지나가고, 왜인들마저 어설픈 한어로 물건을 흥정하고 있었다.

여기서 도망쳐 고구려로 돌아갈까? 고구려로 돌아가도 투항자로 몰려 치욕스럽게 처형된다면? 서역이나 하다못해 왜국이라도 가버릴까?

태어나 글보다 활쏘기부터 배웠던 것은 무엇을 위해서였던가. 나라를 지키기 위해서가 아니었나. 아버지처럼 서국의 군사들을 물리치고 잃었던 옛 강토를 되찾는 게 꿈이었다.

문득 자신이 두르고 있는 검은 띠가 꿈에서 본 사촌누이가 둘러준 것과 같은 띠라는 걸 깨달았다. 등골이 서늘해졌다.

지나가던 남자가 슬쩍 진수를 쳐다보았다. 그는 한어가 아닌 고구려 말씨로 툭 내뱉었다.

"고구려 놈이구만."

낮은 목소리지만 진수의 귀에 꽂혔다.

진수는 발걸음을 멈추고 남자를 노려보았다. 몇 걸음 더 가던 남자는 주변을 날카롭게 살핀 뒤 돌아왔다.

"어디서 왔느냐?"

"……"

정체를 밝히는 건 어리석은 일이었다.

"사람 눈도 있으니 잠깐 따라오거라."

남자는 서둘러 앞장섰고 진수는 머뭇거리다 따라붙었다.

남자는 뒷골목으로 가더니 진수를 후미진 곳으로 끌고 들어갔다. 빛이 제대로 들지 않아 어둡고 곰팡이 냄새가 코를 찔렀다. 허름한 옷을 입고 둘러앉아 있던 남자들이 진수를 노려보듯 훑어봤다.

진수는 머뭇거리기 시작했다.

남자가 낡고 더러운 휘장을 들추자 작은 문이 보였고 서너 명이 들어가면 가득 찰 방이 나타났다. 남자는 재빨리 주위를 살펴본 뒤 진수를 방으로 밀어 넣었다.

"누구요?"

남자는 고구려 사람 같았지만 확실치 않았다. 고구려 출신임을 알아볼 정도면 그 역시 고구려 사람일 거라 생각했다.

"고구려에서 왔다. 여긴 적국이라 고구려라는 게 알려지면 골치 아파. 어떻게 장안까지 오게 됐지?"

"평양에서 살았는데…… 이곳까지 오게 됐소."

"왕경에서 왔구만. 김춘추는 당주(당 황제)와 붙어서 백제와 고구려를 쳐부술 생각만 하고 있다지? 견당사를 급하게 보낸 걸 보니 뭔가 다급하긴 한가 보군."

장안에 잠입한 고구려 첩자라 짐작했다. 그는 진수가 견당사 일행에 끼여 온 사실까지 알고 있는 듯했다. 그의 말대로라면 견당사는 당주에게 백제와 고구려를 응징하자고 온 것이었다.

진수는 기가 막혀 창백해졌다.

"평양은 어떻소?"

"계림이 서국과 계속 붙어먹으려 하니 상황이 좋지 않아. 이세민이 안시성에서 눈알을 잃고 돌아갔다는 말은 들었지? 천하의 이세민도 혼을 냈는데 우린 두려울 게 없지. 서국 놈들이 막리지가 왕을 시해했다고 나무라는데 웃기는 놈들이지. 이세민이란 놈은 제 형과 동생을 무참히 살해하고 황제 자리에 오르지 않았나. 황제였던 제 아비는 겁박하면서 끌어내리고 제가 그 자리에 올랐지. 게다가 동생의 정부인을 자신의 후궁으로 들인 천하의 무도한 놈이면서 말야.

그런데 이번 견당사에는 계림 놈들이 몇 명이나 왔나? 당주에게 뭘 청하러 온 건가?"

진수는 발작적으로 웃음을 터뜨렸다.

"왜 고구려로 돌아가지 않나?"

남자는 슬쩍 떠보는 듯했다.

"쫓기고 있군."

"억울한 누명을 쓰고 있어서 돌아가지 못하고 있소."

"이번에 당당하게 돌아갈 기회를 만들라구."

남자의 눈빛이 어둡게 빛났다.

"견당사나 숙위를 처단하면 평양에 돌아가서도 공을 치하받을 거야. 허물이 있다면 용서받을 거고."

남자는 눈을 가늘게 뜨면서 파고들었다.

"견당사와 함께 왔으면 접근하기도 쉽잖아. 장안에서 해치운 뒤 날쌔게 평양으로 도망가면 잡지도 못할걸? 억울한 누명을 쓰고 있다면 놈을 해치워서 갈아엎으라구!"

견당사나 숙위를 해치우라는 말이 머리를 내리쳤다.

가증스러운 김유의 얼굴이 떠올랐다.

사랑을 부르는 요초(瑤草)

새벽부터 비가 내렸다.

흔들리고 부산하던 것들이 조용해지고 가라앉았다.

빗소리에 평양성이 생각나고 얼굴이 떠올랐다. 땅에 떨어지는 비가 흙먼지를 일으키면서 비릿한 냄새가 스며들었다. 처마에서 떨어지는 소리가 온몸을 울렸다.

진수는 간밤에 과음 탓인지 몇 번이나 게워낸 다음 뻗어버렸다.

비 내리는 소리에 취해 문 두드리는 소리도 놓쳐버렸다.

문을 조심스레 열고 들어오는 사람은 정이었다. 청익승(請益僧-단기 유학승)을 자청한 정은 혜각을 따라 절에 들어갈 때를 제외하고는 너울로 머리를 가렸다.

"이거 먹어."

정은 들고 온 꾸러미를 꺼내 흔들었다.

장안에서 첫날 맛본 호병(胡餠)이었다.

그날 장안에 도착한 일행은 시장기를 잊기 위해 호병을 시켜 허겁지

겁 먹었다. 진수가 처음 먹어본 호병이 맛있다고 한 걸 기억하고 있었다.

"비 오는 날이라 더 맛있을걸."

정은 가지런한 이를 드러내며 웃었다.

비를 맞은 정은 구석구석까지 환하게 빛나고 물을 빨아들인 버들가지처럼 싱싱했다. 푸른 바다의 물살을 역동적으로 헤엄치는 물고기마냥 활기찼다.

후두둑

빗소리가 커지고 덩달아 방 안도 어두워졌다.

"아이 갑갑해."

정은 쓰고 있던 너울을 훌훌 벗어던졌다.

어둠이 빚어내는 진수의 얼굴이 정의 마음을 흔들었다.

너울을 벗어던지자 깎은 머리가 드러났다. 길고 부드럽던 머리카락을 자르면 흉할 법도 한데 맑은 피부여서일까, 오히려 골상이 돋보였다. 짙은 눈매가 도드라지고 곧고 높은 코는 고혹적이었다.

"호병이 식었겠네. 그만 가봐야지."

정은 눈썹을 꿈틀하며 자리에서 일어났다. 진수가 자신을 쳐다보기만 할 뿐 아무 말이 없자 무안하고 부끄러웠다. 서두르는 바람에 치맛단을 밟았고 기우뚱하며 균형을 잃었다. 진수는 정을 붙들기 위해 손을 내밀다 말고 고개를 돌렸다. 정은 진수의 태도에 어쩔 줄 몰랐고 얼굴이 붉어졌다.

"내일 장안 놈들이 잘 간다는 곡강(曲江)에 갈 거야. 같이 갈래?"

정은 투닥거리는 빗소리를 들었지만 실은 진수의 대답을 기다리고 있었다. 정은 괜한 말을 했다며 나갔지만 뒤에 남은 진수의 표정이 일그러지는 줄은 몰랐다.

계곡은 종횡으로 뻗어 있었다.

계곡마다 눈처럼 하얀 흙이 깔렸고 군데군데 섞인 청색 흙이 어우러져 신비스러웠다. 폭포가 거꾸로 걸린 듯 흘러가고 대나무 숲은 비취빛을 띠며 한없이 이어졌다.

"머리가 벌써 그렇게 자랐어?"

"왜? 이상하면 만져보든지."

분홍 저고리에 붉은 비단 치마를 입은 정은 머리카락이 어느새 자라 있었다. 왕경에서 보던 것처럼 윤이 흐르고 탐스러웠다.

김유는 머리카락을 슬쩍 만져보았다. 흰여우 겨드랑이 털보다 더 고와 가슴이 철렁 내려앉았다.

김유는 스르르 하얗고 갸름한 얼굴을 만졌다. 정은 갑작스런 손길에 얼굴이 홍옥처럼 빨개지며 몸을 돌렸다. 김유는 재빨리 허리를 붙들었고 품 안에 안긴 정이 빠져나가려고 발버둥 쳤다.

이번엔 장난기가 동한 정이 김유의 뾰족한 코를 잡고 마구 흔들었다. 짓궂은 표정이 가득했다.

"내게 요초(瑤草-먹으면 사랑에 빠지는 풀)를 먹였지? 그렇지 않고서야 이렇게 두근거릴 리 없어!"

김유는 자신의 코를 흔들고 있는 정의 손을 잡으며 소리쳤다.

"저가 먹고선 왜 남더러 뭐래 흥!"

"널 생각하면 왜 가슴이 아플까?"

"그럼 고전산(高前山)의 계곡물을 마셔야겠네. 그 물을 마시면 마음 아

254

픈 병이 낫는다고 하더라."

김유는 얄밉게 말하는 정을 꼬옥 끌어안았다.

김유는 뭔가 중얼거리는 소리에 잠에서 깼다.

새벽에서야 설핏 잠이 들었는데 이상한 꿈을 꿨다. 말도 안 되는 꿈이다.

며칠 전 혜각과 저녁을 먹던 일이 떠올랐다.

"김유 공은 정이란 아이를 어찌 생각하십니까?"

혜각은 삶은 야채를 한입 가득 넣으며 조심스럽게 물었다. 김유는 젓가락을 떨어뜨릴 뻔했다.

"어찌 적국의 계집을 마음에 두겠습니까."

"아니 그런 뜻이 아니라 정이란 아이가 장안에 온 소임을 잘 해낼 거라 생각하는지 물어본 겁니다. 그런데 적국이라니요?"

"아 아닙니다. 확실한 것은 아니라서."

"지금 돌아가는 걸 보니 당주가 계림을 위해 거병을 할 거 같습니다."

"아……."

"거병이 결정되면 저도 견당사와 함께 왕경으로 돌아가렵니다."

"예? 장안 유학을 그토록 원했는데 어찌 돌아가십니까?"

"허허 그건 그렇지요. 하지만 유학도 계림이 굳건히 선 다음에 해야 하겠습니다."

김유는 혜각에게 엉뚱하게 반응했던 황당했던 감정이 생각나 쓴맛을 다셨다. 이때 방 안에 정이 있는 걸 보고 소스라치게 놀랐다.

정은 구석에 앉아 입으로 뭔가 중얼중얼거리고 있었다.

"뭐야!"

"정신이 드시오?"

김유는 이불을 걷어차고 일어났다.

"뭘 읽고 있는 거지?"

정은 포개놓은 서책 중 한 권을 조심스레 꺼내들었다.

"역경(易經)이네. 풍괘(豐卦-주역의 64괘 중 한 괘)라. 日中則昃 月盈則食(일중즉측 월영즉식 - 해는 중천에 있으면 기울고 달은 차면 먹히니) 天地盈虛 與時消息(천지영허 여시소식 - 천지의 성쇠도 때에 따라 진퇴하는데)."

정은 역경의 풍괘를 줄줄 읊었다.

"칼만 휘두를 줄 알았는데 경도 읽을 줄 아네. 흠. 非知之艱 行之惟艱(비지지간 행지유간 - 아는 것이 어려운 것이 아니라 그것을 행하는 일이 어렵) 아닐까? 경을 읽는다는 사람의 행동이 어찌 그러오?"

김유는 정의 당돌한 말에 화를 내려다 참았다. 그보다 웬만한 놈들보다 제법 말하는 모습이 어색하지 않았다.

"역경을 배웠느냐?"

"본 적도 없는 사람이 읊을 줄 알까. 내가 무슨 기이한 신술(神術)이라도 부린단 말이오?"

저 나이에 역경을 읽을 정도면 어려서부터 서책을 들었다는 얘기였다.

"역경을 읽었다고?"

"서책에 남녀 구분이 있소? 누가 읽으라 해서 읽는 것도 아니고 읽지 말라고 해서 안 읽을 수도 없지. 사람으로 태어나 글 읽는 것까지 제 맘대로 하지 못해서야 사람이라 할 수 있을까?"

김유는 당차게 말하는 정을 멍하니 바라보았다.

순간 정은 사내도 아닌데 글을 너무 많이 알면 좋지 않던 아버지의 말이 들려왔다. 처음엔 정이 글을 읽기 시작하자 잘한다 칭찬했지만 해가 갈수록 근심하는 쪽으로 기울었다. 어떤 때는 방 안의 서책을 쓸어다 숨겨놓기도 했다.

"뭘 중얼거리고 있었어? 시끄럽게."

"하도 곤히 자기에 들춰 봤소. 글이 좋아 외우는 중이었소.

主不可以怒以與師 將不可以慍以致戰 怒可以復喜 慍可以復悅 亡國不可以復存 死者不可以復生(군주는 노엽다고 군대를 일으켜서는 안 되고 장수는 화가 난다고 전투에 임해서도 안 된다. 노여움은 다시 기뻐할 수 있고 화가 났다가 다시 즐거울 수 있지만 한 번 망한 나라는 다시 존재할 수 없고 죽은 자는 다시 살아날 수 없다)."

김유가 간밤에 펼쳐 보던 병서였다.

"병서라는 게 재미있는 걸.《김해병서》(연개소문의 뛰어난 병법을 적은 책)는 다 읽었소?"

김유는 자신의 방에 몰래 들어왔던 정의 모습이 떠올랐다. 자신을 보러 왔다는 말을 듣고 거짓말이라며 몰아붙였던 그날.

"혜각 법사께서 죽을 쒀주라 해서 가져왔소."

김유는 물과 음식이 바뀌어서인지 장안의 독주를 끝도 없이 마셔댄 탓인지 며칠째 심한 배앓이를 하고 있었다. 건장하던 몸이 홀쭉해질 정도였고 며칠째 악몽에 시달렸다. 마치 누가 김유를 서서히 죽이려고 음식에 뭔가를 탄 것 같았다.

정은 김유를 아무렇지 않게 대했지만 금입택에서 자신의 목을 조르던 얼굴이 생각나 괴로웠다. 혜각은 그런 줄도 모르고 정에게 아픈 김유를 위해 죽을 쒀주라 일렀다.

"사람이 은혜를 잊으면 짐승과 다를 게 뭐 있겠느냐."

김유는 따끈한 죽을 먹으니 오랜만에 속이 편해졌다.

정은 창밖으로 눈을 돌렸고 그 바람에 가늘고 흰 목선이 드러났다. 김유의 눈엔 꿈에서 본 몽실한 가슴이 눈에 들어왔다.

김유는 정이 계속 끓여주는 죽을 먹으면서 차츰 기운을 차렸다.
"누워만 있을 거요? 바람이나 쐽시다."
김유는 밖으로 나왔을 때 기다리고 있는 진수를 발견하자 기분이 팍 상했다. 진수는 진수대로 김유와 정이 함께 나오자 얼굴이 굳어졌다.
김유의 걸음은 핼쑥해진 얼굴만큼 느렸고 그 바람에 진수와 정이 앞서 걷게 되었다. 진수는 한마디도 않았고 정은 주변 경치에 빠져들었다.
"곡강지(曲江池)요!"
호수에는 귀족들의 화려한 뱃놀이가 한창이었다. 대나무는 부는 바람에 상쾌하게 흔들렸고 출렁이는 버드나무 가지는 여인의 간드러진 손끝 같았다. 나무 아래 옹기종기 앉아 음식을 나눠 먹는 사람들의 모습이 한가로웠다.
진수는 의자와 탁자를 빌려와 나무 아래에 자리를 만들었다. 진수는 흔들리는 배를 쳐다보았고, 정은 생각에 빠졌다. 물 위에 반사되는 한가로운 햇살은 무심했고 세상은 평온한 것처럼 보였다.
김유는 갑자기 정이 낯설게 느껴졌다.
'저 아이는 백제의 첩자야. 적국의 계집이라고.'
언제 자신의 목을 조를지 모르는 고구려 놈과 백제의 끄나풀인 계집과 함께 장안, 곡강지에 있다는 사실이 우스웠다. 고구려 놈은 잠잠한 것 같지만 언제 다시 칼을 쥐고 달려들지 몰랐다.
김유의 눈에는 치마 아래 선이 보이는 정의 곧고 긴 두 다리가 들어왔다. 크고 맑은 눈과 시원하게 뻗은 코, 풍부한 표정을 짓는 입술이었다.
장안을 돌아다녀보고 이곳 귀족의 집에 초대받아 가봤지만 정을 따라올 만한 여자는 드물었다.

곡강의 바람이 김유에게 속삭였다.

'저 아이가 몰래 요초(瑤草-먹으면 사람을 좋아하게 된다는 노란 꽃)를 먹인 게 틀림없어.'

진수는 정을 쳐다보는 김유의 눈길을 느끼자 무엇에 찔린 듯했다. 날 카로운 통증이 밀려왔다. 왕경에서 죽일 듯 달려들던 김유의 얼굴과 표정이 아니었다. 둘 사이에 무슨 일이 있었던 건가.

진수는 혼자 술병을 거의 다 비우고 있었다. 꽤 독하다는 술이었는데도 취하지 않았다.

'견당사나 숙위를 처단하면 평양에 돌아가서도 공을 치하받을 거야. 허물이 있다면 용서받을 거고.'

정은 갑자기 말할 수 없이 목이 타 남은 술을 마셔버렸다. 울적한 마음을 술에 태우고 싶었다. 술기운에 머리가 무거웠지만 나쁘지 않았다.

뭇 계집의 눈길을 받은 진수가 눈앞에 있다. 진수가 갑자기 냉랭해진 이유를 알 수 없었다. 무슨 일일까?

'곡강이 눈앞에 있는데 무슨 잡생각이야. 시인들이 읊었던 곡강이라 구. 지금은 즐길 때야.'

세 사람의 눈빛은 각기 다른 말을 하고 있었다.

모두의 얼굴 위로 곡강의 물이 어른거리고 있었다.

말갈 소년

곡강지에서 먼저 빠져나온 진수의 기분은 엉망이었다.

김유와 함께 나온 정, 두 사람의 묘한 표정을 보면서 얼굴이 굳어졌다. 끓여 온 죽을 전달하고 금세 나올 줄 알았던 정이 무슨 짓을 했는지 한참 만에 나타났고 옆에는 김유가 있었다.

오늘따라 정의 얼굴은 갓 피어난 꽃처럼 청초했다.

툭

진수는 누군가 자신의 어깨를 치고 지나가사 시비를 긴다고 생각했다. 진수는 우두둑 손마디가 꺾일 정도로 힘을 주다 꾹욱 참았다. 싸움이 나면 관에 불려가 골치만 아팠다. 어떤 놈인지 사납게 노려보았다.

자신을 치고 지나간 자는 말갈족이었다.

진수가 욕을 뱉자 시비를 건 자가 홱 돌아 목을 움켜쥐려 했다. 진수도 지지 않고 놈의 손목을 비틀었다. 광대뼈가 튀어나오고 찢어진 눈이 불타듯 강렬했다. 어디서 본 기억이 있었다.

말갈족 부락에서 본 소년이었다.

그때도 놈은 목에 푸른 돌(靑石)을 깎아 걸었는데 그 돌이 아직도 달려 있었다. 이제는 장성한 몸이 됐고 귀에는 귀고리가 달랑거리고 있었다.

"너…… 말갈의 그 적(狄) 맞지?"

상대는 놀라 진수의 얼굴을 뚫어지게 쳐다보다 한참 만에야 키득거렸다.

"이거이 누구야? 히히."

진수가 소년을 만난 때는 아버지가 칭병을 하고 국내성에 있을 무렵이었다.

국내성 집으로 막리지가 보낸 중리소형(중리부는 고구려의 국가 기밀을 관장하거나 국왕을 보좌하면서 수도 경비를 담당하는 부)이 찾아왔다. 담비 털을 걸친 중리소형은 작은 눈이 옆으로 찢어졌고 표정 변화가 거의 없었다. 목소리는 낮았지만 상대의 귀에 정확하게 꽂혔다.

그는 아버지에게 뭔가 한참 말한 뒤 진수를 말에 태웠다.

아버지에게 이끌려 백산에 올랐던 것처럼 중리소형 역시 자세한 설명 없이 진수를 태우고 달렸다.

며칠이 지난 뒤 중리소형과 진수는 말갈족 부락에 도착했다.

말갈족들은 중리소형이 이끌고 온 무리를 보고 극도의 경계심을 드러냈지만 자신들의 장정을 뽑아 가려는 것이 아니란 걸 확인하자 풀었다.

진수와 중리소형은 고기와 말 젖을 얻어 마셨다.

아이들은 들쥐를 잡으며 사냥놀이를 하고 있었고 돼지가죽을 입은 여자들이 진수와 중리소형을 힐금거리며 쳐다봤다. 신기하게도 말 위에 앉은 채 떨어지지 않고 졸고 있는 남자도 보았다. 진수는 국내성에서 말갈족을 봐왔지만 부락을 와본 것은 처음이었다.

목소리가 걸걸한 말갈족장은 진수 또래로 보이는 아들을 데려왔다.

아이는 화살촉으로 쓰는 푸른 돌을 깎아 목에 걸고 있었다. 광대뼈가 튀어나온 아이의 눈은 매처럼 사납게 보였지만 웃을 때는 망아지처럼 순진했다.

소년은 방금 잡은 거라며 토끼를 진수에게 내밀며 깔깔거렸다. 말 젖으로 만든 술을 가져와 마시라고 흔들었지만 진수는 고개를 저었다. 아이는 다시 배를 잡고 깔깔거리다 혼자 다 마셔버렸다.

말갈 소년은 직접 만든 활과 화살을 진수에게 주며 의형제를 맺고 싶어 했다. 마음이 풀어진 진수는 소년에게 '적(狄)'이란 이름을 붙여주었다.

말갈 소년과 헤어진 진수는 산과 들을 넘고 계곡을 지나 커다란 물줄기를 만났다.

"보거라 아리라(송화강)다!"

중리소형이 가리킨 강은 강렬한 햇살을 반사하며 솟구치다 곤두박질쳤다. 깊은 물속에서 거대한 용이 몸을 뒤트는 것 같았다.

"여긴 처음이지? 평양과 국내성만 고구려라고 생각했겠지. 광개토대왕이 밟으신 땅은 네가 상상하는 것 이상이야."

중리소형은 목소리가 잠시 떨리더니 눈을 감고 뭔가 중얼거렸다. 기도를 하는 건지 혼잣말을 하는 건지 알 수 없었다.

그곳은 아리티(하얼빈)라는 곳이었다.

지세는 국내성보다 거칠었고 지금까지 느껴보지 못한 강한 기운을 느꼈다. 돌과 흙으로 쌓아올린 성은 평양성이나 국내성에서 보지 못한 원초적 힘이 있었다.

"단군이 조선의 도읍으로 정하신 곳이 이곳 아리티였어."

중리소형은 찢어진 눈을 가늘게 뜨면서 주위를 둘러보았다. 마치 단군의 광휘를 느끼는 듯 감격스러운 표정이었다.

"조선이란 뜻이 무엇인지 아느냐?"

"모릅니다."

"광명(光明)이란 말이다. 수두(蘇塗-소도)도 과거 아리라에서 시작됐어. 수 양제나 이세민이 왜 그토록 우리를 못 잡아먹어 안달인 줄 아느냐? 토욕혼이나 토번(7세기 티베트 왕국), 서역의 고창(高昌-투루판 지역에 있던 국가)까지 다 굴복시켰는데 고구려만 꺾지 못했기 때문이지. 주변 나라들은 쉽게 굴복시켰지만 고구려만은 저들보다 뛰어나거든.

아무리 해도 고구려가 굴복하지 않으니 위협을 느낀 거야. 두려울 수밖에. 지금 당에게 머리를 빳빳하게 쳐들고 있는 나라는 고구려밖에 없어. 계림과 백제 놈들은 우리 덕분에 목숨을 부지하고 있는 줄도 모르고 까불고 있지만 말야. 고구려만 없어봐, 당장 밀고 들어와 백제와 계림을 쓸어버리고 말지."

진수는 중리소형의 말을 다 알아들을 수는 없지만 느낌은 있었다.

얼떨결에 끌려왔지만 아리라를 기억하고 싶었다. 말에서 내려 아리티에서는 흙 한 줌을 담고 아리라의 물은 가죽부대에 담아 돌아왔다.

진수를 목 빠지게 기다리고 있던 아버지는 아리티까지 갔었다는 말을 듣자 얼굴이 어두워졌다.

"막리지가 경고하는 건가?"

잠도 못 자고 안절부절했던 어머니는 아들이 무사히 돌아오자 가슴을 쓸어내렸다.

"내가 서국과 맞서는 것보다 먼저 계림이나 백제를 우리 강토로 만들어야 한다고 하니까 진수를 데려가 보인 거 같군. 막리지는 서국을 먼저 쳐 광개토대왕이 밟았던 땅을 가져와야 한다고 생각하고 있어. 단군 조선의 옛 강역까지."

진수는 아버지의 침울한 표정을 생생하게 기억했다.

말갈족 소년을 만나니 과거 기억들이 송글송글 맺혀 떠올랐다.

진수와 적(狄)은 주사(酒肆-술집)로 가 그간의 이야기를 나누었다.

적은 중리소형과 진수가 떠난 뒤 결국 고구려군에 차출돼 여러 전투에 참가했다. 나이는 어렸지만 날쌔고 활 쏘는 솜씨가 좋아 살아남을 수 있었다.

"당군이 고구려 국경을 시도 때도 없이 쳐들어오고 고구려군은 그거 막느라 정신이 없거든. 그 틈을 타 이곳으로 도망쳐 왔지. 장안은 흉호들에 대해서는 감시가 덜한 편이야. 나도 흉호입네 하고 슬그머니 들어왔어."

진수도 적에게 마음이 풀어져 그동안의 일을 들려줬다. 적이 목소리를 낮추며 말했다.

"돌아가야지."

"뭐?"

"쉿!"

적은 손으로 목을 베는 시늉을 하며 웃었다.

"들었네? 막리지가 죽고 그 아들이 지금 힘을 쓰고 있다고. 근데 형제 세 명이 아슬아슬하다고 들었어."

"뭐야!"

막리지가 죽었다는 말에 진수는 숨이 멎었다.

막리지가 죽다니 있을 수 없는 일 아닌가.

"서국 놈들은 막리지가 죽어서인지 수시로 쳐들어오고 난리야. 그런데 시퍼렇게 젊은 장남인가 하는 놈이 막리지의 권력을 받았다는데 심

264

상치 않아. 나머지 아들들도 눈이 시퍼렇게 살아 있고."

진수는 그동안 묻어두었던 기억이 돌멩이처럼 날아들어 자신의 머리를 때리는 걸 느꼈다.

국내성 무덤에서 화공이 들려줬던 이야기였다. 고국천왕이 돌아가셨을 때와 별자리가 비슷하게 돌아가고 있다는 말이었다.

그때 진수는 알고 지내던 사관을 찾아가 고국천왕이 돌아간 당시 일을 물어봤다. 몇 년 새 나이가 들어 가래 끓는 소리가 심해진 사관은 눈을 감았다 떴다.

"고국천왕이 돌아가시고…… 좋지 않은 일이 생겼지."

고국천왕이 후손 없이 죽자 왕후 우씨(于氏)가 이를 숨기고 그날 밤 평민의 옷으로 갈아입고 왕의 첫째 아우인 발기(發岐)를 찾아갔다.

우씨는 "대왕은 대를 이을 아들이 없으니 당신이 후계자가 될 것 아니냐"며 접근했다. 당시 발기는 이미 요동 전체를 다스리고 있어 세력이 강대했다.

형인 고국천왕이 죽더라도 당당히 왕위를 이어받을 수 있었기에 우씨의 접근을 받아들이지 않고 오히려 책망했다. 발기는 "왕위란 것은 천명이 따라야 하는데 왕후가 나설 일이 아니며, 왕후가 밤에 돌아다니는 것은 예가 아니다"고 꾸짖었다.

우씨는 분하여 곧바로 둘째 아우인 연우(延優)를 찾아가 왕이 숨진 사실을 알리고 발기와의 일을 일러바쳤다. 연우는 우씨를 맞아들여 주연을 열었고 둘이 손을 잡고 잠자리에 들었다.

다음 날 우씨는 고국천왕이 돌아간 것을 알리고 왕의 유언을 조작해 연우를 후계자로 삼는다고 하였다.

왕위를 뺏긴 발기는 격분하여 병력을 동원하여 왕궁을 포위하고 공격에 나섰다. 발기는 격전을 벌였지만 승리하지 못하자 자신이 거느리던 3만 명의 병사와 요동 전체를 들어 한(漢)의 요동태수 공손도에게 투항하였다.

이때 요동의 모든 땅은 차대왕이 점령한 뒤여서 고구려 땅이었는데 발기의 투항으로 공손도는 싸우지도 않고 차지할 수 있었다.

공손도는 발기의 투항한 군사들을 앞세워 고구려로 쳐들어가 환도성을 유린하고 졸본성을 공격했다.

연우왕은 동생 계수를 내세워 한나라 군사들을 공격하도록 명령했다.

적으로 만난 발기는 동생인 계수에게 "네가 너의 맏형을 죽이려느냐, 옳지 못한 연우를 위해 맏형을 죽이겠느냐"고 외쳤다.

계수는 "연우가 불의하기는 하다. 하지만 너는 한에 항복하여 적의 군사를 끌어들여 조상의 강토를 유린하였다. 연우보다 네가 더 불의하다"고 받았다.

발기는 부끄럽고 후회하여 배천(裵川-비류강)에서 자결하였다.

진수는 연우왕과 발기의 이야기를 들으면서 표정이 어두워지던 화공의 얼굴이 떠올랐다. 왜 그때와 비슷하게 흘러갈 거라 한 건가.

"막리지가 죽은 게 네가 돌아갈 수 있는 기회인지도 모르겠구만."

진수는 그날 밤 적과 밤새도록 술을 마셨다.

발끝부터 머리끝까지 몸 안의 모든 피와 기가 해방되어 하늘로 춤을 추었다. 숙위인 김유만 처단한다면 고구려로 돌아가 투항자로 몰린 억울함을 씻을 수 있었다. 왕경에선 실패했지만 이곳에선 자신 있었다. 막리지가 죽었다면 일은 더 쉽게 풀릴 수 있었다.

숙소에 닿자 모처럼 상승하던 기분이 산산조각이 났다.

늦은 밤인데도 정의 방에는 불이 켜져 있었다. 정은 방문이 열리는 것도 모르고 한참 생각에 잠기다 붓을 쥔 손을 움직였다.

시상(詩想)을 떠올리는지 혹은 피안을 달리는지 몰랐다. 깎은 머리에
도 불구하고 불빛을 받은 정의 모습은 미옥(美玉) 같았다.

가냘픈 어깨가 진수의 마음을 고통스럽게 희롱하고 있었다.

임무완수

황제로부터 소식을 애타게 기다리는 견당사 일행은 시간이 흐를수록 하루하루가 타들어가는 것 같았다.

김유는 답답한 마음에 객관에 가만있을 수 없었다.

마침 나타난 정은 서둘러 나서는 김유와 만났다.

김유는 이전의 차가운 표정으로 돌아가 입술을 굳게 다물었다. 정은 사람들 눈을 피해 김유를 끌었다.

"무슨 일이야?"

김유는 쌀쌀맞게 정을 쳐다보았다.

"장안 상인과 직접 거래할 수 있게 됐소! 상등품들을 지금보다 훨씬 싸게 살 수 있단 말이오."

정은 여의주라도 얻은 것처럼 흥분했다.

"음……."

정은 김유가 자신처럼 기뻐하지 않는 게 멋쩍었다. 이번 일로 크게 벌어들일 수 있게 되면 영명부인과 가게를 물려받게 될 김유에게 큰 도움이 될 일이었다.

진수라면 얼마나 대단하고 좋은 일인지 알아줄 텐데. 일찍 나갔는지 숙소에도 보이지 않았다.

"왕경으로 돌아가고픈 게냐?"

김유는 무뚝뚝한 얼굴로 돌아와 물었다.

"이곳이 편하고 재미있지만…… 실은 진짜 가보고 싶은 곳이 있소."

정은 일을 성사시킨 대가로 김유가 서역으로 가는 걸 허락할지 모른다는 희망을 품었다.

"가보고 싶은 곳이 있다고?"

"서역이오! 상인들의 왕국이라는 강국(康國-사마르칸트)도 가보고 싶고, 얼어 죽는 한이 있어도 홍호들이 목숨 걸고 넘는 설산(雪山)도 보고 싶소. 황금이 쌓였다는 대진(大秦-로마)은 못 가더라도."

깊숙이 숨겨뒀던 말을 끄집어내자 감춰뒀던 날개를 편 것처럼 파닥거렸다. 금빛 날개를 펴고 구름 위를 나는 것 같았다.

무령대왕(백제왕) 시절에는 대국뿐 아니라 천축국(인도)과 대식국(아라비아)과도 물건을 교환해오지 않았던가. 내 핏속에는 서역에서 활발하게 날개를 폈던 자의 피가 흐르고 있을지 모른다.

말로만 들은 거대한 남해박(南海舶)을 타보고 싶었다. 남해박은 감람(올리브) 설탕을 발라 군혀 마치 칠을 한 것처럼 바다에 들어가도 물이 스며들지 않는다고 했다.

남해박을 타고 임읍국(베트남)과 천축, 해서(海西-지중해)까지 가보고 싶은 열망도 있었다.

깊은 바다에는 담황색 등껍질을 가진 대모(玳瑁-바다거북)가 헤엄쳐 다니고 어쩌면 몸 크기가 수천 리나 된다는 거대한 물고기인 곤(鯤)을 볼 수도 있을 거야. 거대한 곤이 바닷속을 헤엄칠 때마다 수만 마리 물고기가 놀라 달아나고 물새들은 한꺼번에 방향을 바꿔 도망가겠지. 산만큼 어마어마한 물보라가 사방에 흩어지면 지나가던 배들도 혼비백산할 거야.

정은 벌써 남해박을 타고 바다 위를 달리고 있었다.

머지않아 서역에서 장안까지 낙타로 실어 나르는 것으론 모자라 배로 날라야 할 때가 올 것이다. 말은 수레만 못하고 수레는 배만 못한 법이다. 백제나 계림의 배 만드는 기술이면 당주(唐舟)에 뒤지지 않는다.

앞으로 계림이나 백제, 장안과 서역의 물건에 목을 매는 왜인들까지 손아귀에 넣을 수 있다. 당으로 오려는 왜국 유학생과 유학승까지 태워 올 수 있다면 더 크게 벌 수 있을 것이다.

정은 천하를 가진 듯 하늘로 둥실 떠올랐다.

"왕경으로 돌아가면……."

김유는 허공을 보다 정에게 고개를 돌렸다.

그 순간 정의 몸에서 복사꽃 향기가 났다. 그윽하게 감겨오는, 저항할 수 없는 향기이자 생기였다. 그 기운은 김유를 숨 막히게 하고 순간 감추고 싶은 열정을 열어버렸다.

손에 잡히지는 않지만 분명히 있을 것 같은 행복, 안온함, 환희, 비상(飛翔)이었다. 누구에게서도 느껴보지 못한 생명력이었다. 어쩌면 내겐 허무라고 해야 할까. 가질 수도 만질 수도 없는 황량함…….

자신이나 어머니를 속인 백제의 첩자라고 하기에 정의 눈은 순수했다. 아름다웠다.

백제가 계림을 쳐들어와 가족 같은 화랑들을 죽였지만 정이 창칼을 든 적군은 아니었다. 상황이 삼국을 대치하게 만들었을 뿐이다. 그 속에서 먹고 마시며 울고 웃는 사람들은 그저 사람일 뿐이었다. 단군이라는 같은 뿌리를 가지고 있지 않은가.

"너는 우리 집 노비도 아니고, 억지로 왕경으로 다시 갈 필요는 없다. 원한다면 여기 남도록 해. 장안에 남든지 서역으로 가든지 맘대로 하라구. 사흘 뒤 북소리가 울릴 때 숙소로 갈 테니 그때 말해줘."

김유는 생각지도 않았던 말이 흘러나와 멈칫했다. 입술이 주문에 걸린 듯 말을 듣지 않았다. 마음 한구석에선 기쁨인지 빛인지 모를 것이 새어나왔다.

얼음 칼 같던 김유가 아닌가. 정은 김유에게서 처음으로 낯선 눈빛을 보았다. 얼굴과 몸이 단단한 차돌처럼 굳어 있고 냉정하기만 하던 김유였다. 그러나 지금 그의 얼굴은 어떠한 선입견이나 편견 없이 있는 그대로의 정을 바라보는 눈이었다.

김유와 헤어져 나오면서 정의 가슴은 세차게 뛰었다.

이건 꿈일까. 정말 김유는 나를 놓아주는 것일까. 영명부인 방을 엿듣던 나를 잊어주는 걸까.

"악!"

숙소로 돌아온 정은 벅차오르던 가슴이 한순간에 무너졌다. 귀신이라도 본 듯 얼어붙었다.

방 안으로 불쑥 들어온 사람은 숙부였다.

숙부가 나타날 리가 없었다. 유령이 틀림없었다.

"장안까지 어떻게?"

"쉿!"

입을 막는 숙부는 말할 수 없이 초췌하고 눈에는 어두운 기운이 돌았다. 예전의 그가 아니었다. 마른 목소리를 낼 때마다 소름이 돋았다.

정은 가쁘게 숨을 몰아쉬며 주먹으로 입을 틀어막았다. 그 바람에 쓰고 있던 너울이 벗겨졌다.

"머리가 왜 그 모양이냐? 설마 비구니가 된 건 아니겠지? 그것도 그리 나쁘진 않지만."

정은 고개를 가로저으며 굵은 눈물을 떨어뜨렸다. 숙부의 말을 따르려다 김유에게 들켜 곤욕을 치렀던 일이 덮쳐왔다.

"견당사에 대해 알아내라고 했더니 말은 듣지 않고 여기까지 왔구나."

숙부의 얼굴은 노여움에 떨리다 체념으로 바뀌었다. 그동안 무슨 일이 있었는지 머리는 거칠게 셌고 목소리는 바싹 말랐다.

"그건……."

"음…… 사정은 차차 듣기로 하자. 우선 급한 일이 있다. 이번엔 틀림없이 해내야 한다!"

숙부는 정의 어깨를 아프도록 움켜쥐었다.

정이 자신이 시킨 일을 하지 않고 견당사에 끼여 장안으로 갔다는 소식을 듣고 믿을 수 없었다. 사내도 아닌 정이 견당사에 긴 사실도 불가능이었다.

그는 정에게 마지막 기대를 걸기 위해 목숨을 걸고 장안으로 왔다. 정에게 필사적으로 기대는 처지가 한심스러웠지만 어쩔 도리가 없었다.

당과 고구려의 사이가 격해질수록 고구려와 손잡고 있는 백제인의 입국도 까다로워졌다.

"네가 견당사와 한 배를 타고 온 걸 알고 있다. 김춘추가 당주(당 고종)에게 백제를 혼내주라고 견당사를 보낸 거지. 당주도 이번엔 백제를 겨누려 할 게야."

당의 최종 목표는 고구려지만 계림의 요청을 받아 백제를 공격할 게 분명했다. 백제를 꼼짝 못하게 해야 고구려를 도울 우방(友邦)이 없어지고, 계림과 당이 고구려를 공격할 수 있기 때문이다.

숙부는 눈물로 범벅이 된 정의 얼굴을 잡았다.

"당과 계림이 움직인다면 백제는 무사하기 힘들다! 계림이 치졸한 계략을 세우지 못하게 막아야 한다. 그러기 위해서는 김유란 놈을 해치워야 해!"

"예?"

정은 숙부의 눈에서 섬뜩한 광채를 보았다.

"말이 좋아 숙위(宿衛)지 당주를 지키러 온 개 아니냐. 그놈이 죽는다면 당 조정도 발칵 뒤집힐 게야. 김유에게 변고가 생긴다면 황제를 흔드는 일이 된단 말이다! 백제를 궁지로 몰아넣으려는 일도 당분간 하지 못하겠지. 그동안 우리는 고구려와 힘을 모아 계림과 당을 물리칠 계책을 세울 거다. 알겠느냐?"

"전 못해요! 시키신 일을 하다 죽을 뻔했어요."

정은 엉엉 울었다.

"여긴 왕경에서처럼 두려워 떨지 않아도 되고 그리고 제가 힘써 읽고 배웠던 것이 있어요. 장안이 좋아요. 떠나기 싫어요."

"네가 배웠던 것이 있다고?"

"노사구(공자)와……."

"어리석은 것. 내가 잘못 가르쳤구나. 이 허위투성인 서국이 좋다고? 우리 단군에게서 배운 것들을 저희들 것으로 둔갑시키는 자들이다. 이세민은 하다못해 노자를 저의 조상이라고 우겨대고 있는 것도 모르느냐.

지금은 모든 걸 다 잊거라. 견당사가 당주의 조서를 들고 귀국하기 전까지 해치워야 해. 시간이 얼마 없다. 보광사(普光寺-장안에 있던 사찰)에서 기다리마."

정은 고개를 세차게 흔들었다. 숙부의 눈은 뱀처럼 차갑게 빛났다. 정은 더 이상 숙부에게 매달려 봤자 소용없다는 걸 알았다.

정은 몸서리를 치며 고개를 떨구었다.

❖❖❖

진수는 시장에서 구한 패검을 만지작거렸다.

칼끝에 독만 바르면 살짝만 닿아도 즉사시킬 수 있다.

한 번의 기회가 남았다.

진수는 인기척을 느끼고 패검을 숨겼다.

"안에 있지?"

문을 열고 들어오는 정의 얼굴은 핏기가 없었다. 창백한 가운데 두려움과 허망함이 섞여 있었다.

진수는 패검과 자신의 계획이 들키기라도 한 것처럼 바짝 신경이 곤두섰다.

정은 진수의 눈을 들여다보며 망설였다. 진수가 왕경에 끌려왔을 때부터 지금까지 김유의 목을 노리고 있었다는 걸 알고 있다.

왕경에 끌려온 이후 비 맞은 개처럼 웅크리고 당해야만 하는 진수가 가여웠다.

정의 뺨에 눈물이 흘렀다.

"무슨 일이야?"

"넌 알고 있었지? 내가 백제에서 왔다는 걸. 나도 네가 고구려 귀족이란 걸 아니까."

설움이 북받치고 눈물이 터져 나왔다.

진수는 정의 눈물을 닦아주었다.

정은 그 손을 따뜻하게 쥐며 입술을 대었다. 진수는 정의 뜨거운 눈물과 입술이 손에 닿자 머릿속이 새하얗게 됐다.

진수는 몸을 돌려버렸고 정이 뒤에서 껴안았다.

진수의 눈이 정의 눈을 통해 빨려 들어가고 있었다.

정이 잡은 진수의 손바닥은 굳은살로 딱딱했지만 따뜻했다.

진수는 정을 이끌고 어딘가 오래 걸었다. 별들이 서로 소곤거리듯 두 사람을 내려다보고 있었다.

마구간이었다.

"올라타! 전부터 말 타고 싶다고 했잖아."

정은 사내처럼 신 나게 말을 달려보고 싶었다. 말안장을 만지며 어리둥절해 있는데 진수가 먼저 올라타 정을 끌어올렸다.

진수는 앞에 앉은 정을 보며 천천히 몰았다.

요령을 익힌 정도 유연하게 말의 움직임을 받아들였다. 진수의 팔과 다리 근육이 온몸을 감싸듯 했다.

달빛은 충분히 밝았고 천 개의 불을 밝히듯 환했다.

"달려볼까?"

답답할 때 말을 빌려 타던 진수는 어느 순간부터 정과 달려보고 싶다는 생각을 했다.

정의 희고 긴 목이 눈에 들어왔고 저도 모르게 허리를 꽉 잡았다.

살고 싶고 사랑하고 싶었다.

진수는 정이 잔뜩 긴장해 있음을 알아차렸다.

"무서워? 멈출까?"

"아니 멈추지 마!"

정은 무서움을 떨쳐버리기 위해 더 달리고 싶었다. 달리다 떨어져 산산이 부서지는 한이 있더라도 끝까지 달릴 생각이었다.

두 사람은 하나의 몸처럼 움직였다.

말에서 내린 정은 진수를 붙들고 가쁜 숨을 몰아쉬었다. 두 사람 모두 땀에 흠뻑 젖었다.

숲에서 걸어 나오던 모습과 황룡사 목탑에서의 순간이 지나갔다.

정의 도톰한 입술이 석류 알처럼 부서졌고 진수는 저도 모르게 빨아들였다.

진수가 미처 알지 못했던 세계를 먼저 파고든 것은 정이었다.

어느 틈엔가 정이 진수의 얼굴을 내려다보고 있었다.

진수의 굵은 목과 단단한 가슴 위로 정의 그림자가 드리워졌다. 머릿속에서 수천 개의 번개가 번쩍거렸다.

정의 우윳빛 몸 위로 금빛 소나기가 뿌려졌다.

서안(書案) 앞에 앉은 김유의 눈에는 글자가 한 자도 들어오지 않고 겉돌았다. 아까부터 계속 같은 줄만 들여다보고 있다.

정이 어떤 결정을 내릴지 아니 자신이 왜 그런 말을 했는지 알 수 없었다. 진심으로 정이 자유롭게 되길 원하는 걸까.

"마침 계셔서 다행입니다."

무슨 일인지 혜각이 성급하게 문을 열며 들어왔다. 서둘러 왔는지 땀이 나 이마가 번들거렸다.

"무슨 일이라도?"

"영명부인께서 장안에 닿으면 서찰을 전해주라고 하셨는데 소승이 깜빡했어요. 어머님께는 늦게 받았다고 말씀하지 마세요."

혜각은 정말로 미안했는지 얼굴이 빨개지며 부탁했다.

김유는 혜각이 돌아간 뒤 서찰을 확인하고 얼굴이 하얗게 변했다.

장안에 도착하면 적당한 시점에 고구려 노비와 백제 계집을 마음대로 처분해도 좋다는 내용이 적혀 있었다.

왕경으로 다시 데려올 필요가 없다는 말이었다.

사향을 바르고

사시사철 수온이 같다는 장안의 화청지는 유황냄새가 나지 않았다.

황제가 이용하는 곳이라서인지 거대하고 화려하게 조성된 온천장이었다. 온천장에서 보이는 여산은 햇빛을 받아 청신하게 보였다.

정은 노자(老子)의 숨결이 배어 있는 여산을 보며 멍하니 있었다.

김유를 해치고 무사할 것 같으냐?

지금도 늦지 않았어. 네가 하고 싶었던 일을 해, 누구도 너에게 명령할 순 없어.

정은 누군가 자신의 귀에 대고 속삭이는 것 같았다.

김유를 희생해 풍전등화 같은 백제를 도울 수 있다면 그 길을 가야하지 않겠는가. 백제는 아버지가 몸 바쳐 충성을 바친 나라, 너의 조국이 아니냐.

백제건 계림이건 다 잊고 떠나라. 다른 세상으로 도망치란 말야.

복잡한 생각으로 머릿속이 갈갈이 찢기고 있었다.

정은 이세민(당 태종)이 몸을 씻었다는 탕을 지나 장안 여자들이 찾는

탕으로 들어갔다. 정수리부터 발끝까지 딱딱하게 굳을 정도로 밤새 자지 못했다.

창름(창고) 같은 여관에 들어가 흥호(서역 상인)들과 만나면서도 한쪽 신경은 다른 곳을 치달리고 있었다.

장안에 와서야 진수가 강국(사마르칸트)말이 가능하다는 걸 알았다. 유모에게서 간단한 강국말을 배웠다고 말했다.

정은 진수의 도움을 얻어 강국 상인들로부터 어떤 물건을 가져올 수 있는지, 그들은 어떤 경로로 장안까지 물건을 실어 오는지 물었다. 강국 상인들은 거칠고 배타적이었지만 예쁘장하면서도 노련한 정의 수완과 흥정하는 솜씨를 즐겼다.

정은 동쪽 나라 계림의 동시(東市)에서 가장 큰 보석과 비단 가게를 하고 있다며 물건만 좋으면 장안보다 두 배를 쳐주겠다고 큰소리쳤다. 어디서 구했는지 진귀한 슬슬(에메랄드)을 꺼내 보이며 이런 물건을 가져와야 한다며 흥호들의 기를 죽였다.

정이 손에 든 최상품 인삼을 본 흥호들은 모두들 욕심을 냈다.

정은 마지막으로 헤어질 때 한어를 할 줄 아는 흥호에게 재빨리 종이와 붓을 꺼내 필담(筆談)으로 뭔가를 써주었다. 종이를 들여다본 흥호는 심각한 표정이 되더니 잠시 후 고개를 끄덕였다. 진수가 종이의 내용을 보려고 고개를 내밀자 정은 박박 찢어버렸다.

온천의 더운 김처럼 머리를 짓누르던 상념이 흐물흐물해졌다.

자유롭게 풀어주겠다고 하는 사람에게 칼을 꽂아야 하나.

정은 김유가 보던 역경의 풍괘(豊卦-주역 64괘 중 하나)가 떠올랐다.

해가 중천에 뜨면 기울고 달도 차면 먹히는데, 백제와 고구려가 해와 달이 아닌가. 두 나라가 기울기 시작했다면 김유 한 사람 해치워 그것을 막을 수 있을까.

피 흘리며 쓰러지는 김유를 떠올렸다.

결국 붙들려 왕경으로 끌려가겠지. 어쩌면 장안에서 모진 형을 받을지도 모른다. 숙부는 날 구해줄 수 있을까.

오늘 북소리가 울리면 김유가 찾아올 것이다.

정은 뜨거운 물에 담근 몸을 내려다보았다.

비단 가게에서 가벼운 옷을 사고 처음으로 사향을 샀다.

북소리와 함께 방문을 열고 들어오는 김유를 생각하면 그때마다 떨리고 열이 올랐다.

기세 좋던 해가 한풀 꺾이자 사람들의 발걸음이 바빠졌다.

저들은 처와 자식이 기다리는 집으로 돌아가 저녁을 지어 먹겠지. 칭얼대는 자식을 쥐어박지만 잠시 후면 헤헤거리며 밥상에 몰려들 것이다.

연극을 보기 위해 한껏 차려입고 나서는 귀부인의 비단 옷자락이 유난히 서걱거렸다. 예쁜 얼굴은 아니지만 배우 못지않은 화장으로 화사하고 유혹적으로 보인다. 무대 위에서 연기하는 배우들을 보며 울고 웃다 허무한 마음을 달래며 밤늦게 돌아가겠지.

무거운 물지게를 지고 내달리는 지게꾼의 땀 흘리는 얼굴마저 부러웠다.

둥-

승천문에서 하루의 끝을 알리는 북소리가 울리기 시작했다.

둥-

정은 무심코 거울에 비친 모습을 보았다. 그동안 거울을 보지 못했던 정은 자신의 모습에 놀랐다. 핏기 없이 방어적이던 소녀는 간 데 없고, 물오른 버들가지 같은 계집이 서 있었다.

둥-

두려워 피하고 싶은 날이었다.

기다리는 촌각이 얼마나 지루하고 더디던가. 오늘 밤 이후로는 더 이상 이렇게 살지 않아도 되겠지. 거울을 들여다보는 계집은 몸을 부르르 떨다가 정신을 집중했다.

품속에 넣어둔 비상을 다시 확인했다. 정의 부탁을 받고 은밀히 구해 준 홍호는 조심히 사용하라고 강조했다.

맹독성이야 손끝에 닿는 것도 조심해.

둥-

북소리가 그치면 성문은 닫히고 시장의 문과 각 방(坊)의 문도 굳게 닫힌다.

숙소로 돌아온 정은 산 옷으로 갈아입고 분 화장을 했다. 영명부인에게서 맡던 사향이 자신의 몸에서 피어오르니 묘한 기분이 들었다.

길고 어두운 밤이 시작되고 있었다.

정은 숙소에서 혜각과 맞닥뜨렸다.

"청익승 흉내를 내고 온 아이가 이렇게 하고 다니다니 쯧쯧."

혜각은 화장을 짙게 한 정을 보자 못마땅한 표정을 지었다. 혜각은 관아에서 함께 온 청익승은 어딨냐고 사흘이 멀다 하고 찾아대는 통에 늘 진땀을 흘렸다. 정이란 아이가 가끔씩 옆에 앉아 불경이라도 외는 흉내를 내야 하는데 천방지축이었다.

"돌아만 다니지 말고 김유 공 좀 챙겨드려라. 갈수록 헬쑥해지는 게 안쓰럽지도 않느냐? 음식이 입에 안 맞아 저리 고생하는데."

정은 김유의 이름이 나오자 칼로 베는 듯했다.

"짐승도 아닌데 은혜를 잊어선 안 된다. 음 말하지 말라고 했다만…… 네가 바다에 빠져 사경을 헤맸을 때 산삼을 먹여준 게 김유 공인 줄은 아느냐? 그 산삼이 어떤 산삼인데. 그 귀한 산삼을 먹고 네가 살아난 거야."

"뭐라 하셨어요?"

정은 무슨 소리를 하는 건가 멍하니 바라보았다.

"그 귀한 산삼은 황제께 올리는 조공물이었어. 당 조정에서 산삼은 어딨느냐고 추궁하는 바람에 얼마나 애먹었는지 모르지? 조공물이 부실하면 견당사도 받지 않고 본국으로 쫓아 보낸다고. 김유 공이 그런 위험을 무릅쓰고 너에게 먹인 거란다. 그 은공을 잊어선 안 돼!"

❖❖❖

앞에 김유가 걸어가고 있다.

진수가 숙소에서부터 따라붙고 있는데 오늘따라 허둥지둥하는 모습이 평소의 김유답지 않다.

마침 잘됐군.

패검을 숨긴 진수는 김유가 눈치 채지 못하게 가만가만 뒤를 밟았다. 날은 이미 어두워졌고 비까지 부슬거리자 비를 피하려는 사람들은 저마다 바빴다. 이리저리 누군가를 부르며 뛰어가거나 손바닥으로 비를 가리며 껑충껑충 뛰어가는 사람들뿐이다. 누구도 김유나 그 뒤를 밟는 진수를 눈여겨보지 않는다.

김유가 심부름을 시키는 시종도 무리굴도 보이지 않았다.

어디를 가고 있는 걸까.

평소에도 장안 귀족 못지않게 비단으로 해 입고 다니는 김유였지만 오늘따라 몸에 감기는 듯한 옷차림이다.

뭔가 골똘히 생각에 잠긴 김유의 미간이 좁혀졌다 풀어졌다를 반복하는 게 고민거리라도 있어 보였다. 우산이 없는 김유는 옷이 젖어들자 가끔 원망스럽다는 듯 하늘을 쳐다보다 다시 땅을 내려다보며 생각에 잠겼다.

설마…….

김유가 향하는 곳은 정이 머물고 있는 여관이었다. 김유가 정의 숙소를 찾는 일은 지금까지 없었다.

진수의 등에선 땀이 배기 시작했다.

김유는 정의 방 앞에서 기침소리를 냈다.

인기척을 못 들었는지 얼굴도 내밀지 않았고 숨소리조차 내지 않았다. 문을 열어보니 불은 켜져 있는데 사람은 보이지 않았다.

사향만 은은하게 퍼지고 있었다.

정은 사향을 사용한 적이 없었는데. 향을 맡고 있자니 하루 종일 어수선했던 김유의 마음이 더 바빠졌다. 오늘 무슨 대답을 할까. 지금 어디서 뭘 하고 있기에 아직도 안 나타나는 거지.

삐걱 하고 문이 열리며 정이 나타났다.

"어디 갔다 오는 거야?"

목소리는 차가웠지만 반가움은 감추지 못했다. 백일홍 빛깔이 나는 비단 치마와 저고리를 입은 정은 놀라웠다.

숨을 죽이며 안을 살피고 있던 진수는 김유를 쳐다보는 정의 묘한 눈을 보자 창자가 꼬이는 통증을 느꼈다.

정이 김유를 불러들인 건가.

"이거 줄려고 가지고 왔소."

보따리를 풀어보니 화전(花煎)과 술이었다. 화전을 보니 진달래를 얹어 부쳐 먹던 고향 생각이 났다. 백제도 화전을 먹는가…….

불빛에 정의 검은 속눈썹이 가늘게 떨리고 있었다. 손과 어깨도 떨고 있었다. 떨어지는 비를 온몸에 맞고 있는 듯 떨고 있었다.

얇은 옷으로 부드러운 몸의 선이 드러났다.

김유의 날렵한 콧날이 불빛을 받아 은은하게 빛났다. 왕경의 귀공녀 중 누가 김유의 콧날을 떠올리면 잠을 잘 수가 없다고 했었는데.

빗소리가 강해졌다.

"한잔 드시오."

정은 김유의 눈을 들여다보며 조심스레 술을 따랐다.

서책을 가지러 갔다 들킨 정의 옷을 벗기던 김유의 험악한 얼굴이 생각났다. 장도(長刀)를 찌를 듯 자신의 목에 대며 소리치던 순간을 떠올리자 부르르 떨렸다. 숨 쉬기가 곤란할 정도로 가슴이 조여왔다.

'그 귀한 산삼은 황제께 올리는 조공물이었어. 당 조정에서 산삼은 어딨느냐고 추궁하는 바람에 얼마나 애먹었는지 모르지? 김유 공이 그런 위험을 무릅쓰고 너에게 먹인 거야.'

'지금은 모든 걸 다 잊거라. 견당사가 당주의 조서를 들고 귀국하기 전까지 해치워야 해.'

숙부와 혜각의 얼굴이 눈앞에서 어지럽게 돌아가며 큰 소리로 외쳐대고 있었다. 목이 불같이 뜨거워졌다.

빗소리가 굵어지더니 주위는 천둥번개로 번쩍거리기 시작했다.

내게도 이런 일이 생기다니.

어쩌면 처음 정을 본 순간부터 시작됐는지 모른다. 어머니 내실에서 나오는 정을 봤을 때 찌르르하게 관통하던 당황스런 예감. 적극적으로 부인했지만 정에게 기우는 관심은 갈수록 깊어갔다.

낙망스러운 것은 결국 어쩔 수 없다는 좌절감이었다. 화랑이 되고 풍월주까지 오른 이상 적국인 백제 여자를 품에 안는다는 것은 처음부터 불가했다. 아예 발을 들여놓지 말았어야 했다. 하지만 마음은 온몸이 부들거릴 만큼 정에게로 흔들리고 있었다. 태어나서 지금까지 가장 이해할 수 없는, 저항할 수 없는 일이었다.

김유는 점점 창백해지는 정의 얼굴을 쳐다보며 술잔을 입으로 가져갔다.

"안 돼!"

정은 김유의 입안에 들어가려던 술을 집어던지고 술병도 팽개쳤다. 바닥에 술잔과 술병이 나뒹굴고 술이 흥건히 쏟아졌다.

"뭐야!"

정은 김유를 쏘아보더니 뛰쳐나갔다.

방 안으로 들어와 혀를 날름거리던 새끼 도마뱀이 바닥에 쏟아진 술 위로 기어 다니다 죽어버렸다.

독이었나.

진수는 정이 비명을 지르고 뛰쳐나가는 걸 보고 방 안으로 튀어 들어갔다. 김유가 정에게 무슨 짓을 저지른 게 분명했다.

칼을 든 진수는 김유를 덮쳤고 두 사람은 야수들처럼 엉켰다.

아버지를 해치고 정을 욕보이려 한 김유를 찢어 죽이고 싶었다.

분노로 분열하던 진수의 틈을 김유가 파고들었다.

아악!

피 흐르는 얼굴을 감싸며 뒹군 사람은 진수였다.

사향과 서늘한 기운이 비릿하게 섞이고 있었다.

❖❖❖

부사가 숨을 가쁘게 내쉬며 돌아왔다. 얼굴은 한껏 상기되고 목소리는 심하게 떨렸다.

"됐어! 됐어!"

부사는 김유를 보자 두 손을 잡으며 눈물을 글썽였다.

"황제가 궁으로 들라는 명을 내리셨어. 사람을 시켜 알아보니 황제도 생각이 많이 달라지셨다 하는군. 왕경에서 학수고대하고 계실 전하가 그토록 염원하신 일이 이뤄질 거야!"

"당이 계림을 위해 출병할 수 있는 겁니까?"

김유는 부사의 눈을 뚫어져라 쳐다보았다. 자신이 숙위로 포함된 견당사 일행이 대왕(김춘추)의 숙원을 해결한다면 이만한 광영도 없었다.

당이 군사를 일으켜준다면 끊임없이 쟁투를 벌였던 고구려와 백제는 더 이상 두려운 상대가 아니다. 이전과는 차원이 다른 싸움이 될 게 틀림없다.

부사는 당 조정이 왜국의 견당사 일행이 기밀을 백제에게 누설할까 우려해 억류까지 했다고 알려줬다.

당은 장수 계필하력과 설인귀로 하여금 요동 지역을 공격해 고구려가 다른 곳에 신경 쓰지 못하게 압박하고 있었다. 고구려 국경을 지키느라 백제에 대해 신경 쓸 여력이 없게 만드는 것이다.

이 모든 게 일차적으로 백제를 겨냥하면서 고구려나 왜국이 백제를 돕기 위해 나서지 못하게 하는 대비책이었다.

폭풍우가 휩쓸고 간 들처럼 모든 게 쓸려 가는 건 아닐까. 폭풍우에 고구려 백제뿐 아니라 계림까지 쓸려 가는 건 아닐까. 백제와 고구려를 패퇴시킨 당이 계림을 가만두지 않을 경우 그땐 누가 당군을 대적할 수 있을까.

김유는 이런 생각에 우울해졌다.

"좋은 일이 있나 봅니다. 저 어른이 신이 나 뛰어가시던데요."

무리굴은 부사의 뒷모습을 보며 김유의 표정을 살폈다.

"비구니 행세를 하던 그 계집이 사라져서 관리들이 난리를 부리고 있어요. 왕경서부터 어쩐지 의심쩍더라니…… 경을 칠 것 같으니."

김유는 정의 이름이 나오자 미간이 좁아졌다.

"형, 갈수록 얼굴이 핼쑥해지는 게 염려됩니다. 무슨 일이 있어요? 아니면…… 장안에서 마음에 두는 계집이라도 생긴 거예요?"

무리굴은 조심스레 김유의 눈치를 보면서 물었다.

"누굽니까? 제가 당장 데려다 꿇리겠습니다."

"내가 누구냐?"

"예?"

"계림의 풍월주가 아니냐."

"그 그건 예 맞습니다."

"풍월주가 된다는 것이 뭘 의미하는 줄 아느냐. 하늘이 주신 성스러운 선도(仙道)를 이어받아 계림을 위해 몸과 혼을 바치는 것이다. 어찌 사사로운 감정에 얽매이겠느냐. 사람에 대한 욕심은 벌써부터 빗장을 걸어두었다."

불타는 사비성

정이 사라지고 난 뒤 진수는 정신 나간 사람처럼 보였다.

마음과 머리에는 텅 빈 수숫대처럼 찬바람이 지나가고 있었다.

한동안 뭘 먹는지 입는지 모르게 시간이 흘렀다.

정이 사라진 탓에 진수는 장안에서 발이 묶여버렸다.

대사는 정의 실종에 대해 당 조정에 해명해야 했다. 당 조정은 청익승이 무단으로 도망간 이상 다른 사람이 추가로 사라질 경우 엄중 문책하겠다는 뜻을 전했다.

진수는 김유가 자신의 목을 찌를 수 있었는데 그 정도로 끝낸 것이 오히려 역겨웠다.

김유로선 진수를 살려둬야 정이 다시 나타날 것만 같았다.

불똥이 혜각에게까지 튀어 곤욕을 치렀지만 계림과 당의 관계가 중요해지고 상황이 긴박해지면서 넘어갔다.

그보다 견당사 일행이 하루빨리 왕경으로 돌아가 당주의 뜻을 전하는 게 시급했다.

당주가 계림의 요청에 대해 중대한 결단을 내렸던 것이다.

견당사 일행이 장안에서의 임무를 마치고 왕경으로 돌아오자 대왕(김춘추)은 크게 감격했다.

고구려 백제에게 협공을 당하던 계림은 숨통이 틔었다며 환호했다.

3월 당의 소정방이 13만의 당군을 이끌고 백제를 향해 나섰고 계림에게도 소식이 전해졌다. 김유신이 이끄는 계림군은 6월 18일 남천정(이천)에 닿았다.

백제 의자왕은 소정방이 군사를 이끌고 바다 건너 덕물도에 이르고 계림왕(김춘추)이 김유신에게 정예 군사 5만 명을 보냈다는 말을 듣고 다급해졌다.

계림군이 왕경에서 출발했다는 소식을 듣고 고구려 공격에 나선 것으로 판단했다. 그러나 당의 군대가 계림군과 덕물도에서 만나 사비성 공격을 앞두고 군사회의를 하자 부랴부랴 대응에 나섰다.

의자왕은 신하들을 급히 불러 모아 당군과 계림군을 어떻게 막아야 할지 물었다.

백제 좌평(백제 16품 관등 중 제1품) 의직(義直)이 말했다.

"적(당군)은 멀리 바다를 건너왔습니다. 물과 배에 익숙하지 못한 자는 배앓이에 지쳐 있을 것입니다. 육지에 내린 적들이 기운을 차리지 못하고 있을 때에 우리가 급히 치면 뜻을 얻을 수 있습니다. 계림군은 당군의 도움을 받고 있어 우리를 가벼이 여기겠지만 당군이 불리하게 되면 두려워해 감히 진격하지 못할 것입니다. 먼저 당군과 겨뤄 승부를 결정하는 것이 좋을 듯하옵니다."

달솔(16품 관등 중 제2품) 상영(常永)은 다른 입장을 보였다.

"그렇지 않습니다. 오히려 당군은 멀리서 왔기 때문에 하루 빨리 싸우려고 덤빌 것입니다. 우리로선 그 예봉을 감당하지 못할 것입니다.

반면 계림군은 여러 번 우리에게 패했기 때문에 우리의 위세를 보면 두려워할 것입니다. 먼저 당군의 길을 막아 군사들이 피로해지길 기다리고, 일부 군사는 계림군을 쳐서 그 날카로운 기세를 꺾어야 합니다."

의자왕은 양쪽의 의견이 갈리자 마음을 정하지 못했다.

의자왕이 우왕좌왕하는 사이 계림과 당의 군사가 탄현과 백강을 지났다는 보고가 올라왔다.

백제는 탄현이 뚫리면 적들이 평지를 통해 사비성까지 거침없이 진격해올 수 있기 때문에 탄현에 몇 겹의 방어망을 구축해놓았다. 그러나 김유신은 의자왕이 결단을 내리지 못하는 사이 탄현을 뚫고 황산벌로 밀고 들어왔다.

계림군과 당군은 국경 부근의 성은 놔두고 곧바로 사비성으로 진격해 백제의 허를 찔렀다. 의자왕이 머물고 있는 사비성을 공략해 왕의 항복을 받아내기로 결정하고 파죽지세로 진격했다. 국경에서의 전쟁을 피해 시간과 병력을 소모하지 않고 사비성을 집중적이고 속결로 공격해 승부를 결정지으려 했다.

의자왕은 사태가 숨가쁘게 진행되자 달솔 계백을 보내 김유신이 이끄는 계림군을 막도록 했다. 계백은 좌평 충상, 달솔 상영과 함께 5000명의 군사를 이끌고 황산벌을 향했다.

계림군은 죽음을 무릅쓴 계백의 결사대와 맞붙었지만 네 차례나 패했다. 김유신은 7월 10일 당군과 합류하기로 군약(軍約)을 맺었기 때문에 한시가 급했고, 계백의 결사대는 백제의 명운을 걸고 결사항전에 나섰다. 양측 모두 한 치도 물러설 수 없는 상황이었다.

계림군은 나이 어린 반굴(盤屈)과 열여섯에 불과한 관창(官昌)을 계백의 진영으로 보냈다. 계림군은 사기가 꺾였지만 이들이 적진에서 목 베임을 당하자 눈빛이 달라졌다. 말에 매달려 온 관창의 목을 보고 모두들 총공격에 나섰고 백제군은 계림군을 당하지 못해 패하고 말았다.

의자왕은 당 소정방의 수군(水軍)이 기벌포로 진격해오자 웅진강 입구를 막고 대적하게 했지만 실패하고 말았다.

계림군은 황산벌에서 승리한 후 서쪽으로 움직이고 당군은 기벌포에 상륙해 사비성 부근에서 합류했다.

기벌포 공격은 당의 전함 1900척과 계림의 거함 100척이 대규모 선단을 이루면서 강을 빼곡히 뒤덮었다. 백제군을 압도한 계림군과 당군은 바닷물의 만조 상태를 이용해 백강을 타고 사비성을 향해 진군할 수 있었다.

7월 의자왕은 계림군과 당군이 사비성으로 진입하자 태자를 데리고 빠져나가 웅진성으로 피했다.

의자왕이 태자와 몸을 피하고 왕자들 사이에 내분이 일어나자 백제군의 사기는 떨어지고 민심도 크게 흔들렸다.

결국 의자왕은 몸을 피했던 웅진성의 웅진방령(熊津方領) 이식(禰植)과 함께 당군에 넘겨졌다.

사비성에선 모처럼 주악이 울리고 당군과 계림군 장수들의 떠들썩한 웃음소리가 울려 퍼졌다.

승전(勝戰) 축하연이 벌어지고 있었다.

당상(堂上)에는 계림의 왕(김춘추)과 당 장수 소정방이 앉고, 당하에는 의자왕과 태자, 백제 신료들이 고개를 떨군 채 앉아 있었다. 왕(김춘추)

은 아직도 전쟁의 긴장이 풀리지 않았지만 백제 도성인 사비성에 승기를 꽂았다는 사실에 크게 흥분하고 있었다. 당의 어느 장수보다 체구가 큰 왕은 계림군의 노고를 위로하며 맘껏 술잔을 받았다.

소정방은 시커먼 눈썹과 거칠게 난 수염을 쉴 새 없이 움직이며 승리에 도취해 있었다. 취기가 오른 소정방이 초췌해진 의자왕을 거만하게 불렀다.

"백제왕은 일어나 술잔에 술을 따르라."

순간 물을 끼얹은 듯 조용해졌다.

소정방의 소리를 들은 의자왕은 부들부들 떨었다.

"폐- 폐하!"

잠시 후 의자왕이 자리에서 일어나자 백제 신료들은 터지는 눈물을 참지 못했다. 의자왕은 넋이 나간 얼굴로 당상으로 올라가 왕과 소정방의 술잔에 술을 따랐다.

보름 뒤 의자왕과 태자, 왕자 태(泰) 융(隆) 연(演)과 백제 신료들은 당으로 향하는 배에 올라타야 했다. 백제 대신(大臣)과 장사(將士) 88명과 백성 1만 2807명이 태워졌다. 당은 백제라는 나라가 다시 일어설 수 없게 중요한 대신과 장사를 쓸어가 버린 것이다.

배로 끌려가는 사람들의 울부짖는 소리가 갈매기 소리와 뒤엉켰다.

가지 않겠다며 저항하는 자는 칼로 베어져 바닷물로 떨어졌다.

낙타 위에서

왕경은 백제의 사비성 함락에 안도하면서도 불안감을 떨치지 못했다. 왕경으로 돌아온 김유와 영명부인도 격전에 대해 들었다.

김유는 내일 사비성으로 이동해 명(命)을 기다려야 했다.

상대등(김유신)이 당 장수 소정방과 일촉즉발의 위기까지 갔다는 말을 들었다. 지금은 당군이 백제를 섬멸하고자 하지만 언제 그 칼끝이 계림을 향할지 몰랐다.

진수는 영명부인의 가게에 우두커니 앉아 있었다.

마치 불을 비추고 있는 것같이 밝게 빛나던 정의 얼굴이 아른거렸다. 크고 순수한 눈과 높고 곧게 뻗은 코는 청량감을 안겨줬다. 표정이 풍부하고 입꼬리가 올라간 얼굴이었다. 낮과 밤으로 시달리는 불안감과 외로움이 정의 쾌활함을 감소시키기는 했지만 광휘를 없앨 순 없었다.

어둠 속에서 가게 문이 소리 없이 열린 뒤 닫혔다. 습관적으로 뒤를 돌아보았다. 정이 떠난 뒤 수백 번 고개를 빼들며 쳐다본 문이었다. 순간 진수의 심장은 얼어붙었다. 계집종이 아니라 정이었다.

294

"정이냐!"

달빛을 받은 정의 눈은 이글거리듯 반짝였다.

진수는 눈앞의 사람이 정일까 환영일까 조바심이 났다. 정은 비틀거리는 진수를 뒤에서 끌어안았다.

진수는 발에 천근을 매단 듯 한 발짝도 내딛지 못했다. 귀에선 윙윙 돌아가는 소리만 들렸다.

정이었다.

"말해봐! 그날 어찌 된 일인지."

"그날 일은 묻지 마."

몸을 떼려는 정을 잡은 건 진수였다. 지금 정을 놓치면 마지막이었다.

진수는 정을 강하게 끌어안으며 얼굴과 목을 더듬었다. 손끝에 눈물로 범벅이 된 얼굴이 잡혔고 거칠게 자란 머리가 밤송이처럼 깔끄러웠다. 촉감만으로도 애잔했다.

진수는 정의 얼굴을 닦아주며 머리를 감싸 안았다. 그날처럼 정이 다시 날아갈까 봐 가슴이 뛰었다.

진수는 사향내가 번지던 정의 장안 숙소가 떠올랐다.

둥-

그날 승천문의 북소리가 울리기 시작했다.

정은 김유의 술잔을 떨치고 나와 홍호와 만나기로 한 장소로 달려갔다.

정은 이미 홍호에게 정주(庭州 - 우루무치)까지 가고 싶다는 뜻을 밝히고 튼튼한 낙타를 부탁했다. 대상들 틈에 끼여 강국까지 가야 했다.

노련해 보이는 홍호는 정에게 큰 산을 넘을 때 얼어 죽기 싫으면 가장 따뜻한 양모 옷과 박으로 만든 물병 여러 개를 준비하라고 일렀다.

서역으로 통하는 옥문관(玉門關)은 과묵하면서도 기골이 장대한 거인처럼 우뚝 서 있었다.

대당 밖으로 나가고 들어오는 길이 쉽지 않을 것이라는 암시를 주고 있었다. 옥문관을 나서려는 당인과 서역인들은 서로 알 수 없는 말을 주고받았다. 심드렁해 보이기도 하고 초조해 보이는 자도 있었다.

옥문관 주변에는 장안의 서시(西市)에서 준비하지 못한 상인들을 위해 대추와 말린 고기 등을 팔고 있었다.

옥문관의 안과 밖은 확실히 다르리라는 예감이 불길처럼 확 끼쳐왔다.

서둘러 남장을 한 정을 누군가 눈여겨봤다면 눈빛 속에 오가는 삶에 대한 강한 의지와 서글픔, 망연함이 뒤섞이는 걸 볼 수 있었을 것이다. 머리에 두건을 두른 정은 무리 속에서 가장 두드러지는 미소년이었다.

홍호들은 관리들에게 과소(過所-통행증)를 보였고, 과소가 없는 정은 홍호의 도움을 받았다.

내지(內地)에서 불려와 변경을 지키고 있는 주둔군들은 강렬한 햇볕에 잔뜩 그을렸다. 주둔군은 정이 가운데 자리를 차지한 상인들의 대열을 무심하게 지켜보았다.

관문을 지날 때 더디 가는 시간이 얄미웠다. 시간이 이리 더디 가넌가.

옥문관을 무사히 통과했다.

발끝이 허공에 뜨면서 춤을 출 것 같고 벅차오르는 안도의 기쁨으로 숨이 막혔다.

관문을 지나자 비로소 멀리 설산(雪山)이 병풍처럼 들어왔다. 관문을 무사통과하는 것만 신경 쓰다 보니 설산이 눈에 들어오지도 않았다. 장대하게 펼쳐진 설산을 보자 얼음이 몸을 관통하는 시원함과 고통, 억누를 수 없는 광막함에 어지러웠다.

시간이 한참 흐른 뒤 정의 눈에 호양(胡楊 - 서역 버드나무)이 늘어섰다.

천년을 살고 죽어서도 천년을 서 있으며, 천년 동안 썩지 않는다는 호양이었다. 호양나무에 뭔가 새기고 싶었지만 대열에서 나와 뒤처질 수 없었다.

호양에 뭘 새기고 싶었을까.

남긴 글을 천년 뒤 누가 읽고 알아봐줄까?

사라이(대상들 숙소)에 닿자 흥호들은 눈을 반짝이며 활기를 찾았다. 목이 걸걸하던 흥호들은 술잔을 기울이며 정보를 교환하느라 떠들썩했다. 바람에 날린 돌멩이가 눈을 때려 실명할 뻔한 얘기며 어느 길은 도적 떼가 없어 안전하다는 얘기들이 오고갔다.

상인들 틈에서 한어와 강국어 외에도 다양한 말이 들렸다. 무릎까지 내려오는 비단 저고리에 통 좁은 바지를 입은 강국인이 신 나게 떠들어댔다.

정은 구운 양고기가 나왔지만 냄새가 거북해 호병과 절인 무를 조금 입에 넣다 말았다.

한 명이 다가왔다. 그는 뭘 가져왔냐고 물었고 정은 왕경에서 가져온 맥포(貊布 - 담비 모피)를 보여줬다. 그는 맥포를 꼼꼼히 들여다보더니 "호랑이 가죽은 없느냐"고 물은 뒤 다음엔 꼭 가져오라고 당부했다.

밤이 되자 호인들의 음악이 흥을 돋웠다. 여자아이가 호선무를 추는 사이에 다른 아이는 넉넉해 보이는 흥호의 무릎에 앉아 교태를 부렸다. 강국에서 팔려온 아이였다. 술 냄새와 먼지가 떠들썩하게 뒤섞여 어지러웠다.

정은 일찌감치 2층으로 올라가 자리에 누웠다.

뜰에는 낙타들이 방울 소리를 내며 고단함을 달래고 있었다.

우웅—

누군가 우는 소리였다.

잠 못 이루던 정은 낯설고 섬뜩한 울음소리에 머리털이 곤두섰다.

짐승이 울부짖는 걸까.

한참 뒤에야 모래와 자갈을 몰고 다니는 사막의 바람 소리라는 걸 알았다. 바람 소리는 사정없이 가슴을 휘몰아친 뒤 흔적도 없이 멀리 사라졌다.

사비성의 집과 진수의 얼굴이 떠올랐다.

밤새 문을 치는 바람 소리와 낙타의 방울 소리를 들으며 자는 둥 마는 둥했다.

정이 끼어든 상단은 30명이 조금 넘는 작은 무리로 이른 새벽 서둘러 출발했다.

새벽까지 검푸른 하늘을 지키고 있는 별을 보자 눈이 시렸다.

관을 통과할 때마다 덜미를 잡힐지 모른다는 두려움과 사내들 틈에 낀 불안함으로 신경이 끊어질 만큼 팽팽해졌다. 어느 틈에 무릎이 찢어졌는데도 모를 정도였다. 급하게 삼킨 호병은 목에 걸려 힘들었다.

정을 태운 낙타는 길고 굵은 나리를 세우며 천천히 일어났다. 낙타의 누린내가 코끝을 찔렀다. 낙타를 쓰다듬어주자 문득 말할 수 없는 쾌감이 지나갔다.

영원히 돌아갈 수 없다 해도 여긴 사막이다.

사막!

새벽 냉기(冷氣)에 뒤섞이던 긴장과 설렘은 사라지고 태양이 광대한 옷자락을 펼치자 참기 어려운 열기가 덮쳐왔다. 손바닥만 한 그늘이라도 있으면 숨고 싶었다. 모래언덕을 오르면서 끝이 없는 건 아닐까 하

298

는 공포에 숨이 막혔다.

앞장선 자가 목이 갈라지듯 뭐라 소리치자 모두들 낙타에서 내렸다.

모래바람이었다.

얼굴과 몸을 사정없이 때리는 바람이 불자 수건을 뒤집어쓰고 낙타 뒤에 숨어 기다리는 수밖에 없었다. 잔돌이 섞인 거친 모래가 몇 시간이고 불어댔다. 눈앞은 수천 마리 말들이 달리고 지나간 것처럼 천지사방이 온통 부옇게 변했다. 잔뜩 뒤집어쓴 모래를 털고 다시 움직였다.

정의 지친 표정을 읽었는지 한어(중국어)를 할 줄 아는 자가 "말은 푹푹 빠지는 모래언덕을 걸을 수가 없어. 낙타만이 할 수 있다"고 소리쳤다. 그는 혹이 두 개인 쌍봉낙타가 추위에 잘 견디며 발바닥이 단단해 바위나 돌 위를 잘 걷는다고 지껄였다.

머리카락 속속 모래가 들어가고 온몸이 서걱거려 불편했지만 다음 사라이까지 참고 견딜 수밖에 없었다.

정은 낙타에 주로 물과 음식을 실었지만 다른 상인들은 장안에서 가져온 비단을 최대한 작게 둘둘 말아 실었다. 이들은 사라이에서 만난 다른 흥호와 질 좋은 양모를 비단과 바꾸고 싶어 했다.

정이 지칠 대로 지쳤을 때 누군가 멀리 보이는 거대한 석불을 가리키며 예불을 드리러 간다고 말했다.

돌산을 깎아 석가모니를 조각한 사원은 절이라기보다 산에 가까웠다. 돌산에 석가모니를 조각하고 작은 구멍을 파 예를 올리기 위한 작은 석불들을 올려놓았다.

지남철(나침반)도 없이 모래사막에 흩어진 해골을 보고 길을 찾아야 하는 대상들은 목숨을 건 여행을 했다. 길을 잃어 태양의 제물이 되거나 사나운 모래 폭풍을 만나면 목숨을 잃을 수 있었다. 귀신같이 숨어 있다 나타나 물건과 목숨을 빼앗는 도적들도 두려운 존재였다.

이 모든 두려움을 없애달라며 간절히 기도하는 사원이었다. 조금 둘러오는 길이라도 대상들은 사원에 들러 믿음과 무사함을 보장받고 싶어 했다.

가까이 다가가자 거대한 석불이 정을 내려다보고 있었다. 이 석가모니만은 목숨을 바칠 수 있다는 신념으로 새긴 듯 석공의 진심이 묻어났다.

나무 계단은 길고 가팔랐다. 아차 하는 순간 발을 헛디디면 수십 리 밑으로 떨어질 것 같은 얼기설기한 계단을 기듯이 올라갔다. 한순간 생각을 잘못 일으키면 불지옥으로 떨어지듯 아찔하게 매달려 있었다.

정신없이 오르다 꼭대기에 닿았다.

사방 수만 리가 아무 장애 없이 탁 트였다. 청쾌한 바람이 불었다.

뒤쫓아 오는 수비대도 김유도, 숙부도 없는 자유였다. 정은 터져 나오는 웃음과 괴성을 참지 않고 터뜨렸다.

이 순간을 위해 살아왔을까. 더 바랄 것도 없었다.

기운 찬 바람에 풍경(風磬)이 가볍게 흔들렸다.

어두움 속에서도 그때 들었던 풍경소리가 들렸다.

"정말 백제 윤…… 충…… 의 딸이냐?"

정은 진수의 얼굴을 보지 않았다.

"윤. 충. 의 딸이냐?"

"백제 장군의 딸이거나 계집종이면 무엇이 달라질까?"

진수는 정을 끌어안으며 듬성듬성 솟은 머리를 쓰다듬었다. 마음이 놓이면서도 두렵고 사나운 예감이 사라지지 않았다.

"왜 돌아온 거야?"

순간 정의 몸이 움칠하더니 몸을 빼냈다.

"널 봤으니…… 나는 사비성으로 돌아갈 거야."

"뭐? 지금 사비성이 어떤 줄 알아?"

진수는 정의 황당한 말에 몸을 세웠다. 진수의 눈부신 몸이 어둠 속에서도 아름다운 선을 만들어내고 있었다.

"알아, 아버지와 백부님이 어떻게 됐는지 봐야겠어. 꿈꿨던 장안도 서역도 가봤으니 소원을 이뤘어."

"안 돼! 가지 마!"

이때 진수는 달빛 속에서 번득이는 걸 보았다. 정이 꺼내든 단도의 날이었다.

"날 잡지 마!"

멍하니 쳐다보는 진수를 남겨두고 정은 어디론가 사라졌다.

약탈

백제의 백강(금강)은 시신들로 뒤덮여 있었다.

등에 화살이 꽂혀 엎어져 있거나 팔다리가 잘려 나간 시신들이 그득
했다.

당군은 성과 귀족들의 저택을 불 지르고 약탈하더니 이번엔 굶주린
들개처럼 민가를 돌며 닥치는 대로 훔치며 사내는 베고 계집은 끌고 갔
다. 군졸들은 그것도 성에 안 차는지 절에 들이닥치기 시작했고 승려들
은 사리함과 금동향로 등을 급히 땅에 파묻었다. 왕릉도 파헤쳐 매장된
진귀한 보물을 훔쳐 갔다.

정은 철저하게 파괴된 사비성을 보고 그 자리에 얼어붙었다.

귀족들의 저택은 도끼로 찍혀 파괴되거나 불에 타 재로 변했다. 주변
에는 찢긴 비단신과 부서진 보석함이 뒹굴고 있었다.

사비성에는 13만 당군이 쏟아내는 오물로 악취가 진동하는 지옥이었
다. 찬란했던 백제의 도성은 당군이 점령해 거대한 군영으로 변해버렸
다. 연합군의 한 축이었던 계림군은 별도의 군영에 머무르고 있었다. 계

림군 진영에도 부상당한 군졸들의 신음과 죽은 자를 슬퍼하는 울음소리가 끊이질 않았다.

바람이 불고 있었다.

정의 귀에는 바람이 휘파람 소리처럼 들리다 어느새 파도 소리처럼 들렸다.

정신이 혼미했고 어떻게 걷고 있는지 몰랐다. 허공에 붕붕 떠가고 있었다. 눈앞은 구름 안처럼 부옇게만 보였다 가라앉았다.

마침내 주저앉아 구토를 시작했다.

이것이 정녕 서국이 저지른 일일까. 노사구의 가르침을 떠받들고 천하제일의 문명을 자랑한다는 서국의 모습이 이런 것이었나.

찾아간 집은 당군이 휩쓸고 간 흔적이 역력했다. 윤충 장군 일가의 집으로 알려져서인지 감시하는 눈길이 느껴졌다. 정은 언뜻 김유를 따라다니던 낭두의 얼굴을 본 듯했다.

정은 기억을 더듬어 뒷문을 통해 비밀창고처럼 쓰이던 곳으로 숨죽여 다가갔다. 그곳은 작게 꾸민 방으로 정이 숙부에게 몰래 서책을 배우던 곳이었다.

누군가 후다닥 튀어나오는 사람이 있어 기겁을 했는데 장안에서 마지막으로 본 숙부였다. 숙부 역시 정을 보고는 경악했다.

난발인 숙부의 핏발 선 눈에 냉기가 흘렀다.

"어떠냐 이 꼴들이. 내 말만 들었어도. 내 말대로 했다면 얼마 동안이라도 이 불지옥을 막을 수 있었는데. 한심한 것! 형님이 이 꼴을 보기 전에 돌아가셨으니 차라리 다행이다."

"예? 돌아가셨다니요! 정말입니까?"

"좌평(성충)이 억울한 옥살이를 하다 돌아가시자 형님도 울분을 참지 못하고 화병으로 돌아가셨다."

"어떻게 이런 일이……."

정은 무너지듯 바닥에 쓰러져 울음을 터뜨렸다.

"이렇게라도 살아 계시니 다행입니다."

"내 필생의 소원을 모르느냐! 사책을 마치지 못했는데 어찌 죽을 수 있어! 수십 년간 쓰고 모은 서책이 재로 변해버리는 꼴을 어찌 보고 있으라고! 목숨보다 소중한 것들인데……."

숙부는 우는 듯 부르짖다 눈을 부릅떴다.

"내 반드시 해내고 말 것이다."

"이것이 다 뭐기에 목숨보다 중하다 하십니까!"

"역사가 없는 나라와 백성은 아무것도 아니다. 적군에게 짓밟히고 약탈당해도 역사가 남으면 영원히 살 수 있지만 그렇지 못하면 개돼지처럼 흔적도 없이 사라진다구! 복신(福信) 공이 함락되지 않은 성을 지키고 백제를 지킬 것이다. 난 복신 공을 찾아갈 것이야."

숙부는 서책을 있는 대로 자루에 쑤셔 넣은 뒤 사라졌다.

다투는 소리에 머리가 반백이 된 귀공녀가 더듬거리며 모습을 드러냈다. 반쯤 뜬 눈이 앞을 보고 있었지만 눈동자는 움직임이 없었다.

귀공녀를 본 정은 신음 소리를 삼키기 위해 어금니를 꽉 깨물었다.

"아가씨! 제가 돌아왔습니다."

정은 귀공녀에게 쓰러질 듯 다가가 두 손을 잡았다.

"너냐? 정말 돌아온 거야?"

누가 먼저랄 것 없이 폭풍 같은 눈물이 두 사람을 휩쓸고 지나갔다.

"아가씨 약속을 지키러 왔습니다."

"고맙다. 고마워! 시간이 없을 듯하다. 어서 들려다오, 어서."

손깍지를 낀 귀공녀는 정을 향해 앉으며 아이처럼 보챘다.

"장안에 가보았습니다. 춘명문이라 하는 거대한 문이 있었사옵니다. 장안으로 들어가는 문이지요⋯⋯."

귀공녀는 자신의 몸종이던 아이에게 글을 가르쳤다. 처음엔 몸종이 지독하리만치 글을 읽고 싶어 해 심심풀이로 가르치던 것인데 영특한 때문인지 해면처럼 빨아들였다.

어느 순간부터 아이가 자신의 글 실력을 뛰어넘고 있다는 걸 알아차렸다. 자신이 가지고 있는 책은 물론이거니와 숙부가 가진 책까지 훔치면서 읽어댔다. 마치 걸식 들린 아귀처럼.

귀공녀는 아이에게 시간이 날 때면 장안과 서역에 대한 이야기를 들려주며 깔깔거렸다. 아버지에게 들었던 이야기였다. 몸살이 날 정도로 가보고 싶은 곳이었지만 여자의 몸으로 기대하기 어려운 곳이었다.

귀공녀가 자신의 몸에 이상한 변화를 느끼기 시작한 것도 그 무렵이었다. 선명하게 보이던 서책의 글이 갈수록 흐릿해지고 헛다리를 짚어 넘어지는 일이 잦아졌다. 내색을 하지 못했지만 눈이 안 보이기 시작한 것이었다.

귀공녀는 아이가 자신만큼 장안과 서역을 가고 싶어 하는 걸 알고선 꾀를 내기 시작했다. 숙부에게 아이를 보여주면서 자신과 함께 어려운 글을 더 가르쳐 달라고 졸랐다.

말도 안 되는 소리였지만 친딸처럼 여기던 질녀 정의 눈이 점차 보이지 않는 걸 눈치 챈 숙부는 말을 들어줬다. 몸종인 아이가 질녀에게 글을 읽어주길 바랐던 것이다. 게다가 아이는 사비성 어디에 내놓아도 빠지지 않는 얼굴과 몸매를 갖기 시작했다.

아이는 놀라울 정도로 어려운 글도 척척 읽어내면서 귀공녀 못지않은 말투와 맵시도 얻어갔다. 그런 아이를 보면서 정은 마치 자신인 양 뿌듯함을 느꼈고, 아이는 만족해하는 정을 보며 덩달아 기뻤다.

왕경으로 가겠다는 숙부에게 아이를 딸려 보낸 것도 귀공녀였다.

"내가 보지 못하는 세계를 너는 맘껏 보고 와. 대신 내게 돌아와 들려 줘야 한다."

아이는 결국 약속을 지켜냈다.

"홍호들이 불공을 드리는 석불사원에서 풍경소리를 마지막으로 듣고 돌아왔습니다."

장안과 서역의 이야기는 감미롭고 신비로웠다. 눈앞에 생생하게 펼 쳐지는 듯했다. 장안의 무더위며 사막의 모래바람이 얼굴을 때리는 것 만 같았다.

"아가씨…… 그러나 우리들이 꿈꿨던 서국은 우울하고 흉측한 꿈이 었습니다."

"정말이냐?"

반백의 귀공녀는 천천히 그러나 강한 손길로 아이의 얼굴을 더듬었 다. 더 이상 아이가 아닌 풍만하고 부드러운 절색이었다.

"그동안 네 모습이 놀랄 만큼 아름다워졌어. 사내도 한번 품어보았 느냐?"

귀공녀는 아이의 얼굴과 가슴을 더듬거리듯 만져보며 거침없이 물 었다.

"그건……"

"됐다. 열 사내를 품어봤으면 어떠냐."

"아가씨 저는 얼마 남지 않았지만 마지막까지 아가씨로 살다 죽고자 합니다. 용서하십시오. 아가씨의 몸으로 산 그동안 말할 수 없이 행복했습니다. 이제 죽어도 여한이 없습니다."

"나 역시 네 눈을 통해 소원을 풀었어. 신 나게 살아봤으니까. 사내 얘기를 꺼낸 건…… 나 역시 너 같은 미모를 갖고 살아보고 싶었단다."

"마지막으로 아가씨의 은혜를 갚을 수 있게 해주십시오."

"무슨 소리야?"

"아가씨 덕분에 분에 넘치는 삶을 살았습니다. 이제 밖으로 나가 제가 윤 장군님의 딸이라고 당당하게 외치렵니다."

"아니야 아니, 네가 날 끝까지 욕보이려고 하느냐. 짐승 같은 서국 놈들에게 치욕을 당하기 전에 내 발로 끝을 내려고 한다. 서국 놈들보다 계림 놈들의 칼을 받을 것이야. 널 보려고 지금까지 가슴 졸이며 기다려왔다. 이제 아버님의 이름을 더럽히지 않을 것이야."

귀공녀는 옷매무새를 고친 뒤 바깥으로 천천히 나왔다.

"섰거라!"

무리굴이 벌겋게 충혈된 눈으로 뛰어와 반백의 낭자에게 칼을 들이댔다.

무리굴은 정이 집에서 나오기만을 기다리며 혼란에 빠졌다. 윤충의 옛집은 당군에 의해 약탈당했고 윤충의 동생 집에 뭔가 공을 세울 일이 있을지 모른다는 생각에 기다리고 있었던 무리굴이었다. 혹시나 하고 숨어 기다리던 무리굴은 정이 집 안으로 기어들어 가는 걸 발견했다.

당장 들어가 끌어내려 했지만 김유의 얼굴이 어른거려 주춤했다. 장안에서 정이란 계집을 바라보는 김유의 눈빛이 달라진 걸 느꼈던 것이다.

기다리던 정은 보이지 않고 귀공녀로 보이는 낭자가 더듬거리며 나타났다.

"누구냐?"

"내가 위대한 대백제 윤충 장군의 딸이다!"

눈이 제대로 보이지 않는 듯한 낭자는 목소리가 갈라질 만큼 큰 소리로 외쳤다.

다급해진 무리굴은 하는 수 없이 낭자를 김유에게 먼저 끌고 갔다.

"이 계집이 윤충의 딸년이라고 해서 잡아왔습니다."

김유는 흡사 유령을 본 사람의 얼굴이었다.

귀공녀에게서 정의 그림자를 보는 것 같았다.

"이년이 윤충 일가의 집에서 나오기에 잡아왔습니다. 윤충의 딸년이 틀림없는가 봅니다. 군영으로 데려가기 전에 우선 먼저 보여드려야 할 것 같아서요."

대야성 전투에서 왕의 딸과 사위를 참살했던 백제 장군 윤충의 딸이라면 큰 상을 받을 게 틀림없었다. 당시 대야성에 있으면서 백제군을 도왔던 자는 이번에 잡혀 반역 죄인으로서 태자(김춘추의 아들. 훗날의 문무왕)에 의해 목이 베어졌다.

"데려가라."

김유는 천천히 몸 아래에서 끓어오르는 알 수 없는 소리를 내며 무겁게 말했다.

무리굴은 다시 한 번 김유의 얼굴을 보더니 개운치 않은 표정으로 낭자를 끌고 군영으로 향했다. 김유에게 다시 한 번 묻고 싶었지만 어쩔 수 없었다.

두 사람이 눈앞에서 사라지자 김유의 얼굴엔 핏기가 가셨다.

무리굴이 찾아간 군영에는 계림군 장군(將軍)과 대감(大監 - 군 책임자)들이 심각한 얼굴로 이야기를 나누고 있었다.

"무슨 일이냐?"

무리꿀은 잠시 머뭇거리다 입을 열었다.

"이년이 윤충 일가의 집에서 나오기에 잡아 왔습니다."

귀공녀의 몰골을 쳐다본 대감 한 명은 빈정대듯 말했다.

"떨어진 금붙이라도 주워보려고 간 거 아니냐?"

대감은 신중한 표정을 지으며 쳐다보았다.

"바른대로 말하거라. 누구냐?"

"나는 윤충 장군님의 딸이다."

계림군영은 순식간에 시끄러워졌다.

"아버님이 살아 계셨더라면 결코 이 나라를 네놈들에게 뺏기지 않았
을 것이다."

"정녕 윤충의 딸년이란 말이지. 저년을 끌고 가 단단히 감시하거라.
어서 전하께 고해 올려야겠다."

홍분한 장군과 대감은 귀공녀의 얼굴을 보더니 발을 구르며 명을 내
렸다.

졸들이 달려와 밧줄로 묶으려는 순간 비명소리와 함께 귀공녀가 쓰
러졌다. 귀공녀의 가슴이 붉은 피로 물들었다. 품고 있던 단도로 하얀
가슴을 찌른 것이다.

군영은 뛰쳐나가는 자와 누군가를 부르는 소리가 뒤엉키며 혼란에
빠졌다.

진수는 왕경에서 다시 백수(白首)를 만났다.

"이제 평양성으로 돌아가시더요. 신수두 때 벌어진 낙마사고가 도령의 짓인 줄 알고 있었는데 서부살이에게 앙심을 품은 놈의 짓이래요. 쳐 죽일 놈."

"뭐?"

진수는 오장이 뒤틀리면서 구역질이 났다.

"그 일 땜에 살이님께서 얼마나 맘고생을 하셨겠어요. 도령의 누명도 벗겨졌으니 그만 돌아가시라우요. 막리지의 아들들이 쌈박질을 하고 있지만 고구려로 돌아가 계림과 서국 놈들을 막아야 하지 않겠어요?"

누명은 벗겨졌지만 막리지의 아들들이 벌이고 있을 더럽고 살벌한 일들을 생각하니 치가 떨렸다. 투항자라는 누명은 벗겨지지 않았으니 어떤 벌을 받을지도 몰랐다.

진수는 정을 찾았지만 실패했다. 윤충의 딸이 자결했다는 소문이 진수를 불안하게 만들었다.

왕경에서의 밤이 마지막이었던 걸까.

진수는 남산으로 올라갔다. 남산에 올라가면 멀리서나마 고구려를 볼 수 있지 않을까 싶었다. 정이 환하게 웃으며 서역 이야기를 들려줄 것 같았다.

'이거 네가 찾던 거지?'

진수는 달빛을 받아 눈부신 정의 몸을 보며 자그마한 옥(玉)을 쥐여주었다. 정은 옥을 쥐더니 위에 새겨진 글을 발견했다.

'뭐야? 일시무시일(一始無始一)…… 이거 혹시.'

'네가 그렇게 보고 싶어서 난리쳤던 천부경(天符經)이다.'

정의 눈이 별처럼 반짝였다.

옥에 새겨진 천부경이었다.

정은 어쩔 줄 몰라 하며 옥을 두 손으로 움켜쥐었다. 천부경을 들여다
보며 외우고자 했다.

'가져.'

천부경을 새긴 옥은 자신을 아리티에 데려갔던 중리소형이 쥐어 줬
던 것이었다. 중리소형은 낮지만 날카로운 음색으로 분명하게 말했다.

'진수 넌 다시 아리티에 올 거야. 이건 아주 귀한 천부경을 새긴 옥이
다. 가지고 있으면 다시 아리티에 돌아올 거야. 네 목숨만큼 귀히 간직
하도록 하거라.'

진수는 중리소형이 주문이라도 걸었는지 이후 아리티를 잊지 못했
다. 아니 갈수록 아리티에 대한 생각은 강렬한 그리움으로 변했다.

진수는 천부경이 새겨진 옥을 정에게 쥐어 주면서 함께 아리티로 가
자고 하고 싶었다. 그때 왜 그 말을 하지 못했을까. 가슴이 불에 덴 것처
럼 쓰라렸다.

천부경을 주었으니 언젠가 아리티로 올 거야. 그곳에서 널 기다리마.

진수의 마음은 평양성을 거쳐 아리티로 달리고 있었다.

"일시무시일(一始無始一)……."

"너는 누군데 아까부터 뭘 그리 중얼거리고 있느냐?"

백제 임존성(任存城).

백제 무왕의 조카인 부여복신(夫餘福信)은 사비성이 무너진 뒤 나라를 되찾기 위해 모여든 백제민과 남은 군사들의 힘을 합쳐 당과 계림군의 공격을 결사적으로 막아내고 있었다.

부녀자들까지 무너진 성벽을 목책으로 세우기 위해 나무와 돌을 나르고 있었다. 정은 흙이 잔뜩 묻은 돌을 나르면서도 입으로 쉴 새 없이 천부경을 외웠다.

천부경이 자신과 백제를 구원해줄 것 같았다. 귀한 천부경을 준 진수까지도.

"넌 누구냐?"

부여복신은 흰 천으로 머리를 질끈 동여맨 정을 다시 한 번 유심이 들여다보았다. 지치고 허기진 눈이었지만 비상하게 빛나고 있었다. 예사로 보아 넘길 얼굴은 아니었다.

"정이라고 하옵니다."

"정? 윤 장군의 딸도 정이었던 것 같은데……."

"서국 놈들을 쳐 죽일 수 있다면 뭐든 하겠습니다. 서국 놈들이 이 땅을 모조리 짓밟는다면 죽어서 어찌 아버님과 하늘에 얼굴을 들 수 있겠습니까."

타는 듯한 햇살이 머리 위로 꽂혔다. 집채만 한 일산(日傘-해가리개)도 기세 좋은 해를 가리지 못했다.

선두에 선 영명부인은 흐르는 땀을 마다하지 않았다.

눈에는 결기가 가득했다.

뒤에서 따르는 김유의 얼굴은 그에 비하면 조용하게 가라앉았다. 오늘따라 정의 얼굴이 자꾸 떠올랐다. 살아 있다는 기감(氣感)이 강해졌고 한결 마음이 가벼워졌다.

거대한 암석이 보이려면 아직도 발걸음을 재촉해야 했다.

영명부인과 김유는 낭도들의 무리와 함께 고래가 그려진 반구대로 향하고 있었다.

영명부인은 백제 사비성 함락이라는 거대한 폭풍우가 지나간 뒤 이곳에 다시 왔다.

그때처럼 어느 순간 눈앞에 거대한 암각화가 펼쳐졌다. 영명부인과 김유를 둘러싼 낭도들 위로 태양이 활활거리며 온 누리를 비추고 있었다.

생기가 충만해진 영명부인이 기운차게 소리쳤다.

"유야 제단! 제단을 만들거라! 우리에게 신령한 힘을 주십사 하고 하늘에 제를 올리자!"

내 이야기는 삼국 통일 직전 신라의 수도, 왕경(王京-경주)에서 벌어졌던 상황을 그린 것이다.

삼국 통일이 우리의 현재를 결정짓는 데 중요한 시기였기 때문이다.

삼국 중에서도 소국에 불과했던 신라가 어떻게 삼국 통일이라는 결정적인 기회를 거머쥘 수 있었을까. 이에 대한 답을 찾아가는 과정에서 삼국의 영웅호걸들에 호기심과 경외심을 갖게 됐다. 고구려의 광영과 표피적으로만 알았던 화랑의 실체가 한 꺼풀씩 껍질을 벗고 다가왔다.

아득하게 느꼈던 단군의 의미도 어렴풋하게나마 윤곽을 잡을 수 있었다. 우리 민족에 대한 막연한 애정이 자부심으로 바뀌었다.

계림(신라의 옛 이름)을 눈과 머리에 담고 싶어 경주 곳곳을 훑었다.

왕경은 단아하면서도 기개가 있는 역동적인 메트로폴리탄이었다. 단군의 선도(仙道)가 살아 있는 가운데 화랑도가 만개했고 불교라는 외래 종교를 적시에 도입해 통일을 이루는 적기(的器)로 만들었다.

고구려인의 숨결을 느껴보기 위해 요동지역을 달려보고, 장안의 자취를 더듬기 위해 중국 시안(西安)과 그 속의 서시(西市)도 찾아가보았다. 실크로드의 서역상인을 그리기 위해 사막과 눈 덮인 산을 밟아보기도 했다. 실크로드는 장안에서 종결된 것이 아니라 왕경에까지 닿아 있다고 믿는다.

시간이 흐를수록 담고자 하는 무대는 한반도뿐만이 아니라 당(唐) 제국과 그 너머 초원을 달리던 사람들의 역사에까지 닿아 있음을 깨달았다. 갈수록 범위와 욕심이 많아지면서 쏟아야 하는 시간과 노력도 배가됐다.

자료와 취재를 통해 얻은 재료를 소설로 형상화하는 작업은 쉽지 않았다. 상상 이상으로 멀고 높은 경지였다.

작업의 괴로움과 환희는 거북의 등과 배처럼 한 몸인 채로 물살을 헤엄쳐 나왔다.

이 책의 한 줄이라도 읽는 이의 마음을 두드릴 수 있다면 다행이겠다.

내 영감의 원천인 가족과 샘터사에 감사한다.

2014. 9.

서울 嘉會洞에서

신라 왕경도

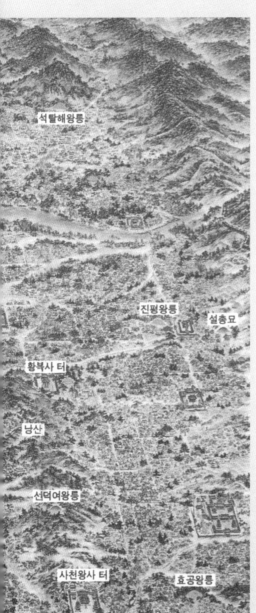

석탈해왕릉

진평왕릉

설총묘

황복사 터

낭산

선덕여왕릉

사천왕사 터

효공왕릉

계림(신라의 옛 이름)의 수도 왕경(경주)은 역동적인 메트로폴리탄이 었다.

왕경은 거대한 불탑뿐 아니라 황홀할 만큼 화려하고 눈부신 도시 였다. 대궁의 웅장한 궁궐과 곳곳에 앞다퉈 세워진 대사찰들, 서 른 개가 넘는 귀족 대가들의 금입택(지붕과 기둥에 금을 입힌 대저택) 이 찬란한 빛을 발하고 있었다. 시원스레 뻗은 대로 위를 마차들 이 바쁘게 달리고 있었다. 황금처럼 빛나는 비단을 잘 차려입은 사람들이 물결치듯 오가고 있었다.
(본문 43쪽)

신라 왕경도(부분) 이재건 그림, 신라역사과학관 소장

532년   금관가야의 마지막 왕 김구해(김유신의 증조부) 신라에 항복
554년   김유신 조부 김무력 백제 성왕을 무찌르는 대승 거둠. 신라 한강유역 차지
562년   신라 대가야 무너뜨림

589년   수(隋)나라 문제(文帝) 중국 통일(위진 남북조 종식)

595년   김유신 태어남
598년   고구려 영양왕 수나라 요서(遼西) 공격
604년   김춘추(태종 무열왕) 태어남
610년   김유신 화랑에 오름

611년   고구려 백제 말갈 군사 연합해 신라 공격
612년   김유신 인박산에 들어가 보검 얻음
         고구려가 수나라의 군대를 살수(지금의 청천강)에서 크게 격파
         고구려가 수나라의 113만 대군 물리침
618년   선비족 출신의 이연(李淵)이 당나라 건국

626년   당을 건국한 이연의 아들 이세민(태종)이 황제에 오름
629년   김유신 아버지 김서현, 김춘추의 아버지 김용춘과 함께 고구려 낭비성 공격

632년   선덕여왕 신라의 왕으로 즉위

634년   선덕여왕 왕경에 분황사 세움

638년	신라의 자장법사 당나라로 들어감
640년	신라 당에 유학생 파견
641년	백제 무왕의 아들 의자왕 즉위
642년	(7월)백제 의자왕 신라 40여 성 공격
	(8월)대야성에서 김춘추의 딸과 사위가 백제군에 의해 사망
	(10월)고구려 연개소문, 영류왕을 시해하는 정변 일으킴. 영류왕의 조카인 보장왕 즉위
	김춘추 고구려 방문해 백제를 공격하자며 청병. 김춘추 연개소문과 만남
643년	김춘추 당나라 방문
645년	당 태종 고구려 요동성 공격
647년	김춘추, 김유신과 함께 상대등 비담의 반란 진압
	선덕여왕 타계, 진덕여왕 즉위
648년	김춘추 당나라 방문. 당 태종으로부터 백제 공격을 위한 군사 지원 이끌어냄
649년	당 태종(이세민) 사망
653년	백제 왜국과 국교 재개
654년	김춘추 신라 제29대 왕으로 즉위
655년	고구려 백제 말갈 군사 신라의 북쪽 33개 성 뺏음
659년	김춘추 당에 사신을 보내 원병을 청함
660년	김유신 상대등에 오름
	(7월)신라와 백제군의 황산벌 전투
	(7월)나당 연합군 백제 사비성 함락
	백제 유민 항전
661년	김춘추 타계. 김춘추의 아들 김법민(문무왕) 즉위
668년	나당 연합군에 고구려 멸망
	발해 건국

참고 사진

'향기로운 임금의 절'
신라 분황사의 모전 석탑
(국보 제30호, 본문 160쪽)

첨성대 야경(국보 제31호,
본문 183쪽)

천마총 금모(국보 제189호)

이차돈 순교비. 이차돈이 땅
에 쓰러져 머리를 부딪치는
순간, 흰 피가 치솟고 하늘에
서 꽃비가 내리는 장면.

황룡사 터(본문 157쪽)와 김유신 장군묘 십이지신상 용

고구려 오녀산성(중국 랴오닝성 환런현)

국내성 유적(중국 지린성 지안현)과 옛 고구려 오녀산성을 감싸고 흐르는 비류수(혼강)

【왕경】

1판 1쇄 발행 2014년 10월 24일
1판 4쇄 발행 2015년 1월 20일

지은이 손정미
펴낸이 김성구

책임편집 박혜란
단행본부 박유진 이미현 양숙현 김민기 김동규
디자인 여종욱 문인순
제 작 신태섭
마케팅 최윤호 손기주 송영호 차안나
관 리 김현영

펴낸곳 (주)샘터사
등 록 2001년 10월 15일 제1-2923호
주 소 서울시 종로구 대학로116 (110-809)
전 화 02-763-8965(단행본부) 02-763-8966(영업마케팅부)
팩 스 02-3672-1873 **이메일** book@isamtoh.com **홈페이지** www.isamtoh.com

ISBN 978-89-464-1881-3 03810

이 도서의 국립중앙도서관 출판시도서목록(CIP)은 e-CIP 홈페이지
(http://www.nl.go.kr/cip.php)에서 이용하실 수 있습니다. (CIP제어번호: CIP2014029560)

값은 뒤표지에 있습니다.
잘못 만들어진 책은 구입처에서 교환해 드립니다.